여
신
기

**THE GODDESS CHRONICLE**
by Natsuo Kirino

이 도서의 국립중앙도서관 출판예정도서목록(CIP)은
서지정보유통지원시스템 홈페이지(http://seoji.nl.go.kr)와
국가자료공동목록시스템(http://www.nl.go.kr/kolisnet)에서 이용하실 수 있습니다.
(CIP제어번호: CIP2016000500)

# 여신기

기리노
나쓰오
장편소설

권남희 옮김

문학동네

일러두기

본문 중의 주석은 모두 옮긴이주입니다.

# 차례

### 1장

## 오늘 이날은

# 1

내 이름은 나미마. 머나먼 남쪽 섬에서 태어나 겨우 열여섯 살에 죽은 무녀입니다. 그런 내가 어찌하여 땅 밑 죽은 자의 나라에서 이런 이야기를 털어놓는 존재가 되었는가 하면, 바로 여신님의 분부 때문입니다. 기이하게도 지금 나의 감정은 살아생전보다 생생합니다. 그 감정에서 비롯된 말과 기교도 지니고 있습니다.

그러나 내 말이 자아내는 이야기는 죽은 자의 나라 여신님을 위한 것입니다. 분노로 벌겋게 물들든 삶에 대한 동경으로 떨든 모두 여신님의 기분을 나타내는 말들입니다. 훗날 여신님 앞에서 신들의 이야기를 들려주게 될 히에다노 아레*와 마찬가지로, 나는 충심으로 여신님을 섬기는 무녀입니다.

여신님의 존함은 이자나미. '이자'란 "자, 지금부터" 하고 사람을 부르는 말이고, '미'는 여자를 뜻한다고 들었습니다. 부군이신 이자나키 님의 '키'가 남자를 뜻하는 말이라 하니, 이자나미 님이야말로 여자 중의 여자이며, 이자나미 님이 떠맡은 운명인즉 이 나라 여자들이 짊어질 운명이라 해도 과언이 아닙니다.

자, 지금부터 이자나미 님의 이야기를 들려드리지요. 그전에 우선 내 이야기부터. 내가 얼마나 기이하고 짧은 생을 살았는지, 그리고 어떻게 해서 이자나미 님께 오게 되었는지 말씀드리겠습니다.

내가 태어난 곳은 야마토에서 한참 남쪽, 다도해 동쪽 끝에 있는 조그마한 섬입니다. 노 젓는 조각배로 가면 야마토에서 반년은 너끈히 걸릴 만큼 먼 곳입니다. 그러

---

* 7세기 덴무 천황 시대의 관리. 일본에서 가장 오래된 역사서 『고지키(古事記)』 편찬에 관여했다.

나 동쪽 끝이라는 말은 세상에서 해가 가장 먼저 뜨고 지는 곳이라는 뜻이기도 하지요. 그래서 신이 이 세상에 처음 강림하신 곳으로 알려져, 다도해에서 작지만 성스러운 섬으로 예로부터 추앙받아왔습니다.

야마토는 북쪽에 있는 큰 나라입니다. 머지않아 다도해도 야마토가 지배하게 되지만, 내가 살던 무렵에는 아직 오래된 신이 섬들을 지배했습니다. 우리가 믿는 신은 위대한 자연이자 우리 생명을 이어온 선조, 파도와 바람과 모래와 돌, 모든 것의 중심에 계신 숭고한 분이었습니다. 구체적인 형체는 없지만, 사람들은 저마다 가슴속에 그 모습을 간직해왔습니다.

예를 들어 어린 시절 내가 곧잘 상상했던 그분은 부드러운 여신님이었습니다. 때로 분노하시어 세찬 폭풍우를 일으키지만, 평소에는 우리에게 바다와 흙의 은혜를 내리시고 고기를 잡으러 먼바다에 나간 남자들을 지켜주는 자애로운 분이셨습니다. 어쩌면 엄한 할머니 미쿠라 님의 영향이었는지도 모릅니다. 미쿠라 님 이야기는 차차 하도록 하겠습니다.

섬은 길쭉한 물방울 같은 기묘한 모양입니다. 북쪽 곶에는 창끝처럼 날카롭고 험난한 절벽이 바다를 향해 튀어나와 있습니다. 가장자리로 갈수록 경사가 완만해지고 해안선도 둥글고 부드러워집니다. 남쪽 저지대는 거의 바다 높이와 비슷해 큰 쓰나미가 밀려오면 몽땅 씻겨가버릴 것 같았습니다. 더욱이 섬은 여자나 아이의 걸음으로도 한 바퀴 도는 데 반나절도 걸리지 않을 만큼 작습니다.

섬 남쪽에는 산호가 부서져 생긴 새하얀 모래가 햇빛에 반짝이는 아름다운 해변이 곳곳에 펼쳐져 있습니다. 파란 바다와 하얀 모래, 흐드러지게 핀 노란 히비스커스와 향기로운 월도月桃가 이 세상 것처럼 보이지 않을 만큼 아름다운 해변입니다. 남자들은 출어와 교역을 위해 그 해변에서 배를 띄워 반년 가까이 섬을 비웁니다. 어획량이 적거나 먼 섬으로 교역을 나갈 때는 일 년씩 걸리기도 합니다.

남자들은 섬에서 잡은 바다뱀과 조개껍데기를 싣고 더 남쪽에 있는 섬에 가서 직물과 진기한 과일 혹은 쌀 등으로 바꾸어 돌아왔습니다. 어린 시절 나와 언니는 그런 날을 기대하며 혹시 아버지와 오빠의 배가 돌아오지 않을까 매일 해변으로 나가 기다렸습니다.

섬 남쪽에는 남국의 나무와 꽃이 땅에 가득하고 생명

의 빛이 숨쉬기 힘들 만큼 출렁거렸습니다. 용수* 뿌리가 모래 섞인 흙 위에 꿈틀거리고, 커다란 이주나무와 빈랑나무 잎이 태양을 가리고, 샘 주위에는 물질경이가 잔뜩 자라 있었습니다. 먹을 것이 별로 없어 생활은 곤궁하지만 사방에 꽃이 흐드러진 경치만은 아름다웠습니다. 험한 절벽에 핀 하얀 나팔나리, 저녁 무렵이면 색을 바꾸는 히비스커스, 보라색 해안메꽃.

　그러나 곶을 비롯한 섬 북쪽은 전혀 달랐습니다. 작물이 자라기에 좋을 듯한 기름진 흑토가 깔려 있지만, 날카로운 가시를 지닌 아단이 지표를 빽빽이 덮어 들어오는 이의 발길을 거부했습니다. 사람의 침입을 거부하는 것은 육로만이 아니었습니다. 바닷길로 상륙하기도 불가능했습니다. 아름다운 남쪽 해변과 달리 북쪽 바다는 해류가 깊고 거센데다 절벽에 부딪치는 파도도 매우 거칩니다. 그래서 사람들은 섬 북쪽에 상륙할 수 있는 자는 신밖에 없다고 생각했습니다.

　하지만 딱 하나 길이 있었습니다. 아단 덤불 한가운데

---

* 일본 남부 및 동남아시아에 서식하는 열대성 식물. 수페르바스키아라고도 한다.

를 가르고 사람 하나가 간신히 지날 만한 좁은 길이. 그 길은 북쪽 곶으로 이어져 있다고 했습니다. 그러나 아무도 확인할 수는 없었습니다. 그 길을 걸을 수 있는 자는 섬에서 단 한 사람, 대人무녀님뿐이니까요. 북쪽 곶은 신이 강림하는 성스러운 장소라고 전해져왔기 때문입니다.

'오시루시'라고 불리는 검고 커다란 바위가 우리가 사는 남쪽 촌락과 출입금지인 북쪽 성지聖地의 경계를 나누었고, 그 아래 돌로 만든 아담한 제단이 있었습니다. 아이들은 낮에도 어두컴컴한 '오시루시' 뒷길과 제단을 보면 소스라치며 부리나케 도망쳤습니다. 누구든 '오시루시'를 넘어가면 벌을 받는다는 얘기도 있지만, 그 너머 무엇이 있는지 상상조차 할 수 없다는 사실이 두려워서였습니다.

섬의 금기는 그 밖에도 더 있습니다. 평소 성인 여자만 들어갈 수 있는 성지가 몇 군데 있었습니다. 섬 동쪽에 있는 '교이도', 섬 서쪽에 있는 '아미도'가 그렇습니다. 바다로 툭 튀어나온 작은 곶 근처의 교이도는 대무녀님의 집이 있는 곳입니다. 그리고 아미도는 죽은 자의 광장입니다. 섬에서 죽은 사람은 모두 아미도로 보내졌습니다.

교이도와 아미도 모두 섬 동서에 무성한 아단과 용수의 밀림 속에 있고, 모양은 둥근 광장 같다고 합니다. 아무도 풀을 깎지 않는데 그곳만 둥그렇게 비어 있는 것이 신기하다고들 했습니다. 두 성지 근처에 진수眞水가 나오는 우물이 있어서 각각 기요이도와 아미이도라고 부른 것이 이름의 유래라고 합니다만 자세히는 모릅니다. 그리고 무슨 이유인지 남자와 아이는 장례식 때 말고는 그곳의 출입이 금지되었습니다.

내가 어른이 되면 들어갈 수 있는 곳에 대체 무엇이 숨어 있는지 알고 싶다는 불안과 기대감에, 밀림 속에 조그맣게 입을 벌린 그 비밀의 장소를 밖에서 살그머니 들여다보곤 했습니다. 그러나 죽은 자의 광장이 있다는 아미도는 무서워서 도저히 다가가지 못했습니다.

우리 섬에는 특별한 이름이 없습니다. 그냥 '섬'이라고 부르는 데 익숙했지요. 그러나 바다에 나간 남자들은 다른 섬 어부들이 어디서 왔느냐고 물으면 '바다뱀 섬'에서 왔다고 대답했다 합니다. 그 말을 들은 이들은 얼른 고개를 숙이고 기도하는 시늉을 했다고 합니다. 우리 섬에 신이 강림한다는 소문은 남쪽 바다에 널리 퍼져 있었습니다. 열 명 남짓밖에 살지 않는 작은 섬의 사람들도 그 사실을 알았다고 합니다.

'바다뱀 섬'이라 불린 연유는 우리 섬에 바다뱀잡이가
성행했기 때문입니다. 검은 바탕에 노란 줄무늬가 있는
아름다운 바다뱀을 우리는 '나가나와 님'이라고 불렀습
니다. '나가나와 님'은 봄이 되면 알을 낳기 위해 섬 남
쪽에 있는 바닷속 동굴에 모여듭니다. 섬 여자들이 총출
동해 손으로 잡아서는 바구니에 쑤셔담아 창고에 넣지
요. '나가나와 님'은 생명력이 강해서 뭍에 올라온 뒤에
도 두 달 가까이나 살아 있습니다. 드디어 죽은 것을 확
인하면 해변에서 말려 다른 섬과의 교역에서 중요한 상
품으로 씁니다. 바다뱀은 몸에 좋고 맛도 아주 좋다고
하지만, 우리 입에는 좀처럼 들어오지 않았습니다.

어린 시절 '나가나와 님'을 보러 어스레한 창고에 들
어간 적이 있습니다. 바구니 안 '나가나와 님'의 눈이 어
둠 속에서 번쩍번쩍 빛나고 있었습니다. '나가나와 님'
은 점점 말라가는 괴로움에 온몸에서 기름을 흘리며 끼
익끼익 운다고 어머니가 말했습니다. 나는 그것을 전혀
잔혹하게 느끼지 않고, 언젠가 나도 바다뱀을 많이 잡아
서 아침부터 밤까지 일만 하는 어머니를 편하게 해주고
싶다, 그리고 성스러운 할머니께 바치고 싶다는 천진난

만한 생각만 했습니다.

바다뱀잡이는 주로 여자들 몫이었습니다. 그뿐 아니라 얼마 안 되는 산양을 치는 일도, 해변에서 조개나 해초를 줍는 일도 모두 남아 있는 여자들 몫이었습니다. 그중에서도 가장 중요한 일은 바다에 나간 남자들의 안녕과 섬의 번영을 위해 기도를 올리는 것이었습니다. 대무녀로 불리는 제일 높은 무녀가 그 의식을 맡습니다.

실은 우리 할머니 미쿠라 님이 그 대무녀입니다. 즉 나는 섬에서 제일 높은 사람인 대무녀의 집안에 태어난 셈입니다. 미쿠라 님은 '오시루시'를 넘어 북쪽 곶으로 들어갈 수 있는 유일한 사람이었습니다. 우리집 우미헤비*가 대대로 대무녀를 내는 집안이었지요. 물론 분쟁을 해결하고 결정 사항을 집행하는 것은 따로 섬장이 맡습니다.

섬 최고의 무녀 집안에 태어났음에도 나는 꽤 태평한 아이였습니다. 아무것도 모르는 어린 시절에는 날마다 언니 가미쿠와 뛰어놀았습니다. 사남매로 위에 터울이 많이 지는 오빠가 둘 있었지만 늘 바다에 나가는 바람에

---

* '바다뱀'이라는 뜻.

볼 시간이 거의 없어서 얼굴도 잊어버릴 정도였습니다. 더욱이 아버지가 달라서 어쩐지 거리가 느껴졌습니다.

한 살 터울의 가미쿠와 나는 사이좋은 자매였습니다. 집안 남자들이 바다에 나가면 단둘이 놀러다녔습니다. 교이도 쪽 곳에 가거나 아름다운 해변으로 내려가 얕은 물에서 게를 잡거나 하며 참으로 즐겁게 살았습니다.

가미쿠는 체격도 크고 섬에서 가장 영리한 아이였습니다. 게다가 또렷한 이목구비와 흰 피부, 커다란 눈동자를 가진, 섬에서 가장 아름다운 아이였습니다. 눈치가 빠르고, 다정하고, 머리도 좋고, 노래도 잘 불렀습니다. 한 살 터울인 나는 아무리 찾아봐도 가미쿠보다 나은 구석이 없었습니다. 나는 그런 가미쿠를 무척 좋아해서 항상 의지하며 뒤를 바짝 따라다녔습니다.

그러나, 잘 표현할 순 없지만, 뭔가 조금씩 달라지기 시작했다는 징조를 느끼고는 있었습니다. 정말입니다. 예를 들어 나와 가미쿠를 보는 섬사람들의 시선이 미묘하게 달라졌습니다. 또 언젠가부터는 오랜 출어에서 돌아온 남자들이 우리를 대하는 자세가 확연히 달라졌음을 느꼈습니다. 다들 가미쿠의 동향을 신경쓰고, 가미쿠만 아끼는 듯 보였습니다.

그 이유는 가미쿠의 여섯 살 생일에 밝혀졌습니다. 바다에 나갔던 아버지와 삼촌, 오빠들이 생일잔치에 참석하기 위해 돌아왔습니다. 한동안 몸져누워 있던 섬장까지 지팡이를 짚고 나타나 무척 성대하고 호화로운 잔치가 열렸습니다. 섬사람들 모두가 초대를 받았습니다.

채 집안으로 들어가지 못한 사람들이 마당을 가득 메웠습니다. 펴놓은 돗자리 위에 처음 보는 요리들이 줄줄이 놓였습니다. 어머니와 친척 아주머니들이 총출동해 며칠에 걸쳐 진수성찬을 만든 것입니다. 산양을 몇 마리나 잡고, 바다뱀 알을 넣은 국과 소금에 절인 생선, 바다밑바닥에서나 잡히는 조개 회, 뾰족한 별 모양의 진기한 과일과 끈적이는 노란 과육의 과일, 썩은 산양 젖 같은 냄새를 풍기는 안주, 쌀로 빚은 술, 소철을 말려 쌀과 함께 찐 떡 등이 상다리 휘어지게 차려졌습니다.

그러나 어린 나는 그 자리에 참석할 수 없었습니다. 가미쿠 혼자 할머니 미쿠라 님과 나란히 하얀 옷을 입고 새하얀 진주 목걸이를 몇 겹이나 목에 두르고서 축하 상을 받았습니다. 평소에는 항상 가미쿠와 밥을 먹던 나는 그것만으로도 불만이었는데, 가미쿠가 내게서 멀어지는 기분이 들어 내내 불안하기 짝이 없었습니다. 드디어 어른들이 긴 식사를 마치자 가미쿠가 안방에서 나왔습니다. 가미쿠에게 달려가는 나를 옆에 있던 미쿠라 님이 말렸습니다.

"나미마는 거기 있거라. 지금은 가미쿠를 봐서도 안 된다."

"왜요, 미쿠라 님?"

"부정 타기 때문이다."

미쿠라 님의 말에 아버지를 비롯한 남자들이 내 앞을 막아섰습니다. 나는 부정 탄다는 말에 충격을 받아 달달 떨며 고개를 숙였습니다. 왠지 시선이 느껴져서 눈을 들자 가미쿠가 나를 보고 있었습니다. 그 눈에는 지금껏 본 적 없는 슬픔이 서려 있습니다. 나도 모르게 뒷걸음 쳤습니다. 가미쿠의 그런 얼굴은 처음이었습니다.

"언니, 잠깐만."

다급하게 부르는 내 팔을 옆에 있던 어머니와 숙모가 낚아챘습니다. 돌아보니 어머니가 무서운 얼굴로 나를 노려보았습니다. 평소와 달리 심상치 않은 분위기에 나는 울상을 지었습니다. 그러나 아무도 나에게 주의를 기울이지 않았습니다. 어른들에게 쫓겨나면서도 나는 이게 무슨 일인지 알고 싶어 참을 수가 없었습니다. 창고

뒤에서 살짝 내다보니 미쿠라 님이 섬사람들의 배웅을 받으며 작은 가미쿠를 데리고 녹아들 것 같은 어둠 속으로 사라져갔습니다. 섬의 밤은 망망대해에 뜬 조각배처럼 아득합니다. 나는 걱정이 되어 몇 번이고 부엌에 있는 어머니에게 가서 물었습니다.

"어머니, 미쿠라 님하고 언니는 어디 갔어요? 언제 돌아와요?"

어머니의 목소리는 흐릿했습니다.

"산책 갔으니 곧 돌아오겠지."

한밤중에 산책을 갈 리가 없습니다. 섬은 좁으니 잘하면 따라잡을 수 있을 것 같았습니다. 뒤따라가려는 나를 어머니가 황급히 뛰어나와 말렸습니다.

"나미마는 가면 안 돼. 미쿠라 님이 용서치 않아."

나는 어머니의 눈을 올려다보았습니다. 왜 가미쿠는 되고 나는 안 되는지 알 수 없었습니다.

"왜 못 가게 해요!"

나는 떼를 썼습니다. 어머니는 이유도 말하지 않고 한사코 길을 막으셨습니다. 그러나 그 눈길에는 나를 향한 슬픔이 배어 있었습니다. 가미쿠가 나를 보던 눈빛과 같았습니다. 너무나도 이상했습니다. 왜 갑자기 우리 자매를 떼어놓는 걸까요. 그것도 이렇게 극단적으로.

문득 어머니의 손치에 먹다 남은 잔치 음식들이 보였습니다. 아무도 손대지 않은 산양고기와 야광조개 회, 노란 과육의 과일 등등. 태어나 한 번도 먹어본 적 없는 진수성찬에 나도 모르게 손을 뻗었습니다. 그러자 어머니가 찰싹하고 손을 때렸습니다.

"가미쿠가 먹다 남긴 것에 손대면 벌받는다. 그 아이는 앞으로 미쿠라 님의 후계자가 될 거야."

나는 놀라서 어머니의 얼굴을 보았습니다. 그때까지 막연히 미쿠라 님의 후계자는 미쿠라 님의 딸인 어머니니세라일 거라고 믿었습니다. 우리 대가 무녀가 되는 날은 아직 까마득히 멀다고 생각했습니다. 그러나 어머니는 확실하게 말했습니다. 미쿠라 님의 후계자는 가미쿠라고.

어머니는 가미쿠의 잔칫상 위의 남은 음식을 어딘가에 버리러 갔습니다. 나도 그길로 밖으로 나가 별이 뜬 하늘을 올려다보았습니다. 가미쿠는 어디서 뭘 하고 있을까. 마음 한구석에 미쿠라 님의 말이 무겁게 내려앉았습니다. '부정 타기 때문이다.' 가미쿠가 더 나이가 많고 뛰어나니 내가 대무녀가 못 되는 것은 어쩔 수 없다 해도, 내가 보면 '부정 탄다'는 건 대체 무슨 소리일까요? 나는 부정한 존재라는 뜻일까요? 걱정에 밤새 거의 잠을 이루지 못했습니다.

가미쿠가 돌아온 것은 다음날 오전이었습니다. 이미 해가 높이 떠오르고 기온도 오른 뒤였습니다. 나는 가미쿠를 보고 달려갔습니다. 하얀 외출복이 조금 지저분해지고 초췌한 모습이었습니다. 잠을 못 잤는지 핏발 선 눈이 멍하니 풀려 있었습니다. 자갈밭을 밟은 것처럼 발이 온통 상처투성이였습니다.

"언니, 어디서 뭘 한 거야? 발은 또 왜 그래?"

상처투성이 발을 가리키며 물었지만 가미쿠는 고개를 저을 뿐이었습니다.

"말 못해. 미쿠라 님이 어디서 뭘 했는지 아무한테도 말하지 말라고 하셨단 말이야."

아마 '오시루시' 뒤의 외길을 통해 북쪽 곶까지 간 모양이라고 생각했습니다. 그리고 신을 배알했는지도 모릅니다. 하얀 옷을 입은 미쿠라 님과 가미쿠가 횃불 하나 손에 들고 아단 수풀 사이로 들어간다…… 그 모습을 상상만 해도 무서워서 몸이 떨렸습니다.

그런 경험을 한 가미쿠가 갈수록 신비롭게 보여서 나

는 다시 움츠러들었습니다. 그때 어머니가 다가와서 가미쿠에게 뭐라고 주의를 주었습니다. 말꼬리가 바람을 타고 내 귀에도 들려왔습니다.

"나미마하고 얘기하면 부정 탄다고 미쿠라 님이 말씀하셨잖니!"

나는 놀라서 그쪽을 보았지만, 두 사람은 내 모습이 눈에 들어오지도 않는 듯 등을 돌렸습니다. 금세 눈물이 쏟아져 하얀 모래투성이가 된 맨다리에 눈물 자국이 몇 가닥이나 생겼습니다. 영문은 알 수 없지만, 내가 부정한 존재라고 깨닫게 된 순간이었습니다.

사이좋았던 우리 자매는 그렇게 어쩔 수 없이 각기 다른 길을 걷게 됐습니다. 아니, 다른 정도가 아니라 양과 음, 겉과 속, 하늘과 땅처럼 정반대 길이었습니다. 그것이 섬의 '순리'이자 '운명'이었습니다. 그러나 어렸던 나는 한동안 아무것도 알지 못했습니다.

가미쿠는 다음날부터 미쿠라 님과 함께 지내게 되어 소지품을 챙겨 집을 나갔습니다. 미쿠라 님의 거처는 교이도 옆의 곶 뿌리에 있습니다. 어른이 될 때까지 가미쿠와 함께 살 줄 알았던 나는 이별을 가슴 아파하며 가미쿠의 뒷모습을 지켜보았습니다. 가미쿠도 나와 헤어지는 것이 슬펐을 테지요. 미쿠라 님의 시선을 피해 이따금씩 돌아보는 눈에도 눈물이 반짝거렸습니다.

그날부터 가미쿠는 부모 형제를 떠나 대무녀님이 되는 교육을 받았습니다. 아마 나보다 훨씬 힘겨웠을 테지요. 예전처럼 물가에서 놀지도 못하고, 빗속에서 벌거벗고 씻지도 못하고, 꽃을 따지도 못합니다. 나와 가미쿠의 행복하고도 짧은 어린 시절은 그렇게 어이없이 끝났습니다.

이윽고 섬장이 나에게 새로운 역할을 주었습니다. 어머니와 친척 아주머니들이 번갈아가며 만드는 가미쿠의 식사를 밤마다 나르는 일이었습니다. 미쿠라 님 혼자 계실 때는 직접 만들어 드셨다고 합니다만, 가미쿠가 함께 있는 동안 가미쿠의 식사는 특별히 만들어서 날라야 했습니다.

하루 한 번씩 가져다주는 가미쿠의 식사는 두 끼분이었습니다. 빈랑 잎을 가늘게 찢어 정성껏 짠 뚜껑 달린 바구니 두 개를 썼는데, 식사가 든 바구니를 오두막 앞에 두고 전날 밤에 나른 빈 바구니를 가져오는 식이었습니다.

그 역할에는 엄연한 규칙이 있었습니다. 바구니 안을

보지 말 것, 가미쿠가 남긴 음식을 먹지 말 것, 바구니에 남은 음식이 있으면 돌아오는 길에 교이도 옆의 곶에 올라가 바다에 버릴 것, 이 모든 일을 아무한테도 말하지 말 것, 네 가지였습니다.

나는 그 역할을 맡은 것이 무척 기뻤습니다. 가미쿠를 만날 구실이 생겼고, 가미쿠가 미쿠라 님에게 무엇을 배우고 어떤 경험을 하는지도 궁금했기 때문입니다.

다음날 저녁, 어머니가 빈랑 잎으로 짠 바구니를 건네주었습니다. 촘촘해서 안이 보이지 않지만 받아든 순간 아주 맛있는 냄새가 나서 현기증까지 났습니다. 만드는 동안은 부엌을 들여다보지 말라고 해서 밖에서 놀고 있었습니다. 출렁출렁 흔들리는 그릇 안에는 아마 바다거북이나 바다뱀 국이 들어 있고, 구수한 냄새가 나는 생선구이는 먼바다에서 남자들이 가져온 말린 생선이고, 묵직한 것은 남자들이 가지고 돌아온 쌀 한줌을 월도 잎에 싸서 찐 떡일 거라고 짐작했습니다.

나는 그런 진수성찬을 한 번도 먹어본 적이 없습니다. 아니, 대부분의 섬사람도 맛본 적이 없을 테지요. 나와 어머니를 비롯한 모든 이들이 언제나 굶주려 있습니다. 작은 섬이라 먹을 것을 함부로 채취할 수 없었습니다.

먹을 것이 섬사람 모두에게 돌아가기 힘든 상황이었지요. 폭풍우가 치면 굶어죽는 사람이 나오는 것도 이상하지 않았습니다. 남자들이 바다에 나가 돌아오지 않는 것도 실은 먹을 것이 없어서이기도 했습니다. 부끄럽지만, 내가 가미쿠를 진심으로 부러워한 것 역시 매일 맛있는 것을 먹는다는 이유였습니다.

나는 어머니가 건네준 바구니를 소중히 안고 교이도 숲 옆의 작은 오두막으로 갔습니다. 오두막에서 곶으로 통하는 길이 나 있기 때문에 파도 소리가 아주 가깝게 들렸습니다. 그때 집안에서 미쿠라 님의 기도 소리가 들려왔습니다. 가미쿠의 맑고 귀여운 목소리가 뒤따릅니다. 귀기울이다보니 절로 외워져서 무심결에 같이 중얼거렸습니다.


천년의 북쪽 곶

백년의 남쪽 해변

바다에 줄을 쳐 파도를 달래고

산에 그물을 쳐 바람을 잠재우고

그대 노래를 맑게 하고

내 춤을 새로이 하고

오늘 이날의

신의 명령

영원히


"밖에 누구냐."

미쿠라 님의 매서운 목소리에 나는 움찔했습니다. 미쿠라 님이 문을 열고 나와 나를 확인하더니 한순간 눈웃음을 지으셨습니다. 의식 때는 '부정 탄다'고 나무라셨는데, 그날 미쿠라 님의 눈에는 손녀를 바라보는 할머니의 자상함이 가득했습니다. 나는 안심하고 끼닭을 말했습니다.

"미쿠라 님. 섬장님의 명령으로 바구니를 나르게 되었습니다."

나는 먹을 것이 든 바구니를 내밀면서 어두컴컴한 오두막 안을 살짝 들여다보았습니다. 가미쿠가 마루에 무릎을 꿇고 있었습니다. 내 쪽을 돌아보고 기쁜 듯이 미소지으며 작은 손을 흔들었습니다. 나도 웃으면서 손을 흔들어 보였지만, 곧 미쿠라 님이 문을 탁 닫아버렸습니다.

"나미마, 고생했다. 내일부터는 이 문 앞에 두고 가거

라. 이건 어젯밤 바구니인데, 가미쿠가 남긴 것은 요 앞
곳에서 바다에 버리고 가라. 몰래 먹으면 천벌받는다.
절대 그래선 안 돼."

바구니를 건네받은 나는 아단과 용수 숲을 빠져나와
부처꽃이 땅에 바짝 붙어 자란 곳 정상까지 올라갔습니
다. 바구니에는 정말로 먹을 것이 든 것 같았습니다. 배
가 고파서 몰래 먹고 싶은 충동이 들었지만 미쿠라 님이
단단히 이르신 대로 절벽 위에서 바구니를 뒤집어 내용
물을 던졌습니다. 조심조심 아래를 내려다보니 음식이
파도에 휩쓸려 떠돌다 이윽고 밑으로 가라앉는 것이 보
였습니다.

얼마나 아까운 짓인가요. 그러나 할머니와 어머니의
명령이니 어쩔 수 없습니다. 가미쿠를 위해 제일가는 진
수성찬을 준비했어도 남으면 버려야 하는 것입니다. 그
래도 잘 지내는 가미쿠의 모습을 본 것만으로 좋아서 노
래를 흥얼거리며 돌아왔습니다.

어린아이가 밤에 섬을 혼자 걸을 일은 좀처럼 없습니
다. 남쪽 해변에 있는 집까지 돌아오는 길을, 보름달이
비추는 하얀 절벽과 이주나무 가지에 매달린 검은 박쥐
그림자를 바라보며 조마조마한 심정으로 걸었습니다.

다음날도 그다음날도 같은 길을 걸을 테니 언젠가는 익숙해지리라 생각했지만, 밤의 풍경은 정말로 무서웠습니다.

달빛이 내리는 해변에 사람 그림자 같은 것이 보였습니다. 누군가가 나를 걱정해서 마중나온 걸까요? 나는 곧장 뛰어가려다 말고 우뚝 멈췄습니다. 모르는 사람이었습니다. 긴 머리카락을 등까지 늘어뜨리고 하얀 옷을 차려입은 여자. 피부가 하얗고 몸집이 포동포동했습니다. 미쿠라 님, 하고 부를 뻔하다가 입을 다물었습니다. 체형은 비슷하지만 다른 사람입니다. 여자는 나를 발견하고 부드럽게 웃어주었습니다. 섬 주민이라곤 겨우 이백 명밖에 없는데 한 번도 보지 못한 사람입니다.

이 사람은 신일지도 모른다. 감동한 나머지 팔에 오돌토돌 소름이 돋았습니다. 내가 옴짝달싹 못하는 동안 여자는 그대로 바다에 들어가 어둠 속으로 사라졌습니다. 신을 만났다. 게다가 내게 부드럽게 웃어주셨어. 나는 몹시 행복해서 이 일을 맡겨준 섬장님과 미쿠라 님에게 감사했습니다. 그후 두 번 다시 나타나지 않았지만, 신의 모습을 본 것을 소중한 비밀로 간직하며 매일 밤 가미쿠의 식사를 나르는 힘든 역할을 완수할 수 있었습니다.

다음날부터 매일 음식 바구니를 들고 교이도 옆 오두막까지 걸어갔습니다. 햇볕이 내리쬐는 무더운 날도, 세찬 북풍이 부는 날도, 폭풍우가 휘몰아치는 날도, 소나기가 내리는 날도. 내가 도착하면 허름한 문 앞에 전날 밤 가져온 바구니가 놓여 있습니다. 아무도 입에 델 수 없는 진수성찬을, 어머니와 친척 아주머니들이 정성껏 만든 요리를 가미쿠는 대부분 남겼습니다. 나는 바구니의 내용물을 곶에서 바다로 던지고 돌아갔습니다. 내가 제대로 버리는지 음식물이 바다에 떨어지는 소리를 미쿠라 님이 듣고 있다는 걸 알았기에 시키는 대로 안도 보지 않고 버렸습니다.

그나저나 미쿠라 님은 어째서 이 맛있는 음식을 드시지 않는 걸까요. 이상하다 싶었지만, 어머니에게 물어보기도 왠지 주저됐습니다. 내가 '부정한' 존재라는 사실과 어떤 연관이 있다고 느꼈는지도 모릅니다.

일 년 뒤, 가미쿠를 잠깐 볼 기회가 있었습니다. 섬에서는 음력 8월 13일 밤에 항해의 무사를 비는 기도를 올립니다. 가미쿠는 미쿠라 님과 함께 제단 앞에 앉아 있었습니다. 미쿠라 님이 기도를 올리는 동안, 가미쿠는 그 모습을 진지하게 바라보았습니다.

하늘 향해 절을 올리네
바다 향해 절을 올리네
섬을 위해 기도하네
하늘에 뜬 해에 소원을 비네
바다에 잠기는 해에 등을 돌리네
남자의 일곱 노래가 울려퍼지네
남자의 세 목이 파도를 만드네
하늘 향해 절을 올리네
바다 향해 절을 올리네
섬을 부탁하네

이윽고 미쿠라 님의 부름에 가미쿠가 일어났습니다.
기도에 맞추어 하얀 조개껍데기를 딱딱 울리는 역할이
었습니다. 가미쿠를 보고 나는 깜짝 놀랐습니다. 못 본
사이 키가 훌쩍 크고 체격도 좋아졌습니다. 그리고 섬에
서는 보기 드문 하얀 피부가 한결 곱게 빛나는, 정말 아
름다운 소녀가 되어 있었습니다.

나는 여전히 까무잡잡한 피부에 빈상이었습니다. 마

르고 키도 작습니다. 그도 그럴 것이 내 식생활은 보잘 것없었습니다. 가끔 작은 게를 잡으면 기뻐할 정도고, 평소에는 빈랑 싹, 소철 열매, 쑥이나 파초일엽 등의 풀, 작은 물고기, 조개, 해초 등이 전부였습니다. 섬에 먹을 수 있는 식물이 자라긴 하지만 키우는 데 품이 들고 섬 사람 모두가 캐가기엔 양이 부족합니다. 그러니 매일 아침 해변에 가서 해초를 줍고 조개와 물고기 등을 잡지 않으면 먹고살 수 없습니다.

폭풍우가 몰아쳐 채집을 못하는 날에는 식사량이 확 줄었습니다. 그러나 섬에서 나는 온갖 진미를 독차지하는 가미쿠는 빼어나게 아름다웠습니다. 나는 가미쿠의 생기에 압도되어 아무 말도 할 수 없었습니다. 사이좋은 자매였는데 확연히 차이가 벌어진 것이 먹먹할 따름이었습니다.

미쿠라 님의 기도가 끝났습니다. 그러고는 가미쿠를 데리고 교이도 옆에 있는 오두막으로 돌아가셨습니다. 가미쿠가 잠깐 나를 돌아보고 고개를 살짝 끄덕였습니다. 몰래 보고 있던 것을 알아차렸겠지요. 나는 기뻐서 방금까지 가미쿠의 자태에 압도당했음을 잊어버리고 언니와 얘기하고 싶다, 놀고 싶다고 속으로 생각했습니다.

그날 저녁 언제나처럼 어머니에게서 빈랑 바구니를 받아들었습니다. 바구니는 여전히 맛있는 냄새를 솔솔 풍겼습니다. 나는 기어이 어머니에게 묻고 말았습니다.

"어머니, 왜 언니만 맛있는 걸 먹어요?"

어머니는 주저하면서 말했습니다.

"나중에 대무녀님이 될 몸이니까."

"그렇지만 미쿠라 님은 안 잡수시잖아요."

"미쿠라 님은 역할을 다하셨으니 이제 필요 없어."

나는 어머니의 말을 통 이해할 수 없었습니다.

"그렇지만 여전히 미쿠라 님이 대무녀님이잖아요."

어머니는 미소지었습니다.

"대를 이을 무녀를 만들었으니 미쿠라 님은 이제 역할을 다하셨어. 앞으로 미쿠라 님에게 무슨 일이 생기면 가미쿠가 대신하게 돼. 섬에 대무녀님이 끊기는 일은 절대 일어나선 안 되니까."

어머니는 큰 항아리를 들여다보고 물의 양을 확인하면서 말했습니다. 최근 가뭄이 계속되는 것이 걱정이었습니다. 나도 항아리 안을 보았습니다. 물은 바닥에 조금밖에 남아 있지 않았습니다. 이 물마저 없어지면 우리는 마시지 못하고 가미쿠에게만 주게 될 것입니다.

"어째서 어머니가 대를 잇지 않죠? 어머니는 미쿠라 님의 딸이잖아요. 왜 어머니를 건너뛰어 갑자기 가미쿠가 무녀가 되는지 모르겠어요."

그동안 의문스러웠던 점을 물었지만 어머니는 항아리의 물만 볼 뿐 대답하지 않았습니다. 항아리를 들여다보는 나와 어머니의 두 얼굴이 수면에 비쳤습니다. 나는 물에 비친 어머니의 얼굴을 빤히 바라보았습니다. 어머니는 몸집이 작고 까무잡잡합니다. 나는 어머니를 빼다 박았습니다.

"너는 아직 어려서 모르겠지만, 이 섬에는 모든 것이 정해져 있어. '양' 다음은 반드시 '음'이어야 해. 미쿠라 님은 '양'이니까 딸인 나는 '음', 손녀인 가미쿠는 '양'."

어머니는 말을 끊고 시선을 돌렸습니다. 어린 마음에도 나는 내가 어머니와 같은 '음'이라는 것을 느꼈습니다. 가미쿠 다음은 '음'이 될 테니까요.

"그럼 나는 '음'이네?"

"그래. 너한테 여동생이 있다면 그 아이는 또 '양'이 되지. 음양, 음양, 그렇게 운명이 되풀이되는 거야. 그러니 가미쿠는 섬에서 제일 오래 살며 아이를 낳아야만 해. 그 아이 중 하나는 딸이어야 하고, 그 딸이 또 손녀를 낳아야 해. 우리 집안은 그렇게 계속 대무녀님을 낳아왔단다. 그것이 이 섬에서 살기 위한 우리의 운명이야. 아니, 이 섬이 우리의 운명에 올라타 있지. 그래서 모두가 살아올 수 있었단다."

어머니는 그렇게 말하고, 항아리 물에 비친 내 얼굴을 보며 웃어주었습니다. 간신히 수수께끼가 풀려 만족하긴 했지만 한숨이 나왔습니다. 가미쿠는 섬의 운명을 위해 맛있는 음식을 먹고 장수하며 딸을 낳아야 합니다. 아직 어린 나이에 막중한 책임을 짊어진 언니가 너무나 가여웠습니다. 나였다면 그 무게에 무너지고 말았으리라 생각하고, 앞으로 언니를 도우며 살겠노라 결심했습니다. 그리고 그날 밤 해변에서 본 '신'이 이런 책임들을 만들었나 싶어 신비함을 느꼈습니다.

그때는 설마 내게도 다른 책임이 있으리라고는 전혀 깨닫지 못했습니다.


2


가미쿠가 미쿠라 님 밑에서 대무녀님이 되는 수행을

시작하고 칠 년이라는 세월이 흘렀습니다. 가미쿠가 열세 살, 나는 열두 살이 되었지요. 나는 여전히 폭풍우가 몰아치든 고열이 나든 관계없이 하루도 거르지 않고 가미쿠한테 식사를 날랐습니다. 내용물은 거의 바뀌지 않는 것 같았지만 점차 양이 늘어 바구니가 무거워졌습니다. 그런데 가미쿠는 워낙 입이 짧아 바구니 안의 음식을 다 먹은 날이 손으로 꼽을 정도였습니다. 나는 미쿠라 님의 지시대로 가미쿠가 남긴 음식을 그대로 바다에 버렸습니다. 안을 들여다본 적은 맹세코 한 번도 없습니다. 아무리 훔쳐먹고 싶은 충동이 들어도 천벌이 두려워 우직하게 따랐습니다.

섬사람들이 식량 부족에 시달리는 마당에 그것이 얼마나 사치스러운 짓인지는 뼈저릴 만큼 잘 알고 있었습니다. 내가 가미쿠라면 먹기 싫어도 남김없이 먹을 텐데, 라고 생각한 적도 한두 번이 아닙니다. 뭔가 석연찮은 생각이 물항아리에 고인 앙금처럼 점점 쌓여갔습니다.

세차고 축축한 바람이 섬의 나무들을 온통 흔들어놓던 밤이었습니다. 사람들은 며칠 뒤 때아닌 폭풍우가 칠 거라며 겁에 질려 있었습니다. 폭풍우가 치기 전에는 이렇게 며칠씩 미지근하고 세찬 바람이 불어댑니다. 바람은 그러다 어딘가로 사라져버리기도 하고, 세찬 비를 몰고 와 섬의 작물을 모두 쓰러뜨리고 휩쓸어가기도 합니다.

나는 두꺼운 구름이 달을 덮어버린 캄캄한 밤하늘을 불안하게 올려다보았습니다. 어둠 속에서 하얀 꽃이 찢기듯 구름이 잽싸게 물러나는 모습이 보입니다. 귀를 기울이니 멀리서 바다가 우짖듯 웅웅대는 소리가 들렸습니다. 머나먼 천공에서 인간이 어찌할 수 없는 커다란 힘이 미쳐 날뛰는 것 같아 너무도 무서웠습니다.

가느다란 노니 줄기가 강풍에 꺾일 듯이 휘청거렸습니다. 폭풍우에 힘들게 키운 작물이 쓰러져버리거나 집과 비료 창고가 날아가지 않도록 새끼를 꼬아서 돌과 나무에 고정하는 것도 여자들에겐 중노동이었습니다. 그리고 무엇보다 섬 여자들을 애태우는 것은 고기잡이를 나간 남자들의 안부였습니다. 물론 미쿠라 님이 종일 기도소에서 안전을 빌어주시지만, 그것으로 막을 수 없는 큰 힘이 닥친 적도 과거에 많았습니다.

어머니 얘기로는 십오 년 전쯤 엄청난 폭풍우가 몰려와서 바로 근처까지 돌아와 있던 남자들의 배가 몇 척이

나 전복했다고 합니다. 지금의 우리 아버지도 그때 배에 타고 있었는데 간신히 섬으로 헤엄쳐서 돌아와 무사했습니다. 돌아온 이들은 아버지를 포함해 젊은 남자 십여 명뿐이었습니다. 그후 섬에서는 일정 연령대의 남자들이 사라져버렸습니다. 우리와 나이차가 많이 나는 오빠들의 아버지는 안타깝게도 폭풍우로 세상을 떠났습니다.

그러나 미쿠라 님은 니세라의 남편이 죽은 덕분에 가미쿠와 나미마를 얻게 되었다며 기뻐했다 합니다. 또 섬사람을 모아놓고 이렇게 말씀하셨답니다. 모든 일에는 좋은 면과 나쁜 면이 있다. 신이 우리에게 그 사실을 알려주셨으니 양면을 보아야 한다, 모두 슬픔을 이겨내고 좋은 면을 보며 살아가자고.

그 말처럼, 가미쿠는 우리를 떠나 대무녀님이 되는 힘든 수련을 쌓는 대신 이렇게 맛있는 음식을 매일 먹을 수 있습니다. 섬사람들이 아무리 굶어죽어가도 가미쿠는 살아남겠지요.

그럼 나에게는 어떤 운명이 기다리고 있을까. 나는 그런 생각을 하면서 가미쿠의 음식이 든 바구니를 안고 강풍에 맞서 걸었습니다. 깡마른 몸이 바람에 날아갈 것 같아 무서웠습니다. 오늘따라 바구니에서 특별히 더 맛있는 냄새가 났습니다. 저녁을 벌써 먹었는데도 냄새를 맡으니 배가 꼬르륵거렸습니다. 오늘 나와 어머니의 식사는 쑥과 해초뿐이었지만, 그나마 이것도 먹을 것이 있으니 행복한 축에 듭니다. 노인들만 사는 집이나 가난한 집은 먹을 것이 전혀 없어서 폭풍우 치는 해변을 눈에 불을 켜고 돌아다닌다고 어머니는 말했습니다.

오늘 바구니에는 쌀떡과 진한 바다뱀국, 산양고기가 든 것 같습니다. 그러나 나는 오늘이 평소와 다르다는 것을 알고 있었습니다. 아침 일찍 미쿠라 님이 몸소 찾아와 어머니에게 말을 전한 것입니다. 어머니는 친척 아주머니들과 함께 폭풍우를 뚫고 '오시루시'로 구기자를 따러 갔습니다. 구기자를 만지면 손톱이 빨개집니다. 어릴 적 나와 가미쿠는 곧잘 구기자 즙을 손톱에 바르며 놀았습니다. 어머니가 구기자로 뭘 했는지는 모르지만, 아마도 이 바구니에 특별한 음식이 들었나봅니다.

그러나 그게 문제가 아니었습니다. 걸어가는 동안 바람이 점점 강해졌습니다. 집집마다 강풍에 대비해 문을 꼭꼭 닫았습니다. 빈랑과 노니가 우수수 소리를 내며 심하게 흔들리니 마치 커다란 생물이 몸부림치는 것 같아 속이 울렁거렸습니다. 익숙한 길이 전혀 다르게 보입니다. 파도가 철썩철썩 섬을 때리는 것처럼 벼랑에 밀려드는 소리가 울립니다. 마치 북쪽 곳에 내려온 험상궂은 신이 온 섬을 활보하는 것 같아 무서워 죽을 지경입니다.

나는 서둘러 미쿠라 님의 오두막으로 향했습니다. 오두막 문 앞에는 강풍에 날아가지 않도록 커다란 산호를 올려놓은 빈랑 바구니가 놓여 있었습니다. 내가 전날 날라다준 것입니다. 오늘 몫을 내려놓고 그 바구니를 들었습니다. 그런데 어찌된 일인지 무게가 거의 줄지 않았습니다.

"나미마냐?"

문이 열리고 안에서 미쿠라 님이 나왔습니다.

"미쿠라 님, 가미쿠가 어디 아픈가요? 전혀 줄지 않은 것 같아요."

나는 묵직한 바구니를 가리켰습니다. 그러자 미쿠라 님은 예상과 달리 빙긋 웃으면서 말씀하셨습니다.

"괜찮다. 나미마는 괜한 생각 말거라. 당부대로 곳에 버려라. 가미쿠는 달거리를 시작했느니라."

가미쿠가 아이를 낳을 수 있는 몸이 된 것입니다. 가미쿠의 운명을 생각하면 대단히 경축할 일입니다. 그러나 나는 놀라서 굳어버렸습니다. 가미쿠가 기어이 손닿을 수 없는 먼 세계로 가버렸다는 생각이 들었습니다.
가미쿠에게 축하한다고 말하고 싶어서 잠시 오두막 앞
에서 꾸물거렸지만 역시 가미쿠는 나타나지 않았습니
다. 결국 포기하고 다시 폭풍우 속을 걸어갔습니다.

"나미마."

갑자기 어두운 수풀에서 남자 목소리가 들려왔습니
다. 나는 깜짝 놀라 하마터면 바구니를 떨어뜨릴 뻔했습
니다. 그러나 아무도 없었습니다. 바람 소리를 잘못 들
었나 생각했을 때, 한 번 더 소리가 났습니다.

"나미마, 잠깐만."

"누구?"

"놀라게 해서 미안해."

남자는 여전히 모습을 드러내지 않았습니다. 섬의 남
자들은 거의 바다에 나가고 여기는 노인과 아이, 병든
사람들만 남아 있습니다. 하지만 그 남자의 목소리는 젊
었습니다. 대체 누구지? 나는 어둠 속을 자세히 살폈습
니다.

"나야, 마히토."

우미가메*가의 장남 마히토였습니다. 열여섯 살로 바
다에 나갈 수 있는 나이지만 금지당했습니다. 나는 곤혹

스러워서 어찌할 바 모르고 고개를 숙였습니다. 섬의 규율상 우미가메가 사람과 말을 해선 안 됩니다. 그러나 여자들에 섞여 해변에서 해초와 조개를 줍던 마히토의 표정을 떠올리면 왠지 가슴이 아파서 무시할 수가 없었습니다. 여자들과 일하는 것이 굴욕일 텐데, 마히토의 까무잡잡한 얼굴에는 어떻게든 먹을 것을 캐야 한다는 절박함이 서려 있었습니다. 가족에게 먹을 것을 가져다주려는 간절한 바람뿐이었습니다. 그 마음이 내게도 절절하게 전해졌습니다. 나는 작은 목소리로 인사했습니다.

"안녕, 마히토."

마히토는 안심한 듯 내 앞에 모습을 드러냈습니다. 내가 마을의 규율을 어긴 것으로 보이지 않도록 배려하느라 숨어 있었던 것이겠지요.

"나미마, 미안해. 나 같은 게 말을 걸어서. 사람들 눈에 띄지 않도록 조심하자."

마히토는 나보다 훨씬 키가 크고 늠름해서 어부 일에 안성맞춤이었습니다. 그러나 아무도 그 사실을 알아채지 못하도록 언제나 몸을 한껏 구부리고 다녔습니다.

---

* '바다거북'이라는 뜻.

"마히토, 그런 건 신경쓰지 마."

"그럴 수는 없지."

마히토는 신중하게 주위를 둘러보았습니다. 마히토가 속한 우미가메가는 저주받은 집안이라고 하여 마을에서 따돌림을 받았습니다. 그 규율은 잔인했습니다. 원래 섬 남자들은 서로 도우며 바다에 나가지만, 따돌림받는 집은 출어가 허락되지 않습니다. 그것은 곧 굶어죽으라는 말과 마찬가지였습니다.

"나한테도 부정 탄다고 말을 걸지 않는 사람들이 있는걸."

나는 평소의 불만을 털어놓았습니다. 미쿠라 님과 어머니가 나를 두고 '부정 탄다'고 한 것은 가미쿠의 여섯 살 생일 때뿐이었지만, 섬사람 중에도 간혹 나를 보면 시선을 피하고 말을 걸지 않는 사람이 있습니다.

"그런 건 신경쓰지 마."

이번에는 마히토가 같은 말을 해서 우리는 무심결에 마주보고 웃었습니다.

실은 나는 마히토의 가족을 남몰래 동정했습니다. 왜냐하면 우미가메가는 대무녀, 즉 우리집인 우미헤비가 다음가는 무녀 집안이기 때문입니다. 만약 대무녀 집안

44

에 후계자가 태어나지 않으면 차위 무녀 집에서 여자아이를 바쳐야 하는데, 어쩐 이유인지 우미가메가에는 남자아이밖에 태어나지 않았습니다. 여기 있는 마히토를 비롯해 아들만 일곱 명이었습니다. 마히토의 어머니는 대를 끊을 수 없다며 필사적으로 여자아이를 낳으려 했지만, 매번 남자아이만 태어나는데다 오래 살지도 못했습니다. 이제 남은 아이는 마히토, 니히토, 미히토 세 명뿐입니다.

"어머니는 잘 지내셔?"

내가 묻자 마히토는 안심한 표정을 지었습니다. 다부진 눈빛과 청결한 용모가, 마히토가 누구보다 뛰어난 남자임을 또렷이 말해주었습니다. 바다에 나갔다면 훌륭한 어부가 됐을 테지요. 그러나 마히토의 목소리는 낮고 침울했습니다.

"아니, 실은 또 아기가 태어날 것 같아."

"그거 잘됐네."

나는 조심스럽게 축복했습니다.

"어머니는 이번에는 정말 여자아이 같다고 하지만, 어떨는지."

마히토는 한숨을 쉬며 말했습니다. 여자아이가 태어

나지 않으면 저주받은 집이라는 낙인이 사라지지 않겠지요. 남은 삼형제도 계속 따돌림을 받으며 살아가야 합니다. 마히토의 어머니는 이미 마흔이 가까울 터. 그럼에도 목숨을 걸고 출산하지 않으면 이 섬에서 살아갈 수가 없습니다.

"괜찮아. 분명 여자아이일 거야."

"그러면 다행이지만. 나미마, 실은 부탁이 있어." 마히토는 말하기 어려운 듯 고개를 숙였습니다. "그 바구니에 가미쿠가 남긴 음식이 들어 있지?"

나는 놀라서 바구니를 뒤로 숨기려 했습니다. 미쿠라 님과 어머니가 아무한테도 말하지 말라고 단단히 주의를 주었으니까요. 그러나 곧 마히토가 말했습니다.

"숨기지 않아도 돼. 섬사람들 다 알고 있어."

그랬나 싶어 나는 마히토의 얼굴을 올려다보았습니다. 마히토는 괴로운 얼굴로 부탁했습니다.

"혹시 조금이라도 남은 게 있으면 버리지 말고 나에게 주지 않을래? 어머니 몸보신하게 드리고 싶어. 안 그러면 돌아가실 것 같아."

뜻밖의 부탁에 나는 당황했습니다.

"미쿠라 님이" 하고 말을 꺼내는데 마히토가 막았습

니다.

"알아. 가미쿠가 입을 댄 음식은 아무도 먹어선 안 되는 것이 섬의 규율이지. 하지만 우리집은 정말 위기상황이야. 어머니가 낳은 동생들이 넷이나 연달아 죽고, 지금 곧 여덟째 아기가 태어나. 이번에는 여자아이 같다시지만, 체력이 달려서 아이를 낳다가 돌아가실까봐 걱정이야. 부탁이니 그 음식을 주지 않겠니? 천벌은 각오하고 있어."

싫다고 하면 마히토가 억지로 빼앗아갈까? 나는 필사적으로 매달리는 마히토의 눈을 보았습니다. 어둠 속에서 흰자위가 반짝입니다. 그것이 눈물임을 깨닫고 나는 바구니를 내밀었습니다.

"오늘 하루만."

"고맙다. 정말 고마워. 은혜 잊지 않을게."

마히토가 머리를 숙이자 나는 덜컥 겁이 나서 뒤돌아보았습니다. 바람에 나무가 흔들리는 소리가 발소리로 들린 것입니다.

"잠깐, 그 바구니 돌려줘. 미쿠라 님이 바다에 버리는 소리를 듣고 계실 테니 대신 다른 걸 버려야 해. 얼른."

나는 다급히 말했습니다. 바다에 떨어지는 소리가 평소

보다 늦어지면 미쿠라 님이 나와서 살펴볼지도 모릅니다.

마히토는 재빠른 몸놀림으로 풀독도 아랑곳없이 길가에서 커다란 알로카시아 잎을 따왔습니다. 나는 바구니 뚜껑을 열고 안에 든 음식을 그 잎사귀 위로 옮겼습니다. 구기자로 빨간 물을 들인 떡이었습니다. 떡은 거의 손도 대지 않은 상태였습니다. 놀란 나는 토기에 담긴 바다뱀국을 엉겁결에 쏟아버렸습니다. 걸쭉하고 진한 국물이 나와 마히토의 손목을 타고 바닥에 흘렀습니다. 순간 맛있는 냄새가 주변에 퍼졌습니다. 우리는 동시에 침을 삼키고 마주보았습니다. 갑자기 눈물이 복받쳤습니다. 그 기분을 어떻게 표현해야 좋을까요. 나와 인연이 없는 세계를 알아버린 슬픔이었는지도 모릅니다.

희미하게 떨리는 마히토의 손이 보였습니다. 마히토도 무서워한다는 사실에 마음이 조금 진정됐습니다.

"어머니 갖다드려."

마히토가 고개를 끄덕이면서 음식을 담은 잎사귀를 황급히 챙겼습니다. 그리고 흙과 모래를 알로카시아 잎에 싸서 빈 바구니에 넣어주었습니다.

"고마워, 나미마."

마히토는 연신 고맙다고 말하며 바닥에 흐른 바다뱀

국을 아쉬운 듯 발로 뭉갰습니다. 그 모습을 본 나는 이렇게 제안했습니다.

"마히토, 내일도 줄 테니까 이 시간에 와. 담아갈 그릇도 챙겨서."

은혜 잊지 않을게, 마히토가 작게 인사하고 어둠 속을 달려갔습니다. 마을 변두리의 다 무너져가는 오두막집으로 돌아가는 것이겠지요. 작은 섬이라 사람들은 서로 도우며 살고 있습니다. 집짓기도, 배 만들기도, 어망 수리도. 그러나 마을에서 따돌림받는 우미가메는 누구의 도움도 받지 못해 모든 게 곤궁할 것입니다.

나는 서둘러 절벽으로 가서 바구니를 뒤집어 내용물을 바다에 버렸습니다. 평소보다 물에 떨어지는 소리가 빠르고 큰 것 같았습니다. 강풍이 부는 가운데, 나는 내 죄의 깊이와 싸우느라 자리를 뜰 수 없었습니다. 내가 얼마나 엄청난 짓을 했는지 공포가 밀려온 탓이었습니다. 그러나 미쿠라 님의, 아니, 섬의 규율을 어겼다는 사실에 어쩐지 시원한 기분도 느꼈습니다. 누구는 먹을 것이 없어서 죽어가는데 이렇게 맛있는 음식을 버리다니 말도 안 된다고 늘 마음 한구석으로 생각해왔던 거지요.

집으로 가려고 돌아서는 순간 뒤에서 사람 그림자가

비쳐 깜짝 놀랐습니다. 가미쿠였습니다.

"왜 그렇게 놀라?"

가미쿠가 웃었습니다. 밖에서 만난 것은 오랜만이었습니다. 가미쿠는 나보다 머리 하나쯤은 더 크고, 통통하니 예뻤습니다.

"아니, 너무 갑작스러워서."

나는 걱정스럽게 말했습니다. 가미쿠가 나와 마히토가 만나는 모습을 본 건 아닐까 불안했습니다. 가미쿠는 빙긋 웃었습니다.

"바람이 세길래 걱정돼서 왔어. 나미마가 절벽에서 떨어지면 큰일이잖아."

지금까지도 폭풍우가 부는 밤이 여러 날이었는데, 하필이면 마히토가 온 날 가미쿠가 나타나다니. 나는 의아했습니다. 어쩌면 가미쿠 모습을 한 미쿠라 님이 아닐까? 아무 말도 못하고 가미쿠를 바라보자 가미쿠는 이상하다는 듯이 물었습니다.

"왜 그래, 나미마? 오랜만에 만났는데."

왼쪽 뺨에 어린 시절과 똑같이 볼우물이 패는 것을 보고 가미쿠가 맞구나 안도했습니다. 고맙다고 말하려 했지만 아직 긴장이 풀리지 않아 가미쿠에게는 조금 서먹하게 들렸을 겁니다.

"고마워."

"그렇게 남처럼 굴지 마."

가미쿠가 실망한 듯 어른스러운 표정을 지었습니다. 달거리가 시작됐다는 것은 곧 남편을 만나 딸을 낳을 때까지 출산을 계속해야 함을 의미합니다. 마히토의 어머니처럼.

"미안. 그럴 생각은 아니었어."

사과하자 가미쿠가 다가와서 내 어깨에 통통한 손을 올렸습니다.

"오랜만이야, 나미마. 보고 싶었어."

"나도."

그렇게 대답하면서도 불안해서 견딜 수 없었습니다. 마히토에게 먹을 것을 주는 광경을 봤으면 어떡하지? 가미쿠가 미쿠라 님한테 일러서 우리 둘 다 벌을 받을지도 모릅니다. 뿐만 아니라 마히토 일가와 함께 섬에서 추방당할지도 모릅니다. 추방자는 겨울 북풍이 세차게 불 때 망가진 배에 실려 억지로 섬을 떠나야 합니다. 그 배는 조금 지나면 반드시 텅 빈 채로 돌아오곤 했습니다. 심장박동이 거세졌습니다. 설마 착한 가미쿠가 그런 짓을 할 리 없어. 아무 말도 못하고 우두커니 서 있자니, 갑자기 가미쿠가 코를 쿵쿵거리며 내 소맷자락 냄새를 맡았습니다.

"어, 국 냄새가 나네."

나는 고개를 갸웃거리며 태연한 척했습니다.

"방금 버리다가 손에 묻었나봐."

"그러게. 항상 나미마한테도 음식을 먹이고 싶었어. 언제나 반을 남기는 건 나미마에게 나눠주고 싶어서야."

가미쿠가 미안한 듯이 말해서 나는 눈물이 날 뻔했습니다. 하지만 이미 늦었습니다. 가미쿠가 성숙한 여인이되어 다른 세계로 가버렸듯이, 이날 나와 마히토는 미쿠라 님과 가미쿠가 있는 장소와 전혀 다른 세계로 가버렸습니다. 섬의 규율에 등을 돌린 세계로. 나는 간신히 입을 열었습니다.

"언니, 아까 미쿠라 님에게 들었어. 달거리를 시작했다면서? 축하해."

"고마워." 가미쿠는 나른한 표정으로 대답했습니다. 그리고 뜬금없이 말했습니다. "요즘 마히토는 잘 지내나?"

나는 당황했습니다. 역시 내가 마히토에게 음식을 주

는 모습을 본 걸까요?

"요즘 본 적이 없어서 모르겠네. 갑자기 마히토는 왜?"

거짓말을 하느라 목소리가 떨렸습니다. 그러나 가미쿠의 본심을 알고 싶기도 했습니다. 우리 일을 미쿠라 님에게 고자질할지, 아니면 우리 편이 되어줄지. 그러자 가미쿠는 이렇게 말했습니다.

"나미마, 이 일은 비밀이야. 절대 아무한테도 말하지마." 가미쿠가 주위를 둘러보았습니다. "나, 달거리를 시작했잖아. 꼭 아이를 낳아야 할 운명이라면 마히토 같은 사람의 아이를 낳고 싶어. 그렇지만 미쿠라 님이 마히토네 집은 저주받아서 안 된다고 하셨어. 유감이야."

나는 뭐라 대답해야 좋을지 몰라 고개를 숙였습니다. 가미쿠는 내 손을 잡고 말했습니다.

"좋아하지도 않는 남자의 아이를 낳다니 너무 싫지 않니?"

내가 힘겹게 고개를 끄덕이자 가미쿠는 부끄러운 듯 중얼거렸습니다.

"미안, 괜한 소릴 했네. 미쿠라 님 말고는 아무하고도 말을 못하니 나미마한테라도 살짝 털어놓고 싶었어. 신경쓰지 마."

"괜찮아. 얘기해줘서 고마워."

내가 마히토와 만난 것을 알고 견제하는 걸까요, 아니면 진심으로 이런 얘기를 하고 싶었던 걸까요. 고민하고 있는데 가미쿠가 손을 흔들었습니다.

"그럼 또 보자. 미쿠라 님한테 혼날 테니 이만 돌아갈게. 조심해서 가. 바람에 날려가지 않게."

가미쿠는 미쿠라 님의 오두막을 향해 숲속으로 난 길을 걸어갔습니다. 가미쿠 손의 온기가 한동안 내 어깨에 남아 있었습니다. 그리고 가미쿠가 한 말도. '마히토 같은 사람의 아이를 낳고 싶어.' 가미쿠는 마히토를 좋아해서 내가 음식을 건넨 것을 못 본 척해줬는지도 모릅니다. 가미쿠가 나와 정말로 얘기하고 싶었다면 기쁜 일이고, 아니면 견제한 것인지도 모릅니다. 가미쿠가 나와 마히토 앞을 가로막고 선 권력자란 사실을 실감한 날이기도 했습니다.


다음날 모두가 두려워했던 폭풍우가 마침내 섬에 미친듯이 휘몰아쳤습니다. 강풍과 호우. 그래도 나는 먹을 것을 전하러 가야 합니다. 어머니는 내 몸에 커다란 파초 잎을 여러 장 두르고 그 위에 새끼줄을 친친 감아주었습니다. 그러나 강풍에는 소용이 없었습니다. 한 장이 날아가고, 두 장이 벗겨지고, 나는 온몸이 흠뻑 젖은 채로 미쿠라 님의 오두막에 다다랐습니다. 집 앞에 어젯밤 바구니가 놓여 있습니다. 들어보니 묵직했습니다. 평소 같으면 우울했겠지만 그날은 기뻤습니다. 마히토가 기뻐할 테니까요. 새 바구니를 내려놓는데 문 너머에서 가미쿠의 목소리가 들렸습니다.

"나미마, 돌아갈 때 바람 조심하렴. 미쿠라 님은 기도소에서 기도하고 계셔."

기도소는 교이도의 성스러운 숲 한가운데 있다고 합니다. 미쿠라 님은 그곳에서 배들이 무사하기를 기도하고 있겠지요. 가미쿠가 굳이 그 사실을 알려준 것은 마히토가 오리란 걸 알아서가 아닐까요? 나는 의심스러웠지만, 설령 그렇다 해도 가미쿠는 우리 편이니 배신할 리 없다고 생각하는 수밖에 없었습니다. 근거는 없지만, 역시 우리는 사이좋은 자매라는 신뢰가 남아 있었습니다.

나는 쓰러지는 나무를 피하며 아단이 무성한 길을 걸었습니다. 아단은 가시투성이라 위험합니다. 어제와 같은 장소에서 흠뻑 젖은 마히토가 나를 기다리고 있었습니다. 나처럼 커다란 파초 잎으로 몸을 감쌌지만 전혀 소용이 없는 듯합니다.

"나미마, 이런 날씨에도 쉬지 않고 고생이 많구나."

마히토가 위로해주었지만 나는 애가 탔습니다.

"마히토, 빨리. 음식이 젖겠어."

추워서 말도 하기 힘들 만큼 몸이 떨렸습니다. 마히토는 내 말대로 빈랑 잎으로 짠 바구니와 월도 잎으로 싼 뭉치를 가져왔습니다.

"그건 뭐야?"

"모래가 들었어."

나는 음식을 마히토에게 건네고, 모래가 든 잎을 대신 바구니에 넣었습니다. 걸음을 떼려는데 마히토가 비에 젖은 내 팔을 붙잡았습니다.

"잠깐만. 곶 끄트머리는 바람이 세잖아. 내가 대신 던져줄게."

"안 돼. 미쿠라 님이 기도소에서 볼지도 몰라."

"무슨 상관이야. 나미마가 죽을지도 모르는데. 난 추방당해도 좋고, 사형당해도 좋아."

어느 누구도 해준 적 없는 그 말에 나는 선 채로 온몸이 굳었습니다. 마히토는 내 손에서 억지로 바구니를 빼앗아 곶의 끄트머리로 기어올라갔습니다. 마히토처럼 건장한 사람도 똑바로 설 수 없을 정도로 비바람이 엄청 났습니다. 마히토가 절벽 위에서 바구니의 내용물을 던지고 돌아왔습니다.

"나미마는 가벼워서 바람에 날아갔을 거야."

설령 그렇게 돼도 이튿날부터는 다른 사람이 식사를 나르겠지요. 그것이 섬의 규율입니다. 그러고 보니 나는 어젯밤부터 미쿠라 님을 계속 배신하기만 했습니다. 마히토에게 음식을 건네고, 그에게 가짜 음식을 버리게 했습니다. 설령 가미쿠가 말하지 않아도 미쿠라 님은 내가 한 짓을 아시지 않을까요? 언젠가 천벌을 받겠지요. 어떤 벌일까. 그렇게 생각하니 무서워서 몸이 떨렸습니다.

"왜 그래?"

강풍으로 흔들리는 용수 아래에서 마히토가 물었습니다.

"천벌을 받을까봐 무서워."

갑자기 마히토가 나를 껴안고 속삭였습니다.

"그럴 리 없어. 내가 지켜줄게."

그러나 그렇게 말하는 마히토의 목소리 역시 떨렸습니다. 우리는 흠뻑 젖은 채 떨리는 몸으로 한동안 껴안고 있었습니다. 금기를 어긴 사실에 멍해져서 서로 껴안고 존재를 확인하는 수밖에 없었습니다. 그러나 든든한 동료가 있다는 사실에 황홀하기도 했습니다. 마히토가 좋아서 미칠 것 같았습니다.

"집 근처까지 바래다줄게."

마히토 손에 이끌려 빈 바구니를 안고 걷기 시작했습니다. 나뭇가지며 돌멩이가 바람을 타고 날아왔습니다. 해변에선 파도의 비말이 바람에 날렸고, 우리는 바다에 빠진 것처럼 젖었습니다. 그 모든 것이 규율을 깬 우리에 대한 제재로 느껴졌습니다. 그래도 우리는 폭풍우를 뚫고 필사적으로 걸었습니다.

"어머니는 좀 어떠셔?"

나는 마히토의 귓가에 대고 큰 소리로 말했습니다. 그러지 않으면 대화도 할 수 없을 만큼 비바람이 거셌습니다. 벌써 우리집이 보였습니다. 마히토의 목소리가 흐려졌습니다.

"드시려고 하지 않아. 내가 어디서 가져오는지 어렴풋이 아시는 것 같아. 내가 천벌을 받을까봐 걱정하며 울기만 하셔."

"그럼 오늘 밥은?"

"설득할 거야. 안 그러면 돌아가실 텐데, 어머니가 돌아가시면 아버지도 우리 형제도 이 섬에 남을 가치가 사라지니 온 식구가 죽어야 해. 나미마, 내일 만나자."

마히토는 결연히 말하고 돌아갔습니다. 나는 마히토의 강한 모습을 그때 처음 보았습니다. 섬사람들은 누구나 규율에 얽매여, 늘 누군가에게 비난받지 않을까 겁을 먹고 살았으니까요.

그래, 내일도 마히토를 만나자. 그렇게 생각하니 내일이 온다는 사실이 무척 기대되고, 마히토의 얼굴을 볼 때까지 어떻게든 살아남아야겠다고 생각했습니다. 그렇게 가슴 떨리는 감정은 처음이었습니다.

우리는 매일 밤 만났습니다. 바구니의 음식을 건네고, 내가 곶에서 가짜 음식을 버리고, 둘이 얘기하면서 밤길을 걸어 돌아왔습니다. 물론 섬사람들 눈에 띌까 두려워하면서.

그러나 마히토의 어머니는 여덟째로 또 사내아이를 낳았습니다. 그 아이도 태어나자마자 죽었다고 합니다. 섬사람들은 우미가메가는 역시 저주받았다며 저마다 한마디씩 했습니다. 그날도, 그 다음날도 마히토는 나타나지 않았습니다. 나는 이틀 다 아단 그늘에서 기다리다가 혼자 음식을 버리고 돌아왔습니다. 오랜만에 음식을 버리니 내가 참 아까운 짓을 하고 있구나 하는 생각에 가슴이 아팠습니다.

갓 태어난 동생이 죽은 지 사흘째 되던 날 밤, 마히토가 수풀 속에서 나타났습니다. 마침 보름날이라 몹시 수척해진 마히토의 얼굴을 한눈에 알아보았습니다. 남루한 차림에, 언제나 풀로 동여맸던 긴 머리를 어깨까지 늘어뜨리고 있었습니다. 나는 딱한 마음으로 마히토에게 다가갔습니다.

"마히토, 그동안 어떻게 지냈어?"

"장례식을 하러 아미도에 갔었어."

"안됐구나. 어머니는 어떠셔?"

"침통해하셔. 내가 가져간 음식을 먹지 않은 탓인가 보다고 한탄하셔. 다음에는 아기를 위해서, 그리고 우리가 섬에서 살아갈 수 있도록 뭐든 드시겠대."

"다음에?"

"다음에 또 아기를 가지면."

마히토는 말하기 곤란해했습니다. 마히토의 어머니는 거듭되는 임신으로 건강을 많이 해쳤을 겁니다. 나는 바구니를 내밀었습니다. 그날도 바구니에 음식이 잔뜩 남아 있었습니다.

"그럼 이건 어떻게 할까?"

마히토는 생각에 잠겼습니다. 대화가 길어지자 나는
잠시 주위 상황을 살폈습니다. 이런 달밤에는 멀리까지
소리가 들릴 것 같아 조심스럽습니다. 누군가가 우리 모
습을 숨어서 보고 있기라도 한다면…… 상상만 해도 무
서워서 울음이 터질 것 같습니다. 마히토의 기다란 눈이
달빛을 받아 반짝거렸습니다.

"나미마, 버릴 거라면 차라리 우리 둘이 먹자. 우리
둘 다 규율을 어겨서라도 살아남자."

나는 놀라서 뒷걸음쳤습니다. 마히토가 내 팔에서 바
구니를 가져가 뚜껑을 열었습니다. 가미쿠의 말처럼 마
치 누군가에게 건네주려는 듯 모든 음식이 정확히 반씩
남아 있었습니다. 산양고기 절반, 바다거북국 절반, 생
선 절반. 가미쿠는 내게 주고 싶다고 했지만, 자신이 남
긴 음식이 마히토네 가족을 돕는 데 쓰인다는 사실을 아
는지도 모릅니다. 나는 그 사실을 마히토에게 전하고 싶
었지만 주저했습니다. 마히토의 아이를 낳고 싶다던 가
미쿠의 말 때문입니다. 그렇습니다. 나는 가미쿠를 질투
했습니다.

"나미마, 먹어."

마히토는 음식이 정확히 반씩 남아 있다는 사실을 전혀 눈치채지 못하고 내 입에 산양고기를 억지로 밀어넣었습니다. 자기도 손으로 집어먹었습니다. 기묘한 맛이 입안에 퍼졌습니다. 나는 새로이 저지르는 죄에 겁이 나 맛도 제대로 느끼지 못했습니다. 분명 마히토도 마찬가지였겠지요. 우리는 서로의 눈을 바라보면서 눈 깜짝할 사이 가미쿠가 남긴 진수성찬을 죄다 입으로 넣어버렸습니다. 그리고 잎에 모래를 싸서 바구니에 담아 곳에서 던졌습니다. 결국 먹어버렸어, 천벌을 받을 거야. 지금이라도 토하면 될까? 그러나 내 혀는 맛을 또렷이 기억하고 있습니다. 마히토가 커다란 손바닥으로 두려움에 떠는 내 손을 감싸주었습니다.

"나미마, 벌을 받아도 내가 받을 테니 안심해."

그러나 그것으로 끝나지 않을 커다란 재앙이 숨어 있을 것 같아서 마히토에게 뭐라고 대답할 수 없었습니다.

마히토가 바래다주어 집에 돌아와서도 내가 저지른 엄청난 죄에 겁이 나 떨었습니다. 어머니가 뭔가 묻고 싶은 얼굴로 나를 보았지만 나는 물론 아무 말도 하지 않았습니다.

이튿날 아침, 나는 잠자리에서 일어나 비명을 질렀습니다. 요가 빨간 피로 물들어 있었기 때문입니다. 마침내 벌을 받고 죽는구나 하고 각오했을 때, 무슨 일인가 싶어 달려온 어머니가 빙그레 미소지었습니다.

"나미마, 어른이 됐구나."

나도 가미쿠처럼 달거리를 시작한 겁니다. 안도하면서도 어젯밤 일이 떠올라 석연치 않았습니다. 하지만 무슨 관계인지 도무지 알 수 없었습니다.

내가 여자가 된 날은 화창하고 맑고 아름다운 5월의 어느 날이었습니다. 점심때가 지나 왠지 가만있기 불안해서 혼자 섬의 북쪽으로 가 '오시루시' 바위 옆에 자라는 구기자를 땄습니다. 그리고 어릴 때 가미쿠와 곧잘 그랬듯이 돌로 열매를 으깨 양손의 손톱을 붉게 물들여보았습니다. 내가 어른이 된 것을 아무도 축하해주지 않으니 스스로 챙겨야겠다고 생각한 것입니다. 빨간 손톱이 파란 하늘과 하얀 모래에 비쳐 참으로 예뻤습니다. 상쾌한 바닷바람이 불어와 내 뺨을 스쳤습니다. 섬 북쪽은 섬에서 가장 높은 곳이라 바람이 차고 상쾌합니다. 가슴이 뻥 뚫리는 기분에, 마히토와 함께라면 벌을 받아도 좋다고 생각했습니다. 집으로 돌아오자 어머니가 내 빨간 손끝을 흘끗 보았습니다.

"손톱이 왜 그러니?"

나는 얼른 손가락을 감추었습니다.

"구기자를 주워서."

대충 둘러대자 어머니는 시선을 돌렸습니다. 가미쿠
의 초경을 축하하기 위해 빨갛게 물들인 떡을 내가 봤다
는 사실을 알아차렸을지도 모릅니다. 나와 마히토의 배
신은 마히토의 어머니가 먼저 알았습니다. 어쩌면 가미
쿠도 알 테고, 그러면 오래지 않아 어머니도 알게 되겠
지요. 언젠가 미쿠라 님과 섬장의 귀에까지 들어갈지 모
릅니다. 그런 생각을 하면 무서웠지만, 곶에서 맞은 상
쾌한 바람도 잊을 수 없었습니다.

그뒤에도 나와 마히토는 가미쿠가 남긴 음식을 몰래
먹으며 금기를 어겼습니다. 마히토의 어머니가 다시 임
신해 몸보신이 필요해질 때까지. 우리는 주위 사람들보
다 키가 크고 몸도 포동포동해졌습니다.

어쩌면 우리가 길고 고통스러운 항해를 견뎌낸 것도
그때 가미쿠가 남긴 음식을 몰래 훔쳐먹은 덕분인지 모
릅니다. 또 내가 조각배에서 무사히 야요이를 낳은 것도.

내 운명이 크게 바뀌었을 때, 아니, 내 진짜 운명을 알

았을 때, 나는 그것이 섬의 규율을 어긴 대가라고는 절대 생각하지 않았습니다. 오히려 어겼기 때문에 진짜 운명과 싸울 수 있었다고 믿습니다.

3

사 년 뒤 커다란 변화가 찾아왔습니다. 가미쿠가 열일곱 살, 마히토가 스무 살, 그리고 내가 열여섯 살이 된 해였습니다. 미쿠라 님이 돌아가신 것입니다. 교이도 곶에서 쓰러져 돌아올 수 없는 길을 떠나셨습니다. 마침 남자들의 배가 일 년간의 고기잡이에서 돌아오는 날이라 그 모습을 바라보고 계셨습니다. 마지막 한 척이 항구에 들어오는 순간 안심하셨는지 뒤로 쿵하고 쓰러지셨다 합니다. 무슨 인연인지 그 장소는 가미쿠가 남긴 음식 대신 마히토가 가져온 가짜 음식을 버려오던 곳 끄트머리였습니다. 그래서 나는 미쿠라 님의 부음을 듣고 큰 상실감과 함께 해방감을 맛보았다 해도 과언이 아닙니다. 내가 섬에서 가장 존경하고 두려워한 사람이 미쿠라 님이었음을 비로소 깨달은 것입니다. 그 미쿠라 님이 이제 없습니다. 미쿠라 님의 부재를 기쁘게 생각하다니 이 얼마나 불경한가요. 나는 그런 감정을 마히토에게 말하고 싶었지만, 섬이 온통 난리법석이어서 저주받았다고 따돌림당하는 마히토를 밖에서 만나기란 불가능했습니다. 그래도 그때 나는 마히토에게 꼭 의논해야 할 일이 있었습니다.

미쿠라 님이 슬픔을 느낄 겨를도 없이 갑자기 돌아가시는 바람에 나는 이것이 과연 꿈인지 현실인지 몇 번이나 확인하면서 불안에 떨었습니다. 미쿠라 님이 세상을 떠났다는 말은 가미쿠가 대무녀님이 되어야 한다는 말이기도 합니다. 사람들도 깊은 슬픔에 잠긴 듯하면서 젊은 가미쿠가 대무녀님이 된다는 경사에 들뜬 것이 사실이었습니다.

섬에서는 열여섯 살이 되면 어엿한 어른 취급을 합니다. 남자는 정식으로 고기잡이를 나가고, 여자는 기도와 제사에 참여할 수 있게 됩니다. 나도 교이도와 아미도의 성지에 드나들 자격을 얻었지만, 설마 그 첫 경험이 미쿠라 님의 장례식이 될 줄은 몰랐습니다.

그리고 기도와 제사에 참여한 것만이 내 첫 경험은 아니었습니다. 내게는 아무한테도 말할 수 없는 비밀이 생겼습니다. 두 달 전쯤 나와 마히토는 기어이 몸을 섞었습니다. 나나 마히토나 곧 남자들이 섬으로 돌아온다는데 초조함을 느꼈겠지요. 섬이 남자들로 가득차면 밤은 그들의 것이 됩니다. 젊은 남자들은 여자를 찾아 자유로이 섬을 돌아다닙니다. 가미쿠에게 음식을 나르는 역할을 맡은 나에게는 아무도 손을 대지 않지만, 그래도 마히토와 만나려면 조심해야 했습니다.

물론 섬에는 엄격한 규율이 있습니다. 새로운 식솔, 즉 주민을 함부로 늘려서는 안 됩니다. 늘릴 수 있는 집은 권력자인 섬장, 예부터 내려오는 좋은 집안 사람, 그리고 나와 마히토처럼 제사에 관계된 집안 사람들로 정해져 있었습니다. 무녀를 생산하지 못해 저주받고 있는 그 마히토네 형제들은 자식을 가질 수 없는 처지였습니다.

그래도 남자들은 여자를 찾으니, 원치 않은 아이가 태어나기도 합니다. 그러면 섬장이 죽이라고 명령합니다. 늙은이가 너무 많아지면 바닷가 오두막에 가둬 굶겨죽였습니다. 내가 태어난 섬은 그토록 잔혹한 곳이었습니다. 그런 사실을 다 알면서도, 사랑하는 마히토의 품에 안기고 싶어 미칠 지경이었습니다.

얼마나 불경한 짓인가요. 마히토도 생각이 같았는지

우리 만남은 언제나 한 걸음만 내디디면 선을 넘어버릴 듯 위태로웠습니다. 그리고 그 위험에 매료되어 결국 선을 넘고, 선을 넘자 다시 사랑을 나누는 데 빠져들었습니다. 그때는 마음속으로 가미쿠보다 내가 더 행복해졌다며 우쭐함마저 느꼈던 것 같습니다.

나는 어리석었습니다. 마히토의 아이를 가져버렸으니까요. 마히토에게 의논해야 할 일이란 그것이었습니다.


미쿠라 님 장례식 이야기로 돌아가지요. 그날 나는 처음으로 하얀 옷을 차려입고 집 앞에 서 있었습니다. 미쿠라 님의 관을 짊어진 행렬이 동쪽 교이도에서 서쪽 아미도 죽은 자의 광장을 향해 나아갔습니다. 관을 짊어진 남자들도 하나같이 하얀 옷을 입고, 발걸음을 맞춰 노래를 부르면서 천천히 걸어갔습니다.


대무녀님이
돌아가시고
자매님이
돌아가시고

장례 행렬이 자기 집 앞을 지날 때 뒤를 따르게 되어
있어서, 아미도에 도착할 무렵에는 기나긴 행렬이 생깁
니다. 물론 따돌림을 받는 마히토의 집 앞은 지나가지
않습니다. 우미가메 사람들은 이런 행사에서도 배척
을 당했습니다.

나는 행렬이 다가오기를 기다리며 아버지와 어머니,
오빠, 삼촌들과 긴장하고 서 있었습니다. 그러다 관이
하나 더 있다는 사실을 발견했습니다. 미쿠라 님의 관에
비해 초라한 관입니다. 설마 가미쿠가 죽은 건가? 마음
이 심하게 요동쳤습니다. 그러나 가미쿠는 미쿠라 님의
관 옆에 딱 붙어 당당하게 걷고 있었습니다. 나는 안도
하고 햇볕 아래 가미쿠의 모습을 바라보았습니다. 슬픈
지 얼굴이 일그러졌지만 그새 더 아름다워져서 광채가
나는 것 같았습니다. 앞으로 미쿠라 님을 대신해 대무녀
라는 큰 역할을 맡게 되어 긴장한 것 같기도 했습니다.

행렬 선두에서 걷던 섬장이 우리집에 들어와 아버지
에게 뭐라고 속삭였습니다. 아버지가 돌아보더니 나에
게 말했습니다.

"나미마. 다른 관 옆에 붙어서 아미도까지 걸어가거라."

누구의 관이냐고 물어보려 했지만 어머니가 빨리 가

라고 손짓해서 황급히 행렬에 끼었습니다. 가미쿠가 나를 보고 가볍게 미소지었습니다. 나는 언니에게 속삭였습니다.

"언니, 잘 있었어?"

응, 가미쿠는 고개를 끄덕였습니다.

"이 관은 누구 거야?"

가미쿠는 고개를 들지 않고 대답했습니다.

"나미노우에 님."

모르는 이름이라서 되물었습니다.

"그게 누구야?"

"미쿠라 님의 여동생. 우리한테는 이모할머니지."

그런 사람이 섬에 살았다는 것도 몰랐습니다. 가미쿠에게 더 물어보려고 했지만, 관을 짊어진 힘센 사내들이 사이를 가로막아버렸습니다.

오랫동안 바다에서 생활해 구릿빛으로 그을린 사내들이 날카로운 눈길로 우리를 감시하고 있었습니다. 아울러 아름다운 가미쿠에 대한 호기심을 감추지 않았습니다. 언젠가 가미쿠는 딸을 얻기 위해 이곳 어부 중 한 명과 결혼을 해야 합니다. 아이가 생기지 않으면 다시 다른 남자와. 그 때문인지 사내들은 서로 견제하며 가미쿠를 은밀히 관찰했습니다.

장례 행렬이 조용히 아미도 안으로 들어갔습니다. 아단과 용수의 밀림 끝에 수목 사이로 어두컴컴한 구멍이 뚫려 있고 한 줄로 서야 지나갈 수 있는 좁은 통로가 나 있습니다. 북쪽 곶으로 통하는 '오시루시'와 마찬가지입니다. 나는 '나미노우에 님'이라는 분의 관과 함께 수목 터널을 빠져나갔습니다. 그러자 느닷없이 둥그렇게 뚫린 광장 같은 곳이 나왔습니다. 정면에 석회암 동굴이 입을 뻐끔 벌린 것이 보입니다. 아마 저 동굴이 섬의 묘지겠지요. 묘지기가 사는 곳인 듯한 작은 오두막이 옆에 있었습니다. 미쿠라 님과 나미노우에 님의 관이 동굴 앞에 조심스럽게 놓였습니다. 나는 처음 본 묘지의 광경에 숨을 삼켰습니다. 어찌나 황량하고 적막한지 빨리 이곳에서 나가고 싶다는 생각뿐이었습니다.

가미쿠가 일어서서 맑은 목소리로 노래했습니다.

오늘 이날은
신의 뜰에 숨으셨네
신의 뜰에 노니셨네
신의 뜰에 기다리셨네

하늘에서 내려오시고
바다에서 올라오시어
오늘 이날을 위해
기도하시네


　남자들이 가미쿠의 노래에 맞춰 굵직한 목소리로 좀 전 행렬에서 부르던 노래를 불렀습니다. 장례식이 처음인 나는 여자들을 따라 엎드려 양손을 모았습니다. 건장한 남자들이 일어서서 캄캄한 동굴로 관을 날랐습니다. 먼저 미쿠라 님, 뒤이어 나미노우에 님. 남자들은 뭔가에 겁먹은 듯 눈을 내리깔고 뒷걸음으로 광장을 나갔습니다. 여자들도 동굴을 보지 않기 위해 눈을 내리깔고 마찬가지로 뒷걸음으로 나갔습니다. 이것이 말로만 듣던, 죽은 자의 광장에서 죽은 자가 섬 뒤로 떠나기를 기다리는 의식인가? 나는 흥미롭게 지켜보았습니다. 그때 가미쿠가 내 옆으로 와서 나를 보며 장례 행렬의 노래를 불렀습니다.


대무녀님이
돌아가시고

자매님이
돌아가시고

그리고 하얀 조개껍데기를 딱 소리 나게 울리더니 절을 하고 돌아갔습니다. 나도 뒤따라 나가려는데 섬장과 아버지가 앞을 막아섰습니다.

"나미마, 너는 여기서 나가선 안 된다."

나는 제자리에 얼어붙었습니다. 무슨 소리인지 알 수가 없었습니다.

"너는 오늘부터 아미도의 주민이다. 가미쿠는 '양'으로 빛의 나라를 받드는 대무녀님. 해가 뜨는 동쪽 끝 교이도에 살게 된다. '음'인 너는 어둠의 나라를 받들기 위해 태어났다. 네가 살 곳은 해가 지는 서쪽 끝 아미도다."

나는 깜짝 놀라 죽은 자의 동굴 옆에 세워진 작은 오두막을 바라보았습니다. 저곳이 내 집이라는 엄청난 얘기를 듣고도 무슨 뜻인지 바로 알아차리지 못했습니다. 멍하니 서 있는 내게 섬장이 명령했습니다.

"나미마, 너는 앞으로 이십구 일간 미쿠라 님과 나미노우에 님이 다시 살아나시지 않는지 매일 관뚜껑을 열어 확인해야 한다. 그리고 두 번 다시 마을로 돌아와서는 안 된다. 먹을 것은 아미도 입구에 놓아둘 테니 가져가 먹어라. 우물은 오두막 뒤에 있다. 아무 걱정 할 필요 없다."

"그럼 섬장님, 저는 이제 다시 어머니 아버지와 같이 살 수 없나요?"

그러자 바다 볕에 새까맣게 그을린 아버지가 슬픈 듯이 말했습니다.

"우리 중 누군가가 죽으면 만날 수 있다."

"싫어요. 아버지, 살려주세요. 어머니, 살려줘요!"

나는 아버지의 하얀 옷자락에 매달렸지만, 아버지는 내 손을 뿌리쳤습니다.

"나미마. 이러면 못쓴다. 너한테 알리지 않은 건 이 말을 가미쿠의 입으로 전해야 하기 때문이다. 너는 섬에서 가장 중요한 집안에서 태어난 어둠의 나라 무녀니까, 운명을 바꿀 수는 없다. 네 역할은 죽은 자가 무사히 어둠의 나라로 갈 수 있도록 해주는 것이다. 정신 똑바로 차리고 임무를 다하거라."

가미쿠의 입으로 전해야 한다는 말에, 그제야 가미쿠의 눈길에 어렸던 슬픔의 정체를 알았습니다.

"언니는 나한테 아무 말도 안 했어요."

섬장과 아버지가 놀란 얼굴로 마주보더니 섬장이 엄한 목소리로 명령했습니다.

"섬의 규율을 다시 전하겠다. 대무녀 집안에 태어난 무녀의 첫째 손녀는 빛의 나라를 받들고 둘째는 어둠의 나라를 받든다. 섬의 태양은 낮을 비춘 뒤 바다로 저물어 섬 뒤를 한 바퀴 돌아 바다 밑을 비추고 다시 동쪽에서 나타난다. 장녀는 섬의 낮을 지키고, 차녀는 섬의 밤을 지키고 바다 밑을 통솔하는 것이 임무다. 섬의 밤이란 죽은 자들의 세계를 말하느니라. 장녀는 대무녀의 대가 끊기지 않도록 계속해서 딸을 낳아야 한다. 차녀는 평생 남자와 관계해서는 안 된다."

섬장은 고개를 들어 서쪽 하늘을 바라보았습니다. 마침 오후 해가 바다로 저무는 참이었습니다. 하얀 수염이 빨갛게 물들었습니다.

"잠깐만요, 섬장님." 나는 필사적으로 매달렸습니다. "나미노우에 님이 섬의 밤을 지키신 것을 어째서 저는 몰랐을까요? 그리고 어째서 미쿠라 님과 함께 그분의 장례를 지낸 건가요?"

섬장이 한숨을 내쉬었습니다.

"나미노우에 님은 미쿠라 님이 대무녀가 되심과 동시에 이 오두막에 들어가 조용히 사셨다. 그래서 아무도 모습을 보지 못한 거다. 물론 어른들은 장례 때마다 아미도에 와서 나미노우에 님을 만나곤 했지만."

"알겠어요. 그럼 어째서 미쿠라 님과 함께 돌아가신 거예요?"

"해가 다시 떠오르지 않으면 밤도 다시 오지 않는 법이다."

말인즉슨 미쿠라 님의 죽음과 함께 나미노우에 님도 생을 마감할 수밖에 없었다는 거지요. 미쿠라 님의 장수를 기도하는 데는 그런 의미도 있었던 겁니다. 그렇다면 나는 가미쿠의 장수를 빌어야 하는 걸까요. 어머니가 말해줄 때는 미처 몰랐지만, 나는 가미쿠와 대립되는 존재였습니다. '양'과 '음'. 가미쿠의 여섯 살 생일에 나를 보고 '부정 탄다'고 했던 미쿠라 님의 목소리. 나는 부정 탄 자였습니다. 그런데 나와 마히토는 가미쿠에게 바치는 공양물에 손을 대고 몸을 섞었습니다. 더욱이 나는 마히토의 아이를 배었습니다. 진짜 운명을 알게 된 나는 혼란에 빠져 어느새 기절해버렸습니다.

정신을 차리니 해가 져서 온통 캄캄했습니다. 나는 광

장 한복판 부드러운 풀 위에 누워 있었습니다. 물론 주위에는 아무도 없었습니다. 달빛에 동굴 안의 관이 또렷하게 보였습니다. 그 밖에도 많은 관이 안쪽에 줄지어 있는 것 같았습니다. 지금껏 죽은 자를 본 적 없는 나는 공포에 질려 땅바닥에 납작 엎드려 풀을 움켜쥐었습니다. 무서워서 미쳐버릴 것 같았습니다. 이대로 죽어버린다면 얼마나 좋을까요. 나는 바다에 몸을 던지기로 마음먹었습니다. 그러려면 아미도를 나가야 합니다. 그러나 내 힘으로 절벽을 오르기는 힘들 것 같았습니다. 나는 달빛에 의지해 출구를 찾았습니다. 수목 터널을 손으로 더듬어 아미도에서 나가려 했으나 그러지 못하도록 울타리가 쳐진 걸 알았습니다. 나는 묘지에 갇힌 것입니다. 그때 아버지와 큰오빠가 어둠 속에 서 있는 것이 보였습니다. 나는 기뻐서 울타리로 달려갔습니다.

"아버지, 오빠, 살려주세요. 이 울타리 좀 치워주세요!"

"이 울타리는 이십구 일 동안 쳐놓을 거다. 그 뒤에는 치운다. 죽은 영혼이 아미도를 벗어나 방황하지 말라고 그러는 거야."

큰오빠가 나직하게 말했습니다. 오빠들은 우리 자매와 아버지가 달라서 별로 가깝게 지낸 기억이 없습니다.

그러나 말투에서 부드러움이 느껴졌습니다.

"이십구 일이나 혼자 있어야 한다니 무서워요, 오빠."

오빠는 난감한지 고개를 떨어뜨렸습니다. 나는 울타리 너머로 아버지에게 매달리려고 했지만, 아버지는 가만히 내 손을 뿌리쳤습니다.

"나미마, 가엾지만 어쩔 수 없다. 아무도 섬의 규율을 어길 수 없다는 걸 너도 알잖느냐. 가미쿠는 앞으로 혼자 살면서 기도를 해야 하고, 너는 죽은 자와 함께 살아가야 한다. 우리 역시 고기잡이를 나가 바다를 떠돌아야 하고, 다른 이들은 굶주림을 견뎌야 해. 이 섬에서 규율을 지키지 않으면 우미가메 일족처럼 죽음으로 내몰리는 수밖에 없다."

나지막한 아버지의 목소리는 멀리서 들리는 파도 소리에 섞여 선명하지 않았습니다. 그러나 나에게는 한 마디 한 구절이 또렷이 들렸습니다. 이제 도망칠 수 없습니다. 나는 나미노우에 님처럼 아미도에 갇혀서 죽은 자가 올 때마다 시중을 들며 살아가야 합니다. 가미쿠가 죽을 때까지. 아이가 생긴 걸 들키면 당장 목숨을 잃을지도 모릅니다. 나도 모르게 소리쳤습니다.

"어머니가 보고 싶어요. 여기로 오라고 해주세요!"

오빠가 어이없다는 듯 노기를 머금은 목소리로 말했습니다.

"너는 이제 아이가 아니다. 가미쿠도 여섯 살 때부터 대무녀 수행을 시작했잖느냐. 너는 행복한 어린 시절을 보냈으니 감사한 줄 알아."

울부짖는 나를 두고 오빠와 아버지는 뒤도 돌아보지 않고 가버렸습니다. 나는 날이 샐 때까지 울타리 앞에 서 있었습니다. 묘지로 가기가 무서웠습니다. 밤마다 미쿠라 님의 오두막에서 돌아오는 길에 마히토를 만나 몰래 음식을 먹던 일, 사랑을 나누던 일이 꿈만 같았습니다. 튼튼한 울타리가 지금까지 알지 못했던 세계로 나를 밀어넣고 두 번 다시 돌아가지 못하게 막는 '오시루시'로 보였습니다. 이제 마히토와도 만나지 못한다고 생각하니 미치도록 슬펐습니다.

드디어 날이 밝자 나는 공포를 억누르며 광장으로 돌아가 나미노우에 님의 오두막에 들어갔습니다. 억새로 지붕을 인 오두막은 초라하고 비좁고 낡았습니다. 삐딱하게 걸린 선반에 야광조개로 만든 수저, 떠내려온 야자 열매로 만든 그릇, 토기 등이 가지런히 놓여 있었습니다. 만난 적도 없는 나미노우에 님의 소박한 생활상을 엿보니 또 눈물이 그치지 않았습니다. 이제는 내가 여기서 살아야 합니다.

문득 나미노우에 님이 어떤 분이었는지 보고 싶어서 큰마음 먹고 동굴로 들어갔습니다. 동굴 저 안쪽까지 관이 빼곡했습니다. 작은 관은 마히토의 동생들 것이려나요? 꿉꿉하게 썩는 듯한, 뭐라 꼬집어 말할 수 없는 악취가 떠돌았습니다. 입구에 새로 들여온 관 두 개가 놓여 있었습니다. 나는 초라한 관을 살짝 열었습니다. 몸집이 작은 백발의 노파가 누워 있었습니다. 나는 깜짝 놀라 무심코 소리를 질렀습니다. 내가 가미쿠에게 음식을 나르러 간 첫날 밤에 본 얼굴이었습니다. 신이라고 생각했던 분이 실은 나미노우에 님이었던 겁니다. 미쿠라 님과 꼭 닮은 얼굴. 내가 태어난 무렵 이미 아미도에서 어둠의 나라 무녀가 되신 분.

'너는 행복한 어린 시절을 보냈으니 감사한 줄 알아.'

오빠의 말이 떠올랐습니다. 가미쿠는 내게 일부러 이런 얘기를 하지 않았습니다. 나와 마히토가 남은 음식을 먹는 것도 알았을 테지요. 가미쿠 덕분에 내가 '행복한 어린 시절'을 보낸 건 사실이지만, 과연 정말로 그랬을까요. 아뇨, 부정 탄 존재인 나에게 '행복한 어린 시절'

따위는 없었습니다. 마음속 어딘가에는 항상 가미쿠의 생일 잔치에서 나를 떠밀던 미쿠라 님의 손가락 감촉이 남아 있었습니다. 나의 '행복한 어린 시절'은 그때 끝났습니다. 아무도 입에 올리지는 않았지만, '부정 탄 자'에 대한 동정과 모멸을 느끼지 않을 수 없었습니다.

나미노우에 님 이야기를 아무도 언급하지 않았다는 것은 나 역시 '여기 없는 자'로 취급되리라는 뜻이겠지요. 악의라고도 부를 수 없는 훨씬 큰 악의. 그 앞에서 나는 바다 밑의 까만 조약돌 같은 존재입니다. 바다 밑에는 절대 햇볕이 닿지 않습니다. 어둠의 무녀를 바다 밑을 통솔하는 자라고 부르다니, 기막힌 표현 아닙니까.

마히토는 어떻게 지낼까? 갑자기 마히토가 걱정됐습니다. 더이상 내가 가미쿠에게 음식을 나를 일은 없겠지요. 가미쿠는 이제 대를 이을 대무녀와 어둠의 무녀를 만들기 위해 남자들이 섬에 머무는 동안 서둘러 혼례를 올릴 테니까요.

미쿠라 님의 시대가 끝났구나. 나는 또다른 관을 보면서 절실히 느꼈습니다. 나만 어둠 속에 죽은 자와 함께 갇혔습니다. 마히토를 만나지 않았으면 이런 감정도 느끼지 않았겠지요.

또 무서운 밤이 찾아왔습니다. 낮에는 관뚜껑을 열어 두 분의 얼굴을 볼 수 있었지만, 밤에는 홀로 공포와 싸워야 했습니다. 나미노우에 님도 이렇게 홀로 살아오셨겠구나 생각하니 절로 눈물이 고였습니다. 그날 밤은 아미도를 빠져나와 몰래 밤바다를 바라보고 계셨겠지요.

밤의 나라는 죽은 자의 나라. 그리고 햇볕이 닿지 않는 어둡고 깊은 바다 밑 나라이기도 합니다. 해가 섬 뒤를 한 바퀴 도는 동안, 나는 빛이 들지 않는 바다 밑의 돌 사이를 기어다니며 죽은 자를 위해 기도를 올려야 합니다. 그러나 어떻게 해야 할지 알 수 없었습니다. 그저 오두막 안에서 떨면서 해가 다시 돌아오기를 기다렸습니다.

오두막 밖에서 발소리가 났습니다. 동굴에서 나온 영과 혼이 신참인 나를 둘러싸고 있을지도 모릅니다. 어떻게 영들을 달래야 할지 몰랐지만, 장례 때 어른들이 하던 몸짓을 떠올리고 손을 꼭 모은 뒤 고개를 숙였습니다. 너무 무서워서 턱이 달달 떨렸습니다. 누군가가 오두막 문을 두드렸습니다.

"문 좀 열어봐."

마히토의 목소리였습니다. 그래도 믿기지 않아 움직일 수가 없었습니다. 오두막 문을 열자 커다란 그림자가 달빛을 등지고 서 있었습니다. 마히토였습니다. 부정 탄 곳까지 발을 들여 나를 만나러 온 것입니다. 기쁜 나머지 마히토의 품속에 뛰어들었습니다. 따뜻한 가슴, 높게 뛰는 심장박동. 서로 껴안으니 우리가 살아 있음을 온몸으로 느낄 수 있었습니다. 살아 있는 우리가 애처로워 나는 마히토의 가슴에서 떨어지질 못했습니다.

"마히토, 난."

말을 꺼내려는데 마히토가 손가락으로 내 입을 막았습니다.

"다 알아. 미쿠라 님이 듣고 있을지도 모르니까 조용히 해."

돌아가셨는데 싶으면서도 오싹했습니다. 아직 혼은 이 세상을 떠돌고 있을지도 모르니 조심해야 합니다. 나는 눈물을 흘리면서 작은 목소리로 마히토에게 말했습니다.

"당신의 아이를 가졌어."

마히토는 놀란 기색이었습니다. 잠시 생각하더니 내 귓가에 힘주어 속삭였습니다.

"나미마, 섬에서 도망치자."

"어떻게?"

배를 띄운다 해도 해류가 너무 격렬하고, 근처 바다 여기저기에 섬 남자들의 어선이 있습니다. 가까운 섬으로 도망친들 다시 끌려오게 될 것이 분명합니다. 저멀리 야마토라는 커다란 섬이 있다는 얘기를 들은 적이 있지만 거기까지 간 사람은 아무도 없었습니다.

"배와 식량을 준비할 테니 기다려줘."

나는 고개가 떨어져라 끄덕였습니다. 미쿠라 님의 혼이 귀기울일지도 모른다고 생각하니 무서워서 미칠 것 같았습니다.

"마히토, 그래도 이십구 일이 지날 때까지 기다려줘."

"그렇게 오래?"

과연 견딜 수 있을지 나도 의문이었지만, 모두에게 잊힌 채 장례에서야 비로소 사람들을 만난 나미노우에 님이 가여웠습니다. 내게 웃어주던 나미노우에 님을 꼭 무사히 보내드리고 싶었습니다.

"알았어. 다시 올게."

마히토는 그렇게 말하고 다시 어둠 속으로 사라졌습니다. 아미도 입구는 내가 나가지 못하도록 아버지와 오빠들이 지키고 있을 테니 분명 다른 곳으로 들어왔을 테지요. 나는 마히토가 들키지 않기를, 미쿠라 님과 나미노우에 님의 혼이 진정하시기를 빌었습니다. 마히토라는 이름의 희망이 내 마음에 싹텄습니다.

며칠 뒤, 미쿠라 님과 나미노우에 님의 얼굴이 살을 깎아낸 듯 달라졌습니다. 썩기 시작한 겁니다. 동굴에 악취가 떠돌았습니다. 무섭긴 했지만, 두 분의 몸이 썩기 시작한 것을 보니 동물의 썩은 사체와 마찬가지라는 생각이 들었습니다. 아마 내가 강해진 거겠지요.

밤에 마히토가 나타났습니다. 마히토는 몰래 오두막으로 들어와 먼저 나를 꼭 안아주었습니다. 마히토의 생기에 나도 힘이 났습니다. 마히토는 낮고 빠른 어조로 상황을 알려주었습니다.

"네 어머니가 걱정하면서 늘상 아미도 근처까지 와서 지켜보신대. 가미쿠는 상어잡이 집의 이치하고 결혼하기로 했어. 이십구 일이 지나면 혼례를 올린다고 해. 그날 밤 탈출하는 게 좋겠어. 다들 취해 널브러져서 당분간 출어가 미뤄질 테니까."

나는 한숨 돌렸습니다. 그 무렵이면 내 배도 조금 눈에 띄겠지요. 아미도에 있으면 아무도 내 임신 사실을

모를 테지만, 죽음의 부정不淨을 떠맡은 내가 처녀가 아
니라고 밝혀지면 섬장이 죽여버릴지도 모릅니다.

"배는 있어?"

"동생들 도움을 받아서 할아버지의 낡은 배를 수리하
고 있어. 식량도 모으고 있고."

나는 마히토의 가슴에 기댔습니다.

"아미도로 들어오는 길을 어떻게 알았어?"

"죽은 동생들을 만나러 자주 왔어. 나미노우에 님도
잘 알아."

혹시 마히토도 내 운명을 알고 있었을지 모릅니다. 물
어볼까 싶었지만, 마히토는 "또 올게" 하고는 조심스럽
게 오두막을 나갔습니다.

며칠 간격으로 찾아오는 마히토가 내 삶의 보람이었
습니다. 나는 가미쿠가 그랬던 것처럼 저녁 무렵 울타리
앞에 놓인 음식을 먹고, 오두막 뒤 우물의 물을 마시고,
매일 아침 관뚜껑을 열었습니다. 두 분의 몸은 점점 녹
기 시작했습니다. 그러나 동굴 속까지 적시는 세찬 비가
내리자 썩은 냄새는 사라졌습니다.

어느 날 밤, 오두막 주위에서 발소리 비슷한 것이 들렸
습니다. 나는 "마히토?"라고 부를 뻔하다가 황급히 입

을 막았습니다. 여러 사람의 발소리였습니다. 마을에서 누가 온 걸까요? 무서움과 싸우며 살짝 문을 열자, 바깥에는 미쿠라 님과 나미노우에 님이 서 있었습니다. 두 분은 생전의 모습으로 사이좋게 손을 잡고 계셨습니다.

"나미마, 고맙다." 미쿠라 님이 말했습니다. "이제 둘이서 가마."

나미노우에 님이 미소지으며 나에게 조그만 손을 흔들었습니다. 두 분은 풀 위를 미끄러지듯 걸어서 숲속으로 사라졌습니다. 나는 달빛을 따라 몰래 뒤를 따라갔습니다. 이제는 무섭지 않았습니다. 오히려 두 분이 몹시 즐거워 보여서 나도 모르게 따라가고 싶어졌습니다. 두 분은 아미도 절벽을 손쉽게 올라가더니 스르륵 바다로 내려갔습니다. 몇 번이나 자빠질 뻔하면서 겨우 절벽 위로 올라가니, 바다 위를 미끄러지듯 걷는 두 분의 모습이 보였습니다. 드디어 이십구 일간의 역할이 끝난 것입니다. 나는 바닥에 앉아 조금 울었습니다.

이튿날 아침, 아미도 입구에 가니 울타리가 보이지 않았습니다. 그러나 밤의 나라 무녀인 내가 예전처럼 낮 동안 마을을 돌아다닐 수 없다는 것은 알았습니다. 나는 죽은 자의 나라 무녀이자 부정한 자니까요.

그날 밤, 시끌벅적하게 혼례를 올리는 소리가 아미도까지 들려왔습니다. 큰북을 치고 두 줄 현악기를 켜며 즐거워하는 사람들 소리가 멀리서 울립니다. 마히토가 나를 데리러 왔습니다. 나는 마히토의 손을 잡고 야광조개로 만든 숟가락 하나 들고 나미노우에 님의 오두막에서 어둠 속으로 걸어나왔습니다.

그리고 드디어 북쪽 곶으로 통하는 '오시루시'를 넘었습니다. 우리는 아단 가시에 찔리지 않도록 조심하면서 북으로 북으로 향했습니다. 대무녀님 말고는 아무도 발을 들인 적이 없는 북쪽 곶에서 배를 띄우기로 했습니다. 큰 파도를 만나 배가 뒤집히든 낯선 섬에 도착하든 함께 손잡고 있다면 아무것도 두렵지 않습니다. 나는 낯선 땅에서 마히토의 아이를 많이 낳을 것입니다. 아아, 둘이서 얻는 자유는 분명 멋질 테지요. 내 가슴은 공처럼 뛰었습니다. 횃불을 들고 아단 수풀을 걸어가는 마히토의 옆얼굴을 몇 번이고 올려다보았습니다. 진심으로 마히토를 사랑했습니다. 마히토를 위해서라면 목숨을 바쳐도 좋았습니다.

## 2장

# 황천국으로

# 1

내 죽음은 아무런 전조 없이 갑자기 찾아왔습니다. 바람도 파도도 없고, 달도 별도 뜨지 않고, 세상이 모든 움직임을 멈춘 듯 고요하고 캄캄한 밤이었습니다.

칠흑 같은 어둠 속에서 나와 남편 마히토 그리고 아기를 태운 조각배는 요람처럼 부드럽고 잔잔하게 파도에 흔들렸습니다. 좁은 배 위에서나마 우리는 내가 아기를 가슴에 안고 나를 마히토가 뒤에서 안은 자세로 평온하게 잠을 자고 있었습니다.

문득 평소와 다른 불안을 느끼고 눈을 떴습니다. 아무

것도 없는 어두운 밤하늘이 보였습니다. 캄캄한 밤은 무한을 느끼고 시간을 잃게 합니다. 천개天蓋 같은 캄캄한 밤에 짓눌리는 듯한 기분이 들었습니다.

나는 몹시 쇠약한 상태였습니다. 긴 항해의 피로에 더해 일주일 전 배 위에서 출산을 했기 때문입니다. 힘든 출산이었습니다. 하루 꼬박 진통으로 울부짖었습니다. 그래도 간신히 태어난 조그만 딸아이를 가슴에 안자 큰일을 해냈다는 기쁨과 곧 야마토에 상륙하리라는 희망에 취했습니다. 불안한 점이라면 배에서 태어난 딸아이가 상륙 때까지 무사히 버텨줄까 하는 것뿐이었습니다. 설마 내가 딸아이보다 먼저 죽을 줄은 생각도 못했습니다. 딸의 이름은 '야요이'로 지었습니다.

그때까지의 여정은 기적이라고밖에 할 수 없었습니다. 폭풍우를 만나면 금방이라도 가라앉아버릴 것 같은 낡은 조각배로 반년 넘게 항해했으니 언제 무슨 일이 난들 이상할 게 없습니다. 그러나 마치 누군가가 지켜주는 것처럼 행운이 이어졌습니다. 큰 폭풍우 한번 만나지 않았고, 나와 마히토 모두 건강했습니다. 물론 이제 끝이구나 하고 체념한 적도 없지 않습니다. 그러나 그럴 때마다 또다시 행운이 찾아와 도와주었습니다.

마실 물이 떨어지면 수평선 너머에서 검은 구름이 뭉게뭉게 피어올라 따뜻한 단비를 내려주었습니다. 먹을 것이 떨어지면 물고기떼를 만나고, 날다 지친 철새가 날 잡수시오 하듯이 배 위로 떨어졌습니다. 피로가 극에 달해 아무것도 할 수 없을 때면 불현듯 부드러운 바람이 불어 작은 모래톱으로 배를 이끌어주었습니다. 큰 바다 한가운데 어렴풋이 산호로 이루어진 무른 땅이 드러나 있었습니다. 큰 파도라도 치면 눈 깜짝할 사이 바닷속으로 사라져버릴 것 같은, 섬이라고 부를 수도 없는 덧없는 땅이었지만, 놀랍게도 중앙에 맑은 물이 퐁퐁 솟고 얼마 안 되지만 빈랑이 자라 있었습니다. 바다 한가운데 이런 육지가 있다니 하고 반신반의하면서도 우리는 몇 달 만에 발바닥에 닿는 모래의 감촉을 즐기며 팔다리를 쭉 뻗었습니다. 녹색 잎을 입에 넣고 차가운 물을 배가 터지도록 마셨습니다. 그리고 아직 한참 더 이어질 항해를 대비해 영양을 보충했습니다.

이런 행운은 모두 사랑스러운 딸의 탄생을 위한 것이었는지도 모릅니다. 아니, 내가 야마토에 도착하기 전에 죽어서 그분께 가도록 하기 위한 것이었을까요. 그러나 무지한 나는 우리는 젊고 무엇이든 할 수 있는 줄 알고 행복에 취해 있었습니다. 너무나 교만했지요. 더욱이 딸을 낳은 날은 이상하리만치 날씨가 좋아서 멀리 커다란 섬의 형체를 바라보며 강한 희망을 품었습니다.

"저 큰 섬은 틀림없이 야마토일 거야. 우리의 힘든 항해도 곧 끝나겠구나."

마히토는 눈을 감고 누운 나에게 속삭였습니다. 나는 몹시 지쳐 있었지만 곧 큰 섬에 도착하리라는 기대에 저절로 미소가 지어졌습니다. 야마토에 도착하면 해변에 작은 오두막을 지어서 가난해도 행복하게 살자고 마히토와 늘 이야기했지요. 내 딸은 다행히 섬의 '순리'에서 벗어났으니까요.

그러나 지금 생각하면 큰 착각이었습니다. 나는 밤의 나라를 받드는 운명을 짊어진 무녀인데도 규율을 어기는 대죄를 지었습니다. 저주받은 집안의 남자를 사랑하여 함께 섬을 빠져나가 아이를 낳았습니다. 그분은 그런 나를 벌하지도 않고 당신 곁으로 불러주었습니다. 하해와 같은 은혜에 깊이 감사하고 있습니다.

2

　불길함을 느끼고 눈을 뜬 내가 밤하늘을 올려다보고 있을 때였습니다. 어딘가에서 첨벙하고 물고기 뛰어오르는 소리가 났습니다. 놀라서 돌아보니 저멀리 칠흑 같은 밤하늘을 가르는 번개가 보였습니다. 순간 주위가 밝아지면서 물마루가 하얗게 빛나는 것이 여기까지 보였습니다. 해원에 있는데도 넓디넓은 어둠의 황야를 방황하는 듯 불안한 마음에 슬며시 무서워졌습니다. 나는 절대로 빼앗기지 않으리라 각오하듯이 딸을 꼭 껴안았습니다. 마히토가 놀라서 물었습니다.

　"왜 그래?"

　"왠지 불안해."

　그렇게 말한 순간, 느닷없이 숨이 막혀서 캑캑거렸습니다. 놀라서 소리도 나오지 않았습니다. 마히토의 따뜻한 손가락이 내 목을 휘감았기 때문입니다. 마히토가 뒤에서 내 목을 조르고 있었습니다.

　나는 괴로워하며 의식을 잃어갔습니다. 마히토가 나를 죽인다? 설마. 그러나 이건 분명 남편의 손가락입니다. 나는 마히토의 손가락을 떼어내려 몸부림쳤습니다.

품속의 야요이가 심하게 울었습니다. 그리고 마지막으로 괴로운 숨을 토해낼 때, 마히토의 비통한 목소리가 들렸습니다.

"나미마, 미안해."

그렇게 나는 혼란 속에서 홀로 죽어갔습니다. 아무런 예감도 전조도 느끼지 못했던 갑작스러운 결별이었습니다. "미안해"라고 소리치는 마히토의 떨리는 목소리와 얼굴에 떨어지는 눈물, 젖을 물려는 야요이의 앙증맞은 입술을 느끼면서 내 몸은 점점 식어갔습니다. 한동안 살아 있던 감각은 몸이 굳고 뱃속부터 썩으면서 엷어져갔습니다.

이윽고 내 주검은, 마히토가 물고기 뼈로 만들어준 하얀 비녀를 꽂고 바닷새의 깃과 떠내려온 모자반 등으로 치장되어 바닷속으로 던져졌습니다. 나는 캄캄한 바다 밑 모래에 어깨부터 가라앉아갔습니다. 몽롱한 감각마저 곧 사라지고 끝내 의식만 남은 존재가 되었습니다. 바닷속에서 수많은 물고기들이 내 살을 뜯어먹었습니다. 내 몸은 거의 뼈만 남았습니다.

섬의 규율을 어기고 진정한 운명을 쟁취했다고 기뻐했는데, 기다리고 있던 것은 이른 죽음이었습니다. 어째서 사랑하는 마히토가 내게 손을 댔을까요? 나는 억울함에 탄식했습니다. 석연찮은 기분으로 신음했습니다. 그러나 이제 어쩔 도리가 없습니다. 어두운 바다 밑에서 나는 한동안 몹시 고독했습니다. 그러나 내 뼈를 묻어준 모래가 파도에 살랑살랑 움직이면, 언니 가미쿠와 어머니가 "슬퍼 마, 나미마" 하고 나를 위해 눈물 흘려주는 느낌이 들어 차츰 진정이 됐습니다. 바다 위를 걸어가신 미쿠라 님과 나미노우에 님의 미소를 등 언저리에서 느끼기도 했습니다. 그러면 신기하게 형체도 없는 등이 포근해지고 행복한 기분이 들었습니다. 나는 점점 그 상태에 익숙해졌습니다.

정신을 차리고 보니 내 손가락도 보이지 않을 만큼 캄캄한 어둠 속이었습니다. 축축한 땅바닥에 반듯이 누워 있는 것 같았습니다. 가만히 눈을 뜨고 사람의 모습을 찾았지만 주위에는 아무런 인기척이 없습니다. 바닷속에서 느꼈던 가미쿠와 어머니의 기척도 없습니다. 기어이 진정한 외톨이가 되어버렸구나 생각하니 슬퍼서 견딜 수 없었습니다. 그런데 어째서 죽은 내가 감정을 느끼는 걸까요? 바다에 가라앉은 내 몸은 죽은 산호처럼 썩어 문드러져 모래가 됐을 텐데요.

나는 살그머니 가슴을 만져보았습니다. 젖이 넘칠 듯이 흘러내려 야요이의 입을 적시던 내 가슴. 그러나 내 몸은 공기 같아서 스스로도 만질 수가 없었습니다. 나는 천천히 일어나 주변을 정처 없이 걸어다녔습니다. 혈도 같은 장소였습니다. 멀리 딱 한 군데 빛이 들고 있었습니다. 나는 그 빛을 향해 어둡고 좁은 길을 올라갔습니다.

그러자 마치 출구를 봉쇄하듯 커다란 바위가 막고 있는 구멍이 나왔습니다. 틈새로 한 가닥 빛이 들어왔습니다. 나는 그 빛에 투명한 내 손가락을 비춰보았습니다.

"나미마, 먼길을 잘 왔구나."

등뒤에서 삐걱거리듯 거슬리는 소리가 났습니다. 돌아보니 하얀 옷을 입고 긴 머리를 높이 묶어올린 여자가 지하 혈도에서 이쪽으로 걸어오는 것이 보였습니다. 분명 고귀한 분이겠지요. 몸에서 광채가 났습니다. 어머니보다 조금 젊은 듯하지만 너무 야위고 핼쑥해서 언뜻 미쿠라 님보다 나이든 노파처럼 보이기도 했습니다. 게다가 기분이 언짢아 보입니다.

"나미마, 놀라지 마라. 이쪽으로 오렴."

나는 시키는 대로 그쪽으로 걸어가 덜덜 떨면서 그분

앞에 고개를 조아렸습니다.

"바다뱀 섬에서 온 나미마라고 합니다."

"잘 알고 있다. 너는 밤의 무녀지? 네가 오기 전까지
내 시중을 들 자가 없었는데 와주어서 무척 기쁘구나."

말씀은 그렇게 하시지만 목소리에 억양이 없어서 별
로 기쁘신 것 같지 않았습니다.

"감사합니다. 실례입니다만, 당신은?"

"이자나미. 황천국의 여신이다."

유감스럽게도 이름을 들어본 적이 없었습니다. 이분
은 인간이 아니구나 하는 두려움이 앞서 고개를 들지 못
했습니다. 여신이라고 하나 내가 섬에서 상상했던 다정
한 신과는 영 다른 모습입니다.

"나미마, 고개를 들어라."

이자나미 님의 분부에 겨우 고개를 드니, 이자나미 님
이 내 바로 옆에 서 계셨습니다. 나는 비명을 지를 뻔했
습니다. 찌푸린 눈살이 험상궂게 올라가 아주 불행해 보
였습니다. 화가 난 것 같기도 하고, 당장이라도 울음을
터뜨릴 것 같기도 하고, 보는 사람을 불안하게 만드는
얼굴입니다. 지금껏 이런 표정을 짓는 이를 만난 적이
없습니다.

이자나미 님이 낮은 목소리로 말씀하셨습니다.

"이곳은 황천국이다. 너는 이제 다시 돌아갈 수 없다."

"황천국이란, 죽은 자들의 나라입니까?"

"그렇다." 이자나미 님이 대답하셨습니다.

다시 돌아갈 수 없다. 그렇습니다. 나는 죽은 자입니다. 마히토에게 살해당했으니까요. 아직 목에 남은 손가락의 감촉에 몸서리가 쳐졌습니다.

각오했던 일이지만 뺨에 눈물이 흐르는 것이 느껴졌습니다. 아미도에 갇혔을 때는 그저 무섭기만 했습니다. 아미도는 생으로 가득찬 죽음의 세계. 그러나 이곳은 생의 기척이라곤 전혀 없는 죽음의 세계입니다.

"울고 있구나, 나미마. 이곳은 쓸쓸하지."

이자나미 님의 목소리가 아주 약간 부드러워졌습니다. 나는 투명한 손가락으로 황급히 뺨을 훔쳤습니다. 놀랍게도 얼음처럼 차가운 눈물이 흘러 뺨을 적시고 있었습니다.

"보려무나, 나미마. 이곳은 요모쓰히라 언덕이라는 곳이다. 예전에는 현세와 황천을 나누는 언덕이었지."

이자나미 님이 말씀하셨습니다. 그 어조에서 깊은 슬픔을 느끼고 나는 눈을 들었습니다. 이자나미 님은 내가 투명한 손가락을 비춰보았던 빛을 가녀린 손으로 가렸습니다.

"그러나 내 남편 이자나키가 이 커다란 바위로 막아버렸다. 그리고 나도 황천국에 영원히 가둬버렸어."

거칠고 자포자기한 어조였습니다. 이자나미 님이 노하자 몸을 감싼 푸른빛이 한층 짙어졌습니다.

나는 빛을 보지 않으려고 고개를 돌리고 이자나미 님에게 물었습니다.

"이자나미 님. 이곳에 갇혀버리셨다는 말씀은 전에는 왕래하셨다는 뜻인지요?"

내게 희미한 기대가 없었다면 거짓말입니다. 죽은 자가 되어 육체를 잃고서도 비참하게도 다시 속세로 돌아가 마히토와 야요이가 어떻게 됐는지 알고 싶어 죽을 지경이었습니다. 마히토가 왜 그런 짓을 했는지, 야요이가 어떻게 성장했는지도 확인하고 싶었습니다.

"바깥에서는 마음만 먹으면 들어올 수 있다."

이자나미 님은 빛 한 가닥이 새어드는 커다란 바위를 등지고 섰습니다. 마치 시든 나뭇가지처럼 야위었지만 위엄이 있었습니다. 이자나미 님은 손을 높이 들어 앞에 펼쳐진 어두운 혈도를 가리켰습니다.

"나미마, 우리는 이 길을 통해 황천국 신전으로 돌아갈 것이다. 그러나 그곳은 얼음처럼 차갑고 어둡고 아무것도 없다. 나와 이자나키는 금슬 좋은 부부였거늘 나만 죽어버렸구나."

이자나미 님은 분한 듯 말씀하셨습니다. 나는 땅 밑으로 이어지는 캄캄한 혈도를 바라보았습니다. 혈도는 곧 무덤으로 통하는 길. 나는 이 여신님을 섬기며 앞으로 영원히 땅 밑 황천국에서 살게 될 것입니다. 각오하고 있었지만 새삼스레 슬픔이 엄습했습니다.

우리 섬에서는 '죽은 자의 광장'에서 한동안 죽은 자의 혼을 달랩니다. 그리고 혼이 혼자 바다 밑으로 향하기를 기다립니다. 섬 뒤편은 죽은 자의 세계고 그 뒤로 해가 한 바퀴 돈다고 생각했습니다. 즉 아침에 떠오른 해가 밤이 되면 바다 밑으로 저물어서 섬 뒤를 돌아 나온다고요. 그래서 바다 밑으로 들어갈 때마다 이 아름답고 풍요로운 세계가 죽은 자의 것이라는 생각에 마음이 충만했습니다. 볕이 들지 않는 깊은 바다 밑에도 바닷말과 하얀 모래가 있고, 마치 바람이 흐르듯 차가운 바닷물이 몸을 어루만져주었습니다. 그러나 여기에는 발에 감기던 부드러운 바닷말 대신 죽은 몸을 쪼던 물고기나 어둠과 습기, 흙냄새뿐입니다.

나는 한번 더 물었습니다.

"이자나미 님, 죽은 자는 두 번 다시 밖으로 나갈 수 없습니까?"

"커다란 바위가 움직이지 않는 한 영원히 이 차갑고 어두운 묘혈에서 살아야 하느니라."

앞서가던 이자나미 님이 돌아보지도 않고 말씀하셨습니다.

커다란 바위란 결계의 표시입니다. 내가 태어난 섬에도 '오시루시'라는 커다란 바위가 있던 것이 생각났습니다. 북쪽 곶으로 통하는 외길의 기점. 절대 이 이상 넘어가면 안 된다고 알리는 표시였는데, 나는 그 '오시루시'를 넘어 결국 황천국까지 와버렸습니다. 슬픔으로 가슴이 찢어질 것 같았습니다.

"그러나 나갈 방법이 없지는 않다." 이자나미 님이 갑자기 돌아서서 진의를 헤아리려는 듯 내 눈을 바라보았습니다. "밖에 나가고 싶으냐, 나미마? 그러더라도 살아 있을 때의 모습으로는 갈 수 없느니라. 그래도 좋다면 가르쳐주지."

내가 가만히 망설이고 있자 이자나미 님이 어깨를 으

쓱했습니다.

"그러지 않는 게 좋아. 나가봐야 산 자가 부럽기만 할 테고, 단 한 번인 생을 왜 그렇게 살았는지 스스로가 애처로워질 거야. 나미마. 이 황천국에는 갈 곳 없는 혼만 오게 돼 있단다. 원한이 있거나 걱정이 남아서 성불하지 못한 혼만 오는 곳이야."

그렇습니다. 나는 마히토에게 원한을 갖고, 야요이의 안부를 걱정하는, 황천국에 살기에 딱 알맞은 여자였습니다.


3


어둠 속에서 귀기울이고 있으면 희미하게나마 이따금 파도 소리 같은 것이 들립니다. 아득히 먼 곳에서 마치 대지의 박동처럼 쏴, 쏴 하는 소리가 들립니다. 섬에서 자란 나는 그때마다 누군가 혼을 흔들어 깨우는 듯 마음이 들떴습니다. 내가 태어난 섬은 흰 산호모래가 햇살에 반짝이는 아름다운 곳이었습니다. 그러나 폭풍우가 몰아치면 금방이라도 가라앉아버릴 것처럼 작고, 항상 먹을 것이 부족해 가난한 섬이었습니다. 하지만 들려오는 파도 소리는 언제나 변함없었습니다. 그런 내가 지금 해가 들지 않는 차가운 흙 밑에서 들릴 리 없는 파도 소리에 심란해하다니, 이 얼마나 믿기 힘든 운명인가요?

나는 큰마음 먹고 이자나미 님에게 파도 소리에 대해 물어보기로 했습니다. 이자나미 님은 항상 아름다운 눈썹을 찌푸리고 걱정거리가 있는 것처럼 고개를 숙이고 계시기에 적당한 때를 보아 여쭈었습니다.

"이자나미 님, 저기 들리는 것이 파도 소리인가요? 이 나라 가까이에 바다가 있는지요?"

이자나미 님은 뭐라고 대답할지 생각하듯 잠시 허공을 바라보았습니다. 그러나 그 시선 끝에는 아무것도 없고 그저 어둠만 펼쳐져 있었습니다. 이 지하 신전에 빛이라고는 조그맣고 차가운 인등燐燈뿐이라 우리를 감싸는 망막한 어둠이 더욱 생생하게 느껴집니다. 이곳에 온 이상 도망칠 수는 없습니다. 각오는 했지만, 차가운 어둠에 몸의 심지가 식어가자 새로운 절망감에 젖어들었습니다. 그런 생각에 끙끙거리는데 이자나미 님이 드디어 무거운 입을 열었습니다.

"산 자와 죽은 자를 가르는 요모쓰히라 언덕은 대지

와 바다가 나뉘는 곳에 있다. 나미마가 들은 소리는 바다에서 울려오는 것일 게다."

그렇다면 내가 쓰러져 있던 곳은 해변으로 난 동굴 입구였던 걸까요? 파도 소리가 산 자의 세계에서 들려온다는 말에 나는 몹시 동요했습니다. 차라리 죽은 자면 좋았을 것을 왜 나 혼자 황천국으로 불려온 걸까요. 그리고 어째서 살아 있을 때와 같은 격앙된 감정과 슬픔에 시달려야 할까요.

"이자나미 님, 제가 여기 있는 이유는 무엇입니까? 저는 한번 죽은 몸이니 무無로 돌아가고 싶습니다. 죽음이 저를 산 자들과 영원히 갈라놓았습니다. 이럴 바에야 모든 것에서 해방되어 조용히 잠들고 싶습니다. 한번 더 죽여주실 수 없으신지요?"

이자나미 님은 다시 말했습니다.

"나미마는 나와 마찬가지로 무로 돌아가는 것이 허락되지 않느니라. 네게는 이 나라에 있을 자격이 있다. 하물며 밤의 나라 무녀가 아니냐."

나는 신전 안을 둘러보았습니다. 차가운 돌바닥 위에 굵은 돌기둥이 고른 간격으로 줄지어 있습니다. 그 수는 셀 수가 없고, 신전 끝은 어둠 속으로 사라져 보이지 않습니다. 돌기둥은 어른 셋이 손을 잡고 둘러싸도 닿지 않을 만큼 굵고, 꼭대기 역시 어둠 속으로 사라질 정도로 높습니다. 황천국의 신전은 그렇게 한없이 펼쳐진 무의 공간이었습니다.

기둥 그늘에 시종 몇 명이 서서 조용히 이자나미 님의 분부를 기다리는 모습이 보였습니다. 어둠 여기저기 사람의 모습을 한 혼들이 고즈넉이 웅크리고 있었습니다.

"성불하지 못한 자는 황천국으로 오느니라. 그러나 대부분은 혼이 되어 어둠을 서성이지. 모습도 없고 감정도 없고 사유도 없이 혼만 오롯이 남는 거야. 보아라, 나미마. 그저 어둠으로 보일지 모르지만, 이곳에는 죽은 인간들의 혼이 수없이 떠돌고 있느니라."

"예, 어렴풋이 느껴집니다."

내가 대답하니 이름도 없는 혼들이 모여들어 어둠이 짙어지는 기분이 들었습니다. 걱정이 남은 인간들의 혼이 모두 이곳에 모일 테니 그 '걱정'의 수가 얼마나 많을까요. 나는 두려워 엉겁결에 뒷걸음치면서 다시 이자나미 님에게 물었습니다.

"나미노우에 님은 이곳에 계십니까?"

"그자는 없다. 자기 운명에 만족했기 때문에."

나를 보고 미소지어주신 나미노우에 님. 나미노우에 님은 미쿠라 님과 함께 생을 마친 것에 만족했다고 합니다. 그러나 나는 같은 운명을 받아들이지 못했습니다.

"미쿠라 님은 계십니까?"

"미쿠라도 없다."

"두 분은 어디로 가셨습니까?"

이자나미 님은 위쪽을 가리켰습니다.

"신들이 있는 천상에서 봉사하고 있겠지."

혼란스러워진 나는 이자나미 님의 얼굴을 똑바로 보았습니다.

"이자나미 님도 여신님인데 왜 천상이 아닌 이곳에 계십니까?"

이자나미 님은 무뚝뚝하게 대답했습니다.

"황천국을 다스리는 여신이 됐기 때문이다."

"그건 어째서인지요?"

"남편 이자나키가 나를 늦게 데리러 온 탓이지. 그리고 약속을 어겼기 때문에. 나미마와 마찬가지로 나도 남편 이자나키에게 원한이 있느니라."

통 알아듣지 못할 말투성이였습니다. 이자나미 님과 이자나키 님이 싸우신 경위도 모르겠고, 내게 이자나미 님을 섬길 자격이 있는지도 의문이었습니다. 뭐니뭐니 해도 밤의 무녀라는 운명에 저항하여 규율을 어긴 몸입니다.

"이자나미 님은 제가 밤의 무녀이니 이곳에 있을 자격이 있다고 하십니다만, 저는 아이를 낳았습니다. 그것만 봐도 밤의 무녀로 실격입니다."

이자나미 님이 입술 끝을 약간 일그러뜨렸습니다. 웃으신 걸까요.

"아이를 낳았으니 내 무녀로 안성맞춤이지. 내 죽음과 출산은 깊은 관계가 있느니라. 나는 아이를 낳다가 죽었다."

"그러셨습니까? 저는 아이를 낳은 뒤에 남편에게 살해당했습니다."

"너도 딱하구나, 나미마. 너에 비하면 나는 그나마 나을지도 모르겠다. 아이를 낳은 뒤 이곳 황천국까지 나를 만나러 온 남편에게 절연을 당했으니까."

아득히 먼 옛날에 죽은 이자나미 님의 동정을 사고 나는 정신이 번쩍 들었습니다. 내 운명이 다른 누구보다 비극적이라고 깨달았기 때문이지요. 무슨 일이 일어났는지, 이유가 무엇인지 아무것도 모르는 채 어둠 속에 내던

져진 느낌. 이 어두운 기분에서 벗어날 길이 있을까요?


4


황천국의 하루는 산 자의 세계보다 느리게 흐릅니다. 내가 여기서 이자나미 님을 섬기는 사이 마히토는 늙고 야요이는 성장하여 어엿한 여인이 되었겠지요. 아니, 야요이도 이미 노파가 됐을지 모릅니다. 그러나 두 사람이 살아 있다는 것, 혹은 죽었다 해도 행복하게 죽었음은 나도 압니다. 이자나미 님은 성불하지 못한 자의 죽음에 대해 잘 아시니까요. 이자나미 님이 주로 하는 일은 하루 천 명의 사자死者를 결정하고, 성불하지 못한 혼들의 호소를 들어주는 것입니다. 오늘도 작업실 앞에는 많은 남녀가 몰려와 허망한 얼굴로 줄지어 있습니다.

이자나미 님은 하얀 옷을 입고 대부분의 시간을 어둑한 작업실에서 보냅니다. 방안에는 산 자의 나라 지도가 펼쳐져 있습니다. 얼핏 보기에는 물이 없는 거대한 연못 같습니다. 그러나 어스레한 어둠에 눈이 익숙해지면 바다와 섬이 있고 높은 산이 솟아 있고 강이 길게 굽이치는 것이 보입니다. 이자나미 님은 야마토 지도 앞을 여기저기 돌아다니며 하얗고 말간 접시에 담긴 까만 물을 뿌립니다. 매일 아침 시종이 황천의 신전 우물에서 퍼오는 물입니다.

병이나 사고로 죽은 사람, 나이를 먹은 사람 외에 이자나미 님이 물을 뿌린 사람이 죽고, 그중 성불하지 못한 사람은 황천국에 옵니다. 죽은 자를 결정하는 이자나미 님 옆에서 대기하면서 나는 아름다운 여신님이 어째서 이렇게 험한 일을 하셔야 하는지 의아했습니다.

어느 날, 검은 물이 지도의 높은 산꼭대기에서 튀어 내 뺨에 조금 묻었습니다. 얼음 같은 차가움에 오싹해서 얼른 손으로 닦았습니다.

"이자나미 님은 누구를 죽일지 미리 정하고 물을 뿌리십니까?"

내 질문에 이자나미 님이 돌아보았습니다.

"정하지."

"어떻게 정하시는지요?"

"간단해. 이자나키가 만난 여자는 전부 죽인다."

나는 숨을 삼켰습니다.

"무섭습니다. 그걸 어떻게 아세요?"

"그 남자는 지금 신에서 인간으로 모습을 바꾸어 여기저기 옮겨다니고 있다. 나는 다양한 생물과 죽은 자들의 보고를 받아 그를 쫓고 있지. 그 남자는 내 죽음의 손에서 벗어날 수 없다."

"왜 이자나키 님이 아니라 여자들을 죽이십니까?"

이자나미 님은 허망한 눈으로 나를 보았습니다.

"어쩔 수 없다. 이자나키는 신이라 죽지 않으니."

"당신은 돌아가셨는데요?"

내 말에 이자나미 님의 얼굴이 어두워졌습니다.

"신이라 해도 출산으로 죽는 건 언제나 여자야."

이자나미 님의 눈에 깊은 증오와 체념이 서렸습니다. 이분은 대체 무슨 생각을 하시는 걸까요? 이분에게 대체 무슨 일이 일어난 걸까요? 가슴이 떨렸습니다. 나에게 받아들일 힘이 없다면 어떻게 될까요? 죽은 자가 되었으니 다시 죽을 일도 없는데, 더이상 두려울 것이 없는데도 두려워서 견딜 수 없었습니다.

"이자나미 님, 나미마에게 얘기해주세요. 왜 이자나미 님이 황천국의 여신이 되셨는지. 이자나미 님의 시름이 무엇인지. 부디 나미마에게 들려주세요."

나는 과감하게 이자나미 님의 눈을 똑바로 쳐다보았

습니다. 이자나미 님의 눈이 휘둥그레졌지만, 오랜 세월 어둠 속에서 살았기 때문인지 초점이 맞지 않았습니다. 나를 보는 것 같으면서도 보지 않았습니다. 그 텅 빈 동굴 같은 눈을 빨려들듯 바라보고 있는데 이자나미 님이 겨우 입을 열었습니다.

"드디어 내 얘기를 들어줄 사람이 나타났으니 속마음을 털어놓고 홀가분해지면 좋으련만. 나는 어찌할 수 없는 고리 속에 살고 있느니라. 쳇바퀴 도는 생각이지. 이렇게 황천국으로 쫓겨난 나는 하루 천 명의 사자를 결정하며 후련해하면서도, 또 그 사람이 생각나서 어찌할 바 모르는 증오가 끓어올라 괴로워진다. 사자를 정하는 일이 즐거울 리 있겠느냐. 그렇게 나는 끝없이 이어질 시름을 짊어지고 말았다. 나미마, 가장 속절없는 감정이 무엇인지 아느냐? 바로 증오다. 증오를 지닌 자가 마지막 증오의 잉걸불이 꺼지기를 기다릴 때까지 안녕은 찾아오지 않아. 하지만 그게 대체 언제일꼬? 나는 이자나키 때문에 이 지하의 차가운 묘혈에 갇혀버렸다. 이곳에 있는 한 증오의 불은 꺼지지 않을 테지. 무슨 일이 있었는지 얘기해주마. 잘 듣거라."

# 5

이자나미 님은 엄숙하게 이야기를 시작하셨습니다.

"이 세계가 만들어진 때부터 얘기하지. 나미마가 태어나기 몇천 년 전의 일이란다. 아주 먼 옛날, 세상은 아무것도 없이 커다랗고 흐물흐물하기만 한 혼돈의 덩어리였지. 그것이 가장 먼저 하늘과 땅으로 나뉘었단다. 그 후 모든 것이 둘로 나뉘며 조금씩 세상이 만들어졌지. 하늘과 땅, 남자와 여자, 삶과 죽음, 낮과 밤, 빛과 어둠, 양과 음 등으로 말이다. 왜 둘로 나뉘었느냐 하면, 하나로는 부족하며 둘이 하나가 될 때 비로소 새로운 것이 태어날 수 있음을 알았기 때문이지. 또한, 만사는 대극對極이 있기에 더 돋보이며, 서로가 있음으로써 의미가 생기기 때문이다.

혼돈에서 하늘과 땅이 생겨나고 천지가 갈라졌을 때 천상계 다카마가하라에 하늘의 중심을 차지한 최고의 신 아메노미나카누시가 나타났단다. 이어서 천상계의 창조신 다카미무스히와 지상계의 창조신 가무무스히가 태어나셨다. 이 세 신은 눈에 보이는 육체가 없으며, 남성도 여성도 아닌 무성의 신이다.

그 무렵 지상은 어떠했는가 하면, 물에 뜬 기름 같은 상태로 땅이 해파리처럼 둥둥 떠다니고 있었다. 거기에 또 두 신이 탄생했지. 생물에게 생명을 불어넣어주는 신 우마시아시카비히코지와 천상계를 영구히 지키는 신 아메노토코타치. 두 신은 천상계가 절대적임을 보여주면서도 지상계의 발전을 이끄는, 역시 두 가지 가치를 증명하는 존재였다. 우마시아시카비히코지와 아메노토코타치도 육체가 없다. 이 다섯 신은 성별과 육체가 없는 특별한 천신이다.

다음에 나타난 것이 영구히 국토를 지키는 신 구니노토코타치와 피어오르는 구름 같은 기세로 대자연에 생명을 불어넣는 신 도요쿠모노. 이 두 신 역시 무성의 독립적인 신으로 육체가 없다.

그리고 드디어 신이 두 성性으로 나뉘는 때가 왔단다. 생명을 키우는 땅을 가누는 남신 우히지니와 여신 스히지니. 그 땅에 싹튼 생명에 형태를 부여하는 남신 쓰노구이와 여신 이쿠구이. 또한 형태를 얻은 생명에 성별을 부여하는 남신 오토노지와 여신 오토노베. 그리고 국토를 풍요롭게 하고 인간의 모습을 가다듬어 번영과 증식을 촉진하는 남신 오모다루와 여신 아야카시코네가 태어났다. 나미마, 그다음에 태어난 신이 누구일 것 같으냐?"

막힘없이 말씀을 계속하시던 이자나미 님이 내 쪽을 돌아보았습니다.

"이자나미 님과 이자나키 님이신가요?"

"그렇다." 이자나미 님은 고개를 끄덕였습니다. "어찌나 용의주도한지. 우리는 갑자기 태어난 게 아니란다. 먼저 하늘과 땅이 갈리고 아메노미나카누시 님을 비롯한 다섯 신이 지상을 만들 준비를 하셨다. 그리고 육체를 남자와 여자로 나누어 아이를 만들기 위해 두 신과 다섯 쌍의 남녀 신이 관계한 것이다."

"이자나미 님은 자식을 만들기 위해 존재하신 건가요?"

아무것도 모르는 나는 실례를 무릅쓰고 여쭈었습니다. 내가 당신의 무녀로 안성맞춤이라고 말씀하신 이유를 어렴풋이나마 알 수 있었습니다. 이자나미 님이 존엄한 신이면서도 이자나키 님과 관계하여 자식을 만들 운명을 짊어진 여신님이라는 것도.

"그뿐만이 아니다. 나는 남자를 원하고 남자를 사랑하기 위해 태어났다. 우리는 남녀 구애의 신이었으니."

"그럼 왜 이자나미 님만 황천국의 여신이 되신 거죠? 이자나키 님은 인간의 모습이 되었다고 하셨는데, 지금 어디 계시는지요?"

내 질문에 이자나미 님은 침묵했습니다. 그 침묵은 산 자 세계의 계절이 한 바퀴 돈 것에 비할 만큼 오래 이어 졌습니다. 나는 이자나미 님에게 실례되는 질문을 했나 싶어 마음을 졸였습니다.

이윽고 이자나미 님이 깊게 탄식한 뒤 다시 얘기를 시 작하셔서 나는 한숨 돌렸습니다.

"그 부분은 나중에 얘기하자. 나는 구애하는 여자의 대표고 이자나키는 남자의 대표다. 나는 내 이름대로 이 자나키를 사랑하고 원했다. 이자나키 역시 나를 사랑하 고 원했다. 어째서 우리는 서로 사랑하고 원하는 존재가 됐을까, 나미마?"

이자나미 님이 내 눈을 보셨습니다. 나는 이자나미 님 의 어두운 눈길을 차마 마주볼 수 없어서 고개를 숙이고 대답했습니다.

"아이를 낳기 위해서였습니까, 이자나미 님."

"그렇다. 우리의 첫 공동작업은 국토를 낳는 것이었다."

"국토를 낳는다고요?"

나는 놀라서 앵무새처럼 따라 말했습니다.

"우리 신들은 무엇이든 낳고 만들었다. 다카마가하라의 신들의 첫 명령은 힘없이 둥둥 떠 있는 국토를 확실하게 고정하라는 것이었다. 나와 이자나키는 하늘에서 마법의 창을 받아와 하늘과 땅 사이에 걸린 천상의 부교에 내려가서 함께 창으로 바다를 휘저었지. 그러자 창끝에서 바닷물이 뚝뚝 떨어지고 모여서 굳으면서 섬이 되었다. 그 섬에 오노고로라는 이름을 붙였지. 우리는 하늘에서 오노고로 섬으로 내려와 앞으로 살 신전을 세웠다. 그 넓이로 말하자면 이곳과 비교가 안 됐어. 기둥도 다카마가하라의 신들과 교신할 수 있도록 높디높아서 하늘의 기둥으로 불렸지."

이자나미 님은 그리운 듯한 표정으로 지하 신전 위쪽을 올려다보았습니다. 나도 따라 했지만 기둥 끝은 어둠 속으로 사라져 보이지 않았습니다. 마치 캄캄한 겨울밤처럼 칠흑 같은 어둠으로 봉해져 있습니다. 죽은 내 몸을 마히토가 바다에 내던질 때가 생각났습니다. 내 송장은 바다 밑 모래에 어깨부터 가라앉아 물고기들에게 뜯어먹혔습니다. 마지막 순간 남은 한쪽 눈으로 바라본 어두운 바다. 이 지하 신전에서 위쪽을 올려다보니 그때의 풍경이 떠오릅니다.

"말씀을 들어보니, 이자나미 님은 여자의 모습을 지닌 최초의 신이셨군요."

이자나미 님의 얘기가 재미있어서 그만 내 분수도 잊고 끼어들었습니다. 그랬더니 이자나미 님은 이렇게 말씀하셨습니다.

"그렇다. 오노고로 섬에 세운 신전을 야히로도노라고 하는데, 그곳에서 이자나키가 나에게 이런 말을 했다. '이자나미, 그대의 몸은 어떻게 되어 있소?' 여자 몸을 한 신은 처음이라 이자나키도 잘 몰랐겠지. 나는 대답했다. '제 몸은 완성되었지만, 막히지 않은 데가 딱 한 곳 있습니다.' 그러자 이자나키가 말했다. '내 몸도 완성되었지만, 남는 데가 딱 한 곳 있소.' 그리고 이렇게 말했다. '내 몸의 남는 곳으로 그대 몸의 막히지 않은 곳을 막아 함께 나라를 낳았으면 하는데, 어떠시오?' 나는 '재미있겠군요' 하고 찬성했지."

나는 이자나미 님의 얘기를 들으면서 마히토와의 첫날밤을 떠올리고 숨을 삼켰습니다. 내게는 오빠가 둘 있었지만 터울이 많이 지고 남자들은 성인이 되면 바다에 나가기 때문에 남자의 몸이 어떤지 잘 몰랐습니다. 그래서 마히토의 몸을 보고 놀라기도 했고, 한편으로 나와 다른 몸에 도취하기도 했습니다.

문득 아직 살아 있는 마히토는 누구와 사랑을 나누는지 몹시 궁금해졌습니다. 내가 죽었으니 마히토는 다른 여자와 사는 것이 당연하지요. 그런데 나를 죽여버린 마히토가 다른 여자에게 내게 한 것과 똑같은 짓을 한다고 생각하니 너무도 괴로웠습니다. 얼마나 비참한 일인가요. 나는 죽어서도 질투를 느끼는 것입니다.

내가 잠자코 있으니 이자나미 님이 말씀을 이었습니다.

"이자나키는 그렇다면 하늘의 기둥 주위를 돌아보자고 하더구나. 이자나키는 왼쪽으로, 나는 오른쪽으로 돌아 서로 만나면 말을 걸기로 했지. 굵은 기둥을 한 바퀴 도니 잘생긴 남자가 나타났다. 이자나키였지. 나는 나도 모르게 말을 걸었어. '정말 멋진 분이시군요'라고. 이자나키는 자기가 먼저 말을 걸려고 했는데 선수를 빼앗겨 조금 실망한 듯했어. 당황하며 대답하더구나. '참으로 아름다운 여인이로구나' 하고. 그리고 우리는 손을 맞잡고 신전의 침실에서 몸을 섞었지. 그래서 첫 아이가 태어났는데, 히루코라 이름 붙인 그 아이는 거머리처럼 뼈가 없고 흐물거렸다. 우리는 그 아이를 갈대배에 태워 떠내려보냈다. 다음에 태어난 아이는 아와시마라는 작은 섬이었다. 작은 섬은 국토로서의 의미가 없었어. 뭐가 잘못된 걸까? 나와 이자나키는 보고 겸 상담을 하러 천상계의 신들을 찾아갔다."

이자나미 님이 나에게 물었습니다.

"나미마, 거기서 우리가 어떤 지시를 받았을 것 같으냐?"

"전혀 짐작이 가지 않습니다." 나는 솔직히 답했습니다.

이자나미 님이 처음으로 배 아파 낳은 자식이 뼈가 없는 아이였다니. 아이도 안됐지만 이자나미 님도 얼마나 슬펐을까요. 나는 조각배 위에서 출산했는데, 출산의 고통은 경험한 자가 아니면 헤아리지 못합니다.

이자나미 님은 이야기를 계속했습니다.

"천상계의 신들은 기둥을 돌며 내가 먼저 '정말 멋진 분이시군요'라고 말을 건 게 잘못이라고 하더구나. 즉 여자가 먼저 말을 걸었기 때문이라는 거야. 그래서 다시 한번 해보기로 했어. 이자나키가 왼쪽으로, 내가 오른쪽으로 돈 뒤 이자나키가 나에게 말을 걸었지. '아아, 참으로 아름다운 여인이로구나.' 뒤이어 내가 말했어. '정말 멋진 분이시군요.' 그리고 우리는 다시 몸을 섞었다. 제일

처음 태어난 아이는 아와지시마였지. 다음에 시코쿠와 오키노시마를 낳고, 그다음에 규슈를 낳고, 이키노시마, 쓰시마, 사도시마를 낳고, 마지막으로 가장 큰 섬 혼슈를 낳았어. 이렇게 여덟 섬을 오야시마노쿠니라고 한단다."

아무래도 이자나미 님이 낳은 섬에 내 고향 바다뱀 섬 은 들어 있지 않은 것 같습니다. 보잘것없는 섬에 살던 우리는 방금 이자나미 님이 말씀하신 섬들을 야마토라 고 불렀습니다. 그 옛날 다도해는 아직 야마토가 지배하 지 않았으므로 이자나미 님의 이야기에도 빠져 있었습 니다.

죽기 직전 야마토로 보이는 섬의 형체를 보고 안도했 던 기억이 납니다. 지금쯤 마히토와 야요이는 야마토 어 디쯤에 살고 있을까요? 요모쓰히라 언덕 근처라면 좋을 텐데. 야요이는 어떤 아가씨로 자랐을까요. 마히토를 닮 았다면 늘씬할 테지요. 가미쿠의 얼굴을 닮았다면 나보 다 훨씬 예쁠 터. 나는 내 손으로 딸을 키우지 못한 사실 이 새삼 가슴 아팠습니다.

"무슨 생각을 하기에 멍하니 있느냐?"

이자나미 님이 나무라듯 말씀하셨습니다. 나는 흠칫 놀라 여쭈었습니다.

"이자나미 님, 무사히 섬을 낳고서는 어떻게 하셨습니까?"

이자나미 님은 이야기에 지치셨는지 잠시 침묵하다가, 예의 흐릿한 눈으로 나를 보았습니다.

"국토가 완성됐다. 그래서 여러 신을 낳기로 했지." 이자나미 님은 약간 우울하게 말했습니다. "바다의 신, 물의 신, 바람의 신, 나무의 신, 산의 신, 들의 신, 그리고 불의 신. 나는 불의 신을 낳다가 큰 화상을 입고 죽었지."

얼마나 가슴 아픈 일인가요. 나도 모르게 비명을 질렀습니다.

"얼마나 슬픔이 크셨겠습니까."

이자나미 님은 우울한 얼굴로 고개를 끄덕였습니다. 그때 어둠 속에서 낮지만 낭랑한 여자의 목소리가 들려왔습니다.

"이자나미 님, 피곤하실 테니 그다음 이야기는 제가 나미마에게 들려주겠습니다. 이자나미 님이 말씀하시고 싶지 않은 이자나키 님의 이야기도 제가 다 해주겠습니다."

이자나미 님은 그 사람의 얼굴을 보지 않고 낮은 의자

에 앉았습니다.

"그렇게 해주렴. 나미마에게 그토록 이야기해주고 싶었는데, 말하다보니 기분이 가라앉는구나."

한 여자가 나타났습니다. 키가 작고 빈약한 몸집에 나이는 쉰이 넘어 보였습니다. 그러나 여린 외모와 달리 낭랑하게 울리는 목소리가 믿음직스러웠습니다.

"나는 히에다노 아레라고 합니다. 내 선조 중 아메노우즈메\*라는 자가 있는데, 그 옛날 아마노이와야토 앞에서 춤을 춘 적도 있다고 합니다. 나는 사람들에게 들은 이야기를 절대 잊지 않는 재주가 있습니다. 그 재주 덕분에 신화시대부터 지금까지 이 세상에 일어난 모든 일을 천황께 말씀드리는 역할을 맡아왔지요. 내가 한 이야기를 오노 야스마로\*\* 님이 책으로도 정리했답니다. 그러다 참으로 원통하게도 전염병에 걸려 죽고 말았지요. 아직도 남겨야 할 이야기가 많은데 말이에요. 그러나 이렇게 황천국 이자나미 님께 와서 죽어서도 여신님을 섬기게 되다니 이보다 더한 기쁨이 없습니다."

---

\* 일본 신화에 나오는 예능의 여신.

\*\* 660~723, 나라 시대의 문관. 일본의 대표적 신화서이자 역사서인 『고지키』와 『니혼쇼키』를 편찬했다.

"서론은 됐다. 나미마는 아무것도 모르니 항간에 전해지는 얘기나 해주어라."

이자나미 님이 나무라자 히에다노 아레라는 여자는 한 번 절을 한 뒤, 마치 큰비가 온 뒤에 지면을 흐르는 물처럼 거침없이 이야기를 시작했습니다.


6


"그럼 나 히에다노 아레가 이자나미 님과 이자나키 님의 이야기를 해드리겠습니다.

남녀 구애의 신 이자나미 님과 이자나키 님은 참말로 금슬 좋은 부부셨지요. 국토와 자연계의 많은 신들을 함께 낳으셨지만, 역시 고생하는 쪽은 여자인 이자나미 님이었습니다.

출산이란 목숨을 거는, 무척이나 위험한 일이기 때문이지요. 어느 날 비극이 일어났습니다. 이자나미 님이 불의 신 가구쓰치를 출산하시며 하복부에 큰 화상을 입으신 겁니다.

그래도 이자나미 님은 자식을 낳겠다는 의지를 꺾지

않으셨습니다. 이때 이자나미 님의 토사물에서 가나야마비코와 가나야마비메라는 남녀 신이 태어났습니다. 두 분은 광산의 신입니다. 또한 대변에서는 하니야스비코와 하니야스비메라는 점토의 신이, 소변에서는 미쓰하노메라는 용솟음치는 물의 신이 태어났습니다.

이때 태어난 신들은 모두 불과 관계가 있습니다. 광산과 불은 떼려야 뗄 수 없고, 점토를 구우면 토기가 되죠. 그리고 물로는 타오르는 불을 끌 수 있습니다.

이렇게 이자나미 님은 마지막까지 이 세상의 형태를 만들기 위해 국토와 여러 자연계의 신들을 연이어 낳으셨지요. 그러나 상처가 깊어 결국 돌아가시고 말았습니다.

사랑하는 이자나미 님을 잃은 이자나키 님의 비탄은 이루 말할 수 없었답니다. 이자나미 님은 이자나키 님의 소중한 아내이고, 누구와도 바꿀 수 없는 연인이며, 함께 나라를 낳아온 동지이기도 했으니까요.

'내 사랑하는 아내 이자나미여, 당신은 어찌하여 죽고 말았소. 아이 하나가 당신의 목숨을 앗아갈 줄은 생각지도 못했소.'

이자나키 님은 이자나미 님의 시신 앞에서 울부짖고, 화를 내고, 데굴데굴 구르며 슬퍼하셨습니다. 이때 이자나키 님이 흘린 눈물에서 태어난 것이 나키사와메라는 샘의 신이지요. 물이 콸콸 솟는 샘은 이자나키 님의 끝없는 슬픔을 나타냅니다.

이자나키 님은 히바 산에 이자나미 님을 묻었습니다. 산에 묻힌 이자나미 님은 홀로 황천국으로 떠나버렸고요. 그러나 이자나키 님의 분한 마음, 이자나미 님을 그리워하는 마음은 좀처럼 진정되지 않았지요. 이자나키 님은 이자나미 님을 죽음에 이르게 한 불의 신 가구쓰치에게 분노하며 허리에 찬 커다란 검을 빼들어 가구쓰치의 목을 베어버렸습니다.

그러자 칼에 묻은 가구쓰치의 피가 사방으로 튀면서 여러 신들이 태어났습니다. 대부분 칼의 사나운 공격력을 상징하거나 칼날의 날카로움을 상징하는 거친 신들이었습니다. 그리고 칼에 묻은 피가 주변 바위에 흩어지면서 천둥을 내리는 신들이 태어났습니다. 불의 신 가구쓰치가 태어났다가 칼에 목숨을 거둠으로써 칼의 영력이 한층 빛나게 되었지요. 칼과 불은 떼려야 뗄 수 없는 관계랍니다. 칼은 타오르는 불 속에서 태어나지만 불을 제압할 수도 있으니, 이자나미 님은 목숨을 걸고 출산하며 칼이라는 새로운 권력의 상징도 함께 낳은 셈이지요."

"한편 이자나키 님은 이자나미 님이 보고 싶은 마음을 억누를 수 없으셨지요. 그래서 어떻게든 이자나미 님을 다시 살아나게 할 방법이 없을까 하고 이자나미 님이 계신 황천국까지 쫓아갔습니다.

이자나키 님은 요모쓰히라 언덕을 넘어 황천국으로 들어가셨습니다. 그리고 긴 언덕을 내려가 황천국 신전까지 가셨지요. 문이 닫혀 있었지만, 그 너머에 사랑하는 이자나미 님이 계신 것을 알았습니다.

이자나키 님은 이자나미 님을 불렀습니다.

'사랑하는 이자나미, 나와 당신이 만든 나라는 아직 완성되지 않았소. 자, 함께 돌아갑시다.'

이자나미 님이 그 말씀에 이렇게 답하셨습니다.

'사랑하는 이자나키, 참으로 원통합니다. 당신은 너무 늦게 오셨습니다. 저는 이 황천국 부뚜막에서 요리한 음식을 먹어버렸습니다. 그 나라 부뚜막에서 지은 음식을 먹으면 그곳에서 살아야 한다는 사실은 당신도 잘 아시겠지요. 어째서 좀더 일찍 오지 않으셨나이까. 저도 당신이 얼마나 그리웠다고요. 비록 늦었지만 사랑하는 당신이 이 부정한 나라까지 와주셔서 정말 기쁩니다. 어

128

떻게든 당신과 함께 돌아가고 싶으니 조금 기다려주시겠습니까? 다만 한 가지 청이 있습니다. 제가 됐다고 할 때까지 절대로 제 모습을 봐서는 안 됩니다.'

이자나미 님이 다시 살아 돌아온다면 더 바랄 게 없던 이자나키 님은 이자나미 님의 말대로 기다리기로 했습니다.

그런데 아무리 기다려도 이자나미 님은 나타나지 않았습니다. 이자나키 님은 기다림에 지쳐 이자나미 님과의 약속을 잊고 직접 찾아가기로 했습니다.

황천국 신전의 문을 열자 안이 캄캄해서 아무것도 보이지 않았습니다. 이자나키 님은 왼쪽 미즈라*에 꽂은 빗을 빼서 살을 하나 부러뜨렸습니다. 그 빗살에 불을 붙여 비추며 이자나미 님을 찾으려 했습니다.

어디선가 우르릉 천둥소리가 들렸습니다. 불쾌한 악취도 떠돕니다. 이자나키 님은 주위를 보려고 빗살 등을 치켜들었습니다. 그랬더니 옆에 누워 계신 이자나미 님이 보였습니다.

---

* 머리를 양갈래로 나누어 귓가에 고리처럼 틀어올린 일본 고대의 남자 머리 모양.

이 무슨 일인가요. 이자나미 님은 생전의 모습을 잃고 완전히 변해 있었습니다. 썩은 몸에 구더기가 들끓고, 아름답던 얼굴도 뭉개졌습니다. 우르릉 소리는 구더기가 기어다니며 내는 소리였습니다. 게다가 얼굴과 양손, 양다리, 배와 가슴과 하복부에 각각 뇌신雷神이 넙죽 배를 깔고 꿈틀거리고 있었습니다. 이때 어둠 속에서 불을 하나만 켜서는 안 된다는 금기가 생겨났다고 합니다.

이자나키 님은 변해버린 이자나미 님의 모습이 무서워서 정신없이 도망쳤습니다. 곧 이자나미 님은 이자나키 님이 들어오신 것을 알고 소리쳤습니다.

'그렇게 보지 말라고 했건만, 내게 수치를 주시다니.'

그리고 이자나미 님은 황천추녀라 하는 힘센 귀녀들을 데리고 이자나키 님을 잡으러 나섰습니다. 이자나키 님은 긴 혈도를 따라 필사적으로 도망쳤지만, 황천추녀들은 바로 뒤까지 바짝 쫓아왔습니다. 이자나키 님은 머리에 달고 있던 검은 담쟁이덩굴을 벗어서 뒤로 던졌습니다. 담쟁이덩굴은 바닥에 떨어지자마자 바로 자라나 포도 열매를 주렁주렁 맺었습니다. 황천추녀들은 멈춰 서서 앞다투어 열매를 먹어댔습니다.

잠시 시간을 번 이자나키 님은 계속 도망쳤지만, 포도

를 다 먹은 황천추녀들이 또 쫓아왔습니다. 이자나키 님은 오른쪽 미즈라에 꽂아두었던 빗의 살을 부러뜨려 뒤로 내던졌습니다. 그 빗살이 땅에 떨어지자 이번에는 죽순이 바닥에서 쑥쑥 자라났습니다. 추녀들은 죽순에 덤벼들어 와구와구 먹어댔습니다.

살았구나 싶은 것도 잠시, 이번에는 이자나미 님의 몸에 달라붙어 있던 여덟 뇌신이 천오백 군대를 이끌고 쫓아왔습니다. 이자나키 님은 결국 십권검十拳劍을 뽑아 뒤로 휘두르며 달리셨습니다.

간신히 요모쓰히라 언덕까지 온 이자나키 님은 언덕에 자란 복숭아나무의 열매를 세 개 따서 뒤로 던졌습니다. 그러자 모두 돌아가버렸습니다.

안 되겠다 싶으셨는지 마지막으로 이자나미 님이 직접 쫓아왔습니다. 그러자 이자나키 님은 천 명이서 끌어야 겨우 움직인다는 커다란 바위를 들어 요모쓰히라 언덕의 입구를 막아버렸습니다. 그리고 이자나미 님에게 이별을 고했습니다.

'사랑하는 나의 아내 이자나미여. 당신은 황천국의 신이 되어버렸으니 여기서 절연합시다. 지금 그렇게 선언하겠소.'

바위 너머 황천국에 계신 이자나미 님은 그 말을 받아들일 수 없었습니다. 이자나키 님이 늦게 오신 탓에 황천국 부뚜막에서 만든 음식을 드셨고, 그래서 이곳에서 내처 살기로 마음먹었는데, 이자나키 님에게 흉한 모습을 보이고 만 것입니다. 얼마나 마음이 아프셨을까요.

　이자나미 님은 바위 안쪽에서 이렇게 대답하셨습니다.

　'사랑하는 이자나키 님, 당신은 어찌 이리 잔인하게 구십니까. 나를 가둔데다가 절연까지 선언하신다면 제게도 생각이 있습니다. 앞으로 당신 나라의 인간을 하루에 천 명씩 목 졸라 죽여버리겠습니다.'

　이자나키 님이 대답하셨습니다.

　'사랑하는 이자나미여, 당신이 그리하겠다면 나는 하루에 천오백 개의 산실産室을 만들겠소. 하루 천오백 명의 새 생명이 태어날 것이오.'

　그리하여 이 세상에는 하루에 반드시 천 명의 사람이 죽고 천오백 명의 새로운 생명이 태어나게 된 것입니다. 커다란 바위에 갇힌 이자나미 님은 요모쓰오카미라고 불리게 됐습니다. 황천국의 여신이 되신 것이지요."

　히에다노 아레는 말을 끊고 이자나미 님을 보았습니

다. 지칠 줄 모르고 얘기하고도 더 할 말이 있는 듯, 이자나미 님의 반응을 살피는 것 같았습니다.

이자나미 님은 무표정하게 고개를 기울이고 허공을 보고 있었습니다. 지난날을 떠올리고 계신 건지 아니면 아무 느낌도 없으신 건지. 그 얼굴에서는 이자나미 님의 감정을 헤아릴 수 없었습니다.

사실 나는 이자나미 님이 하루 천 명의 사자를 정하게 된 이유를 알고 충격을 받았습니다. 설마 이자나키 님과 다툰 뒤 그렇게 잔혹한 말씀을 하셨을 줄이야. 그 발언을 혹시 후회하시진 않을까요.

그러나 이자나미 님의 마음속에는 당신에게 굴욕을 주고 황천국에 가둔 이자나키 님을 향한 원한뿐입니다. 그렇다면 이자나미 님을 섬기는 나 역시 이자나미 님의 원한을 갚는 데 협력하고 매일 천 명이나 되는 사람들을 죽이는 셈 아닙니까. 뺨에 튀었던 물의 차가운 기운이 떠올라 마음이 우울해졌습니다.

그런 내 마음 따위는 아랑곳없이 히에다노 아레가 이야기를 이었습니다.

"이자나미 님에게 절연을 선언하고 간신히 아시하라

노나카쓰쿠니*로 돌아오신 이자나키 님은 하늘을 향해 이렇게 소리쳤습니다.

'아아, 나는 너무나 부정한 곳에 다녀왔다. 그러니 얼른 몸을 씻어내야 한다.'

이자나키 님은 규슈의 히무카로 향했습니다. 그리고 오도 아와키하라라는 곳의 강 하구에서 옷을 모두 벗어 던지고 알몸이 되셨습니다. 이자나키 님이 벗어던지신 옷과 지팡이, 자루에서 다양한 신들이 태어났습니다. 그중 재앙을 부르는 신도 있었기에 이자나키 님은 몸을 깨끗이 씻기로 하셨습니다.

'상류는 물의 흐름이 빠르고, 하류는 너무 느리다.'

이자나키 님은 강 중간쯤에 들어가 몸을 담그고 씻어냈습니다. 부정한 나라에서 묻은 때에서 야소마가쓰히, 오오마가쓰히 두 신이 태어났습니다. 이 두 신은 화를 일으키는 악신惡神이었습니다. 이자나키 님은 그 신들이 초래한 화를 다스리기 위해 더욱 깨끗이 몸을 씻었습니다. 그러자 가무나오비, 오오나오비, 이즈노메 세 신이

---

* 일본의 옛 이름. 일본 신화에서 천상계와 황천국 사이에 있다고 여겨진 중간계.

태어났습니다.

이자나키 님이 강바닥까지 몸을 담그자 소코쓰와타쓰미, 소코쓰쓰노오가 태어났습니다. 중간쯤에서 나카쓰와타쓰미, 나카쓰쓰노오가, 수면으로 돌아와 몸을 헹굴 때 우에쓰와타쓰미, 우와쓰쓰노오가 태어났습니다. 와타쓰미란 바다를 뜻합니다. 즉 모두 바다와 관련된 신들을 낳으신 겁니다.

황천국의 부정을 깨끗이 씻어낸 뒤 이자나키 님은 왼쪽 눈을 씻었습니다. 그러자 근사하고 아름다운 여신이 나타났습니다. 그 신의 이름은 아마테라스라고 합니다. 아마테라스란 태양의 여신이라는 뜻입니다. 이자나키 님이 오른쪽 눈을 씻자 이번에는 쓰쿠요미라는 멋진 남신이 태어났습니다. 달님이라는 뜻, 즉 밤의 신입니다. 마지막으로 코를 씻자 용맹한 신 다케하야스사노오가 태어났습니다. 스사노오는 바다의 신입니다.

황천국에서 돌아와 목욕재계를 하고 훌륭한 자식을 셋이나 낳은 이자나키 님은 몹시 기뻐하셨습니다. 특히 아름다운 아마테라스를 아주 마음에 들어하시며 이렇게 말씀하셨죠.

'지금까지 많은 자식을 낳았지만, 마지막으로 이렇게

훌륭한 자식 셋을 얻어 만족스럽다.'

그리고 그 자리에서 목걸이를 벗었습니다. 끝에 아름다운 옥구슬이 달린 그 목걸이를 이자나키 님은 아마테라스의 목에 걸어주었습니다. 아마테라스는 다카마가하라를 다스리는 지위 높은 신이 되고, 쓰쿠요미는 밤을 지배하는 신, 동생 스사노오는 바다를 지배하는 신이 됐습니다.

이자나미 님과 나라를 낳아온 이자나키 님이 어째서 혼자 몸으로 잇달아 신을 낳게 되었을까. 아마 황천국에 다녀온 턱에 그런 힘을 얻었을 거라고들 합니다.

아름답게 빛나는 신 아마테라스를 낳고 뿌듯해진 이자나키 님은 '이제 더이상 신을 낳지 않아도 되겠다'고 말씀하셨습니다.

그러나 이자나키 님은 이자나미 님에게 절연을 선언하며 하신 말을 잊지 않고 있었습니다. 이자나미 님이 천 명을 목 졸라 죽인다면 당신이 천오백 개의 산실을 짓겠다 하신 맹세 말입니다.

이자나키 님은 이번에는 인간의 모습이 되어 훌륭한 아이를 만들기로 결심하셨습니다. 그래서 지금도 야마토 각지에 아름다운 여인이 있다는 소문을 들으면 바로 찾아가서 부인으로 삼고 계십니다. 지금 이 시간에도 이자나키 님의 아이가 태어나고 있겠지요. 이자나키 님은 이자나미 님이 목 졸라 죽인 생명을 이런 식으로 보태고 계십니다."

"그만 됐다."
갑자기 이자나미 님이 이야기를 가로막았습니다.
히에다노 아레는 이자나미 님을 올려다본 뒤 크게 숨을 내쉬었습니다. 그제야 자신의 이야기가 이자나미 님의 심기를 건드린 사실을 깨달았나봅니다.
이자나미 님과 절연하고 황천국에서 돌아간 이자나키 님의 그뒤 행동은 이자나미 님과 함께했던 길을 완전히 부정하는 것이었습니다. 이자나미 님이 계신 황천을 '부정한 곳'이라고 표현하다니, 이자나미 님뿐 아니라 죽은 자인 우리까지 슬펐습니다. 더욱이 그전에는 함께 나라를 낳으셨는데 갑자기 이자나키 님 혼자서 신들을 낳을수 있게 되고, 게다가 아마테라스와 쓰쿠요미라는 훌륭한 신을 얻고 만족하신 것입니다.
부정한 나라에 갇힌 이자나미 님은 흉하게 썩어 문드러진 모습을 이자나키 님에게 보이는 바람에 절연당하고, 지난날 국모의 명예까지 깡그리 무시당했습니다. 이자나키 님과 나라와 자식을 낳는 것이 삶의 보람이던 이자나미 님이 정반대로 천 명의 사자를 결정하는 것을 일과로 삼으시다니 얼마나 모순된 일인지요.

이자나미 님의 말씀이 생각났습니다.

'하늘과 땅, 남자와 여자, 삶과 죽음, 낮과 밤, 빛과 어둠, 양과 음 등으로 말이다. 왜 둘로 나뉘었느냐 하면, 하나로는 부족하며 둘이 하나가 될 때 비로소 새로운 것이 태어날 수 있음을 알았기 때문이지. 또하나, 만사는 대극이 있기에 더 돋보이며, 서로가 있음으로써 의미가 생기기 때문이다.'

죽은 뒤 이자나미 님은 그 두 가지 가치 중 어두운 부분만 떠맡은 처지가 됐습니다. 땅, 여자, 죽음, 밤, 어둠, 음, 그리고 부정. 무엄한 표현이지만, 내 처지와 똑같지 않습니까? 바다뱀 섬에서 '음'이라는 운명을 타고나 '부정'하다고 여겨진 나는 이자나미 님의 원통함과 분노를 알고도 남습니다.

이자나미 님이 입을 열었습니다.

"아레의 이야기는 사실이다. 나는 천 명의 사자를 결정할 때 이자나키의 아내가 된 여자들을 제일 먼저 죽이고 있다. 그러면 사람들은 이자나키가 나타나면 재앙이 온다며 도망치게 되겠지."

히에다노 아레가 옅은 눈썹을 모았습니다.

"이자나미 님, 어찌 그리 무서운 말씀을 하십니까?"

이자나미 님은 히에다노 아레를 보지도 않고 말씀하셨습니다.

"뭐가 무섭다는 말이냐. 나를 가둬놓고 죽음의 세계의 신으로 만들었으면 그쯤은 각오해야지."

이자나미 님의 온몸에서 시커먼 분노의 불길이 피어오르는 듯했습니다. 나와 히에다노 아레는 어느새 무릎을 꿇고 엎드렸습니다. 주위에 떠돌던 혼들도 숨을 꿀꺽 삼킨 듯 고요해졌습니다.

"나미마는 어떻게 생각하느냐?"

이자나미 님이 차가운 눈으로 내 쪽을 보았습니다. 그러나 나는 황공해서 눈길을 들 수 없었습니다.

"분노하심이 당연합니다."

나는 솔직하게 말씀드렸습니다. 물론 이자나키 님의 아내가 된 여자에게 죽음을 하사하는 것은 너무 잔혹한 일이고, 이자나미 님의 평판이 나빠지지 않을까 염려도 됐습니다. 그러나 나는 그 마음을 잘 이해할 수 있었습

니다. 이자나키 님이 이자나미 님의 존재가 없었다는 듯
새 아내를 맞고 계속 아이를 낳는다면, 함께 나라를 낳
고 출산하다 목숨을 잃은 이자나미 님의 입장은 뭐가 되
겠습니까. 그 존엄은 누가 찾아줄까요. 이자나키 님을
사랑하신 이자나미 님의 마음은 어떻게 될까요. 나는 혼
자서라도, 보잘것없는 몸으로라도 이자나미 님을 도와
드리겠다고 맹세했습니다.

"이자나미 님, 제가 여기 있는 이유를 잘 알았습니다.
앞으로 정성을 다하여 섬기겠습니다."

이렇게 말씀드렸지만, 이자나미 님은 여전히 침울한
얼굴로 아무 말씀 없이 천 명의 사자를 결정하는 방을
나가버리셨습니다.

3장

세상 다하는 날까지

# 1

이자나미 님이 언제나처럼 여기저기 검은 물을 뿌리며 사자를 결정하시는 모습을 나는 옆에서 묵묵히 지켜봅니다. 수명이 다한 경우는 어쩔 수 없지만, 아직 젊은데 별안간 세상을 떠났다면 이자나미 님이 죽음을 내리신 탓입니다. 특히 이자나키 님의 아내가 된 사람은 줄줄이 죽음을 맞으니 생의 세계에서도 상당히 시끄럽겠지요. 나는 그 극적인 순간을 이렇게 지켜보고 있습니다. 갑자기 이자나미 님이 접시를 바닥에 내려놓고 탄식하셨습니다.

"나미마, 내가 이자나키와 열심히 나라와 신들을 낳아온 것이 쓸모없는 일이었더냐?"

"무슨 말씀이십니까. 그렇지 않습니다. 이자나미 님은 야마토의 토대를 만들지 않으셨습니까. 이자나미 님이 하신 일은 절대 쓸모없는 일이 아닙니다."

"그럼 왜 나는 이런 곳에 있느냐?"

이자나미 님은 지하 신전의 아득한 천장을 가리켰습니다. 여기저기 떠돌던 혼들이 이자나미 님의 움직임에 황급히 흩어지는 기척이 났습니다.

"죽어서 황천국을 다스리는 여신이 되셨기 때문입니다."

"그건 내가 정한 일이 아니다. 그리고 신은 죽지 않는 법이다."

이자나미 님이 드물게 노기를 띠며 말했습니다. 나는 입을 다물었습니다. 누가 이자나미 님의 운명을 결정했는지는 모릅니다. 아마 다카마가하라에 있다는 최고신이 정했을 테지요. 하지만 이자나미 님의 불만은 잘 이해가 갔습니다.

"나와 이자나키는 부부가 되어 관계하며 죽도록 나라를 낳았다. 같은 일을 했는데 어째서 이자나키는 아무

상관 없다는 듯 혼자 양지에서 사는 것이냐."

이자나미 님은 이렇게 내뱉고 지친 듯이 화강암 의자에 걸터앉았습니다. 나는 열심히 이자나미 님의 기분을 풀어드리려 했습니다.

"이자나미 님은 출산중에 돌아가셨으니 어쩔 수 없는 일 아닐까요. 이자나키 님은 남자이니 목숨에 지장이 없으셨던 겁니다. 그 차이로 두 분의 운명이 갈린 것이겠지요."

그러나 이자나미 님의 분노는 풀리지 않았습니다.

"그렇지만 이자나키는 남자인데도 황천국에서 돌아간 뒤 신들을 잔뜩 낳지 않았더냐. 히에다노 아레가 이야기했지. 아마테라스라는 태양의 여신을 낳고 최고신이 태어났다며 기뻐했다고. 여자인 내가 낳은 아이는 최고신에 어울리지 않아서 나를 부정한 존재로 치부해 황천국에 가둬놓은 거냐? 그토록 사랑하던 남자와 이렇게 헤어져 죽음의 세계에 살게 되다니. 게다가 이자나키는 줄줄이 새 아내를 맞으며 새로운 생명을 낳고 있다지 않느냐. 나미마, 아느냐? 나는 여신이라는 사실이 슬프다."

이자나미 님은 이렇게 말씀하며 탄식하셨습니다. 나는 아무 말 못하고 고개를 숙였습니다. 진심으로 이자나미 님의 말씀이 맞다고 생각했기 때문입니다.

말씀을 마친 이자나미 님은 힘없이 묵묵히 자신의 일을 수행하셨습니다.

사자를 결정하는 일은 솔직히 뒷맛이 씁쓸합니다. 죽음을 받은 이는 무정하게도 사랑하는 사람과 헤어져 오로지 혼자 길을 떠나야 합니다. 누구도 벗어날 수 없고 피할 수 없는 운명이라 해도, 갑작스러운 죽음이란 억울한 일입니다. 이자나미 님이 죽음을 내리신 혼은 미련 가득한 슬픈 혼이 되지 않을까요?

보세요. 지하 신전에는 이리도 빨리 죽을 줄 알았으면 이렇게 할걸, 저렇게 할걸 하고 후회하는 시름 많은 혼들이 가득합니다.

이자나미 님이 하시는 일은 사람들에게 슬픔을 가져오는 재앙에 가깝습니다. 한편 이자나키 님은 산실을 지어서 하루 천오백 명의 새 생명을 안겨주는 복된 일을 맡았습니다. 그러기 위해 각지를 돌며 아름다운 여인을 아내로 맞아 매일 새로운 생명을 낳는 데 여념이 없다나요. 금슬 좋던 두 사람이 죽음으로 갈라져 이토록 다른 길을 걷다니 너무하지 않습니까. 이자나미 님의 그늘진 얼굴도 그런 생각이 떠나지 않기 때문이겠지요.

"이자나미 님, 질문이 있습니다."

나는 적절한 틈을 보아 여쭈었습니다.

"뭘 묻고 싶으냐?"

이자나미 님은 들고 있던 접시를 내게 맡겼습니다. 나는 쏟지 않도록 긴장하며 받아들어 차가운 돌바닥에 조심스레 내려놓았습니다.

"이자나미 님은 저쪽 세계의 모습을 어떻게 아시는지요? 전에 여러 생물과 죽은 자들에게 보고를 받는다고 하셨는데, 그건 어떤 일인지요?"

이자나미 님이 살짝 미소지었습니다. 오랜만에 보는 미소에 나는 가슴이 뛰었습니다.

"눈치채지 못했느냐, 나미마?"

"무엇을 말입니까?"

"여기 말이다."

나는 이자나미 님의 말씀을 통 알아듣지 못해 눈만 동그랗게 뜨고 두리번거렸습니다. 이자나미 님이 어두운 방 여기저기를 가리켰습니다.

"봐라, 파리가 있지?"

나는 놀라서 고개를 들었습니다. 정말로 작은 파리가 날아다니고 있습니다. 죽음의 세계에 찾아온 작은 곤충.

"요모쓰히라 언덕으로 들어온 뱀, 초파리, 꿀벌, 흑개미 등 여러 곤충들이 가르쳐준다. 철새가 다른 새에게 속삭이고, 새들이 벌레에게 전하지. 그 이야기들이 내게 모여든단다."

나는 어느새 몸을 앞으로 내밀었습니다.

"그래서 이자나키 님의 그뒤 사정을 잘 아셨군요."

"하나 이자나키는 그 사실을 모른다."

이자나미 님의 표정이 굳었습니다. 나는 계속 여쭈어도 좋을지 잠시 망설이다가 과감하게 말씀드렸습니다.

"이자나미 님, 제 남편과 딸이 그뒤 어떻게 됐는지 혹시 벌레들이 알려오지 않았습니까?"

"들은 적은 있다." 이자나미 님이 대답했습니다. "나미마가 이곳에 온 지 얼마 안 됐을 때, 작은 날벌레가 알려주었다."

나는 경악했습니다. 혹시 죽어서 허망한 혼이 되어 황천국을 떠돌고 있지 않을까 하고 주위를 둘러볼 정도였습니다. 도저히 마히토의 진의를 알 수 없었습니다. 그래서 미우면서도 보고 싶은 마음이 강했습니다. 떨리는 가슴을 달래며 물었습니다.

"제 남편과 딸은 야마토 어디서 어떻게 살고 있나요?"

이자나미 님의 대답은 의외였습니다.

"야마토에 없다. 마히토는 네 딸을 데리고 섬으로 돌아간 것 같더구나."

나는 기가 막혔습니다. 마히토가 왜 섬으로 되돌아갔는지 이유를 알 수 없었습니다. 그 괴로운 항해는 무엇 때문이었을까요? 단순히 나를 죽이기 위해서? 나는 나 자신뿐 아니라 자식도 섬의 비참한 운명에서 벗어나게 해주고 싶었는데, 우리의 목숨을 건 탈출에 아무 의미도 없게 됐습니다.

나는 눈물을 흘리며 이자나미 님에게 애원했습니다.

"이자나미 님, 상황을 더 자세히 알고 싶습니다. 어떻게 하면 알 수 있을까요? 두 사람의 소식을 알 수 있다면 어떤 벌이라도 받겠습니다."

이자나미 님은 한참 동안 입을 다물었습니다. 이자나미 님이 한번 침묵하면 다시 입을 여실 때까지 오랜 시간이 걸립니다. 시간이 오래 걸릴수록 중요한 말씀을 하십니다. 그래서 나는 참을성 있게 기다렸습니다. 한참 뒤, 이자나미 님이 드디어 입을 열었습니다.

"벌받을 필요는 없다. 그러나 산 자가 어찌 지내는지 아는 것이 네게 무슨 위안이 되겠느냐?"

나는 고개를 깊이 끄덕였습니다.

"알고 있습니다. 저는 위안받고 싶은 게 아닙니다. 그저 안부를 알고 싶습니다. 마히토와 딸이 지금 어떻게 살고 있는지."

"그만두는 게 좋을 거다."

이자나미 님은 감정을 싣지 않고 말씀하셨습니다.

"어째서입니까? 혹시 뭔가 아시는지요?"

되묻자 이자나미 님은 천천히 고개를 가로저었습니다.

"섬으로 돌아갔다는 것 말고는 아무것도 모른다. 또, 알고 싶지도 않다. 산 자의 행동을 알아서 좋을 것이 없다. 죽음의 세계에 있는 자는 산 자에 대해서는 잊고 사는 게 편해."

나는 히에다노 아레의 이야기를 떠올렸습니다. 이자나키 님이 요모쓰히라 언덕에서 이자나미 님과 헤어진 뒤, '아아, 나는 너무나 부정한 곳에 다녀왔다' 하시며 목욕재계를 하고 잇따라 훌륭한 신들을 낳은 일을 생각하시는 걸까요. 그리고 끊임없이 아내를 맞아 자식을 낳고 있다는 사실도요.

황천국에 있다는 것은 영원히 부정을 떠맡는다는 말이겠지요. 나도 마찬가지 처지입니다. 이자나미 님의 어두운 얼굴을 보면서 이런 말씀밖에 드릴 수 없었습니다.

"이자나미 님, 남편과 딸이 섬으로 돌아갔다고 하시니 가만있질 못하겠습니다. 딱 한 번이라도 좋으니 산자의 세계를 보고 오고 싶습니다."

"그렇게까지 말한다면 유일한 방법을 알려주마. 나미마는 신이 아니다. 혼만 있는 존재이니 초파리나 구더기로 변하면 된다."

전에 이자나미 님이 '나갈 방법이 없지는 않다'고 말씀하신 것이 이런 뜻이었나봅니다.

"상관없습니다. 벌레로 변해서라도 바깥에 다녀오겠습니다."

"나미마, 정말로 괜찮겠느냐?" 이자나미 님이 내치듯 말씀하셨습니다. "인간 모습으로는 나갈 수 없다는 말이다. 파리나 구더기로 변하는 게 뭐가 좋으냐? 그런 것이 되어서까지 무엇을 보겠다는 거냐? 같은 것을 보고, 같은 느낌을 받을 수 있겠느냐? 인간은 신과 다르다."

이자나미 님은 나를 시험하듯 바라보았습니다. 나에게 그런 하찮은 미물이 될 배짱이 있는지 의심이 들어서였겠지요.

"그리고 딱 한 번뿐이다. 벌레가 죽으면 다시 황천국

으로 돌아와야 하느니라. 그런 방법밖에 없는데도 바깥 세상이 보고 싶으냐? 게다가 어떻게 죽게 될지도 모른다. 죽음의 고통을 또 한번 맛보게 될 거야."

이자나미 님은 말씀을 마치고 다시 접시를 들었습니다. 그리고 남은 물을 귀찮다는 듯이 야마토 한복판에 확 뿌려버렸습니다. 이자나미 님의 거친 행동에 야마토에 서는 갑자기 사망자가 속출하는 소동이 일어났겠지요.

나는 이자나미 님의 작업실을 나와 지하 신전의 어두운 복도를 걸었습니다. 기회가 온다면 내 눈으로 확인하고 싶다고 생각하면서. 그러나 바깥세상에 나가면 다시 황천국으로 돌아오기가 무척 고통스러울 테지요. 그렇게 생각하니 좀처럼 용기가 나지 않습니다. 하지만 두 사람이 사는 모습을 꼭 확인하고 싶었습니다. 그리고 '인간은 신과 다르다'는 말씀까지 하신 이자나미 님에게 반감도 느꼈습니다. 마음이 천 갈래 만 갈래로 흐트러져 갈피를 잡지 못했습니다.

"나미마, 안녕."

거대한 기둥 뒤에서 히에다노 아레가 나타났습니다. 아레는 자신의 이야기가 이자나미 님의 심기를 거스른 것을 신경쓰며 한동안 이자나미 님 앞에 나타나지 않았습니다.

그러나 나하고는 종종 대화를 나누었습니다. 높은 사람들에게 말씀을 올리는 것이 직업이었던 아레는 신들의 이야기를 마치 직접 보고 온 양 생생히 들려줍니다. 두 번이든 세 번이든 토씨 하나 바꾸지 않고 이야기할 수도 있습니다. 아레의 이야기는 아무런 즐거움이 없는 황천국에서 잠깐이나마 나를 기쁘게 해주었습니다.

"나미마, 표정이 어둡네요."

나보다 머리 하나는 작은 히에다노 아레가 까치발을 하고 내 얼굴을 들여다보았습니다. 나는 속마음을 들키는 게 싫어서 무심결에 고개를 돌렸습니다.

"이런 지하 신전에서 무슨 심란한 일이 있었나요? 혹시 이자나미 님한테 야단이라도?"

호기심 많은 아레가 내 손을 잡으려고 했습니다. 우리 둘 다 혼만 있고 육체는 투명합니다. 그러니 잡힐 리가 없는데도 아레의 힘이 느껴지는 것 같아서 흠칫 놀랐습니다. 나와 아레는 감정과 의식만 남은, 그저 그 자리에 존재하기만 하는 덧없는 존재입니다. 그런데 순간적으로 뜻밖에 타인의 육체를 느낀 것입니다. 얼마나 반가운 감촉이던지요. 삶은 멋집니다. 그런데 나는 죽어서 이곳에 갇혀 산 자의 세계와 격리됐습니다. 어떻게 해야 좋을지 마음을 졸이다 결국 아레에게 털어놓았습니다.

"이자나미 님이 내 남편과 딸이 섬에 돌아갔다고 알려주셔서 동요하고 있었어요."

아레가 깜짝 놀라 되물었습니다.

"나미마는 죽은 자잖아요. 어째서 동요하는 거예요? 살아 있는 사람은 우리를 두고 한탄하며 슬퍼하다가 이내 까맣게 잊어버려요. 저만 알고 제멋대로인데다 웬만한 건 모두 잊어버리죠. 우리도 그랬잖아요? 산 자가 어떻게 살든 관계없어요. 그냥 내버려두면 되는 거예요."

아레가 시원스럽게 내뱉었지만 나는 아무래도 답답했습니다. 나와 마히토가 죽기를 각오하고 섬의 운명에서 도망쳤었노라고 설명해봐야, 가족도 없이 야마토의 권력자에게 예쁨받으며 살던 히에다노 아레가 이해할 리 없겠지요.

"딸을 구해주지 못해서 원통해요."

내가 말하자 아레는 미안했던지 이번에는 웃으면서 놀렸습니다.

"알겠습니다. 나미마는 딸뿐 아니라 남편을 잊지 못

154

하는 거죠. 젊어서 죽었으니 남편이 어디서 어떤 여자와 사는지도 신경쓰일 테고요. 아닌가요?"

아닌 게 아니라 나는 죽어서도 마히토를 잊은 날이 단 하루도 없습니다. 알고 싶은 것은 오로지 하나, 마히토의 진의였습니다. 이자나미 님의 탄식 역시 이자나키 님을 생각하는 마음에는 변함이 없는데도 황천국에 갇히게 된 현실에서, 아니, 이자나키 님의 변심에서 비롯된 게 아닐까요?

산 자는 교만합니다. 죽은 자를 업신여기면서까지 살아 있는 자신의 기쁨만을 추구하려 합니다. 물론 죽은 건 어쩔 수 없습니다. 그러나 함께 겪어온 일, 열중하며 나눈 이야기를 부정하지는 말아달라고, 이자나미 님은 이자나키 님께 말씀하고 싶은 게 아닐까요? 내가 마히토에게 느끼는 것도 이자나미 님과 비슷한 의문이었습니다. 그토록 죽을 각오를 하고 섬을 탈출했는데 어째서 돌아갔느냐고.

난바다에서 날아온 갈매기 사는 섬에서
내가 유혹하여 동침한 사랑스러운 그대 잊을 수 없네
이 세상 다하는 날까지

아레가 소리 높여 노래했습니다. 이 노래는 야마사치히코*, 즉 호오리가 와타쓰미 궁의 공주 도요타마비메에게 보낸 노래라고 합니다. 도요타마비메는 아이를 낳을 때 악어가 된 모습을 남편 호오리에게 보이는 바람에 수치를 느낀 나머지 아이를 두고 바다 밑 와타쓰미 궁으로 돌아가버렸습니다. 그러나 두고 온 자식을 잊지 못해 여동생 다마요리비메를 유모로 보냈습니다. 그때 함께 보낸 노래를 들은 호오리의 답가라는 것입니다.

'세상 다하는 날까지'라고 호오리가 노래한 것처럼, 나도 이 세상 끝날 때까지 마히토를 잊지 못할 것입니다. 그리고 도요타마비메가 자기 자식을 생각하듯이 야요이가 마음에 걸렸습니다. 야요이는 엄격한 규율이 지배하는 바다뱀 섬에서 살아남을 수 있을까요? 아레가 호오리 이야기를 해주었을 때, 내게도 모든 것을 맡길 수 있는 다마요리비메 같은 여동생이 있으면 좋겠다고 간절히 바랐습니다. 그러나 나와 가미쿠는 서로 도울 길

---

* 사냥에 능한 아우 야마사치히코와 고기잡이에 능한 형 우미사치히코의 설화 「우미사치 야마사치」에 등장하는 인물. 일본 초대 천황의 조부에 해당한다.

156

없는 대극의 세계로 갈려버렸습니다.

"아레 씨, 나 황천국을 나가 섬에 가보려 해요."

아레에게 털어놓았습니다.

"그게 가능해요?"

아레는 놀라서 되물었습니다.

"예. 이자나미 님께 여쭤봤더니 요모쓰히라 언덕으로 들어오는 파리나 개미 같은 곤충의 몸을 빌리면 된다고 해요. 생의 세계에서 그곳으로 벌레가 많이 들어온대요."

아레는 기뻐하며 조그만 손으로 손뼉을 쳤습니다.

"어머나, 그래요? 그럼 나도 갈래요. 내가 죽은 뒤 세상이 어떻게 변했는지 보고 싶어요. 내 평판이 어땠는지, 장례식은 어떻게 했는지 꼭 확인해야겠어요."

아레는 사후의 평가가 궁금한 모양입니다.

"그런데 아레 씨, 기회는 단 한 번뿐이고 벌레가 죽으면 다시 황천국으로 돌아와야 한대요. 그래도 좋아요?"

"괜찮아요. 나는 가겠어요. 나미마는 어떡할래요?"

아레의 결심은 바뀌지 않을 것 같았습니다.


결정하고 나니 마음이 급했습니다. 나와 아레는 요모쓰히라 언덕으로 가기로 했습니다. 이자나미 님은 우리

행동을 모두 꿰뚫고 계시겠지요. 거처 앞을 지날 때 문안을 드렸지만 나오지 않으셨습니다.

우리는 지하 신전을 나와 어두운 혈도를 걸어갔습니다. 분노한 이자나미 님이 황천추녀를 보냈다는 혈도는 지금은 고요하기 그지없고 살아 있는 것의 기척이라곤 없습니다. 우리는 아무 말 없이 캄캄하고 완만한 언덕을 손으로 더듬으며 올라갔습니다.

이윽고 멀리 한 자락 빛이 보이는 곳까지 왔습니다. 드디어 요모쓰히라 언덕에 도착한 것입니다. 이자나키 님이 이자나미 님에게 영원한 이별을 고한 곳. 그리고 죽은 내가 누워 있던 곳입니다. 나는 산 자의 세계에서 들어오는 강한 빛을 한동안 눈부시게 바라보고 있었습니다. 벌레가 아니라 사람으로 돌아가고 싶다, 다시 한 번 살고 싶다는 마음이 간절했습니다. 그러나 절대로 이루어질 수 없는 일입니다. 눈물이 났습니다.

"나미마, 벌레가 아니라 사람으로 다시 살고 싶다고 생각하고 있죠?"

고령의 아레가 숨을 헉헉거리며 속삭였습니다. 나는 만에 하나 이자나미 님의 귀에 들어갈까봐 조그맣게 대답했습니다.

"그래요."

내 할머니라고 해도 좋을 나이의 아레가 가엾다는 듯이 말했습니다.

"당신은 아직 열여섯이니 무리도 아니지요. 내가 열여섯 살 때는 이미 궁중에 들어가 많은 분들에게 이야기를 해드리고 있었죠. 하나를 들으면 열을 알고, 만 마디 말을 듣고도 토씨 하나 틀리지 않고 전하는 천재 소녀로 통했답니다."

아레는 먼 옛날을 그리워하듯이 말했습니다.

"아레 씨는 황천국에 왔을 때 어디서 깨어났어요?"

아레는 뒤로 돌아 어둠을 바라보았습니다.

"신전 문 앞이었어요. 눈을 뜨고는 왜 이런 어두운 곳에서 자고 있나 싶어 불안했죠. 난 감기가 원인이 되어 가슴에 병을 얻어 죽었답니다. 더 오래 살면서 이야기를 하고 싶었는데 너무나 아쉬웠죠. 그래서 내가 아직 살아 있구나 하고 기뻐했어요. 그랬더니 커다란 문이 열리고 이자나미 님이 나와서 말을 걸어주시더군요. '네가 히에다노 아레라는 자냐? 신들의 이야기를 한다고 들었다. 언젠가 내게도 자세히 들려주렴'이라고. 그때 내 앞에 계신 이가 이자나미 님인 걸 알고 얼마나 감동했는지.

내가 해온 이야기가 거짓말이 아니란 걸 알았으니까요. 그래서 이곳이 외롭긴 하지만 내 일과 관련이 있으니 그리 싫지는 않았어요."

아레의 이야기를 듣고 그제야 아직 내 운명을 받아들이지 못했음을 깨달았습니다. 나는 어둠의 나라를 섬기는 무녀로 태어났으니 이자나미 님을 섬기는 것이 운명이라 할 수 있습니다. 그러나 더러운 구더기가 되든, 땅을 기는 뱀이 되든, 성충이 되어 겨우 이레밖에 살 수 없는 매미가 되든, 살아 있는 세계를 다시 보고 싶다고, 사랑하는 사람이 지금 어떻게 지내는지 보고 싶다고 열망했습니다.

"오, 개미네. 빨간 개미가 들어왔어요. 개미는 느리지만 명이 길 터. 나는 개미가 되어 내가 죽은 뒤의 세계를 보고 오겠어요."

아레가 땅을 내려다보며 말했습니다.

"나미마, 여기서 또 만나면 내가 보고 온 것들을 얘기해줄게요. 안녕, 몸조심하고."

어떻게 하면 개미가 될 수 있을지 의아해하는데 눈 깜짝할 사이 아레의 모습이 사라졌습니다. 그러더니 작고 빨간 개미가 금세 방향을 바꾸어 밝은 쪽으로 열심히 기어가지 않겠습니까.

　나는 땅을 기는 개미가 될 수 없습니다. 여기서 바다를 건너 바다뱀 섬으로 가야 하니까요. 새까지는 바라지 않지만 적어도 날개 달린 벌레가 들어오기를 기도하며, 나는 이자나키 님이 막아놓은 커다란 바위 앞에서 빛줄기를 손으로 가렸습니다.

　그때 갑자기 부웅 하는 낮은 소리와 함께 노란색과 검은색 줄무늬가 있는 커다란 벌이 들어왔습니다. 처음 보는 벌입니다. 그러나 빠르고 힘이 세 보입니다. 이보다 맞춤한 벌레는 없을 터. 나는 벌이 되고 싶다고 빌었습니다.

2

　벌이 된 나는 요모쓰히라 언덕의 아주 좁은 틈을 통해 바깥으로 날아갔습니다. 오랜만에 맛보는 탁 트인 대기의 냄새와 살아 있다는 기쁨과 자유로이 비행하는 즐거움에 취할 것 같았습니다. 그러나 갈 길이 멉니다. 정신을 바짝 차리고 주위를 둘러보았습니다.

이자나미 님의 말씀대로 요모쓰히라 언덕 바로 앞은 거친 파도가 연신 밀려드는 짙은 녹색 바다였습니다. 배를 찾아보았지만 근처 해변에는 작은 고깃배뿐이었습니다. 시간을 낭비할 수 없습니다. 나는 큰 항구를 찾아 남쪽으로 내려가기로 했습니다. 도중에 땅바닥에 떨어져 깨진 잘 익은 참외를 발견하고 욕심스럽게 먹은 것이 마지막 식사였습니다.

벌이 된 나에게 과연 어느 정도 수명이 남아 있을지는 모릅니다. 그러나 이번이 생의 세계로 돌아갈 수 있는 처음이자 마지막 기회입니다. 한정된 시간 동안 어떻게든 바다뱀 섬으로 돌아가 마히토와 야요이가 어찌 지내는지 보고 와야 합니다. 그러니 제대로 못 먹고 쉬지 못한다 해도 신경쓸 계제가 아니었습니다.

사흘 밤낮을 계속 날았습니다. 나흘째 아침, 드디어 요모쓰히라 언덕에서 훨씬 남쪽에 있는 큰 항구에 도착했습니다. 녹초가 되어 잠시 나무에 앉아 다도해로 가는 배가 있는지 찾았습니다. 그러다 하얀 조개를 내리는 배를 발견했습니다. 우리 섬에서 본 적도 없는, 하얀 돛을 올린 30인승 이상의 큰 배였습니다.

웃통을 벗은 남자들 여러 명이 커다란 바구니에 달라

붙어서 고호우라 조개와 야광조개, 거미고둥 등을 내리고 있습니다. 아아, 얼마나 반가운 정경인가요. 새하얗고 두툼하게 살이 오른 고호우라 조개는 바다 밑바닥까지 들어가야 잡을 수 있습니다. 그래서 숨을 오래 참는 훈련을 한 여자나 긴 항해에서 돌아온 남자들이 물질해서 잡습니다.

고호우라 조개는 팔찌나 목걸이로 가공된다고 하는데 우리 섬에서는 그런 세공품을 볼 수 없었습니다. 고호우라 조개를 잡아오면 남자들이 바로 배에 실어 팔러 갔기 때문입니다. 그러니 저 배를 타면 다도해 부근까지 갈 수 있을 테지요. 나는 사람들 눈에 띄지 않도록 날갯소리를 죽여 몰래 돛대에 매달렸습니다.

배가 출항한 것은 다음날 아침이었습니다. 나는 바람에 날려가지 않도록 바닥에 놓인 짐 뒤에 숨거나 뱃전에 앉거나 하며 며칠씩 먹지도 마시지도 않았습니다.

"말벌이다, 죽여라!"

느닷없이 노에 맞아죽을 뻔해 황급히 바다 위로 날아올랐습니다. 갈증을 참을 수 없어서 식수통 주위를 맴돌던 참이었습니다.

"희한하네, 말벌이 타고 있었다니."

놀란 뱃사람들이 배를 떠나지 않고 날아다니는 나를 가리키며 말했습니다.

"벌 주제에 건방지게. 대체 어디로 갈 생각이지?" 하며 웃는 자도 있었습니다.

"쏘이면 즉사야. 다시 오면 꼭 죽여야 돼."

다시 노를 잡는 자도 있었습니다. 그제야 내가 인간들이 무서워하는 위험한 벌이라는 사실을 알았습니다.

그때, 하얀 옷을 입은 나이든 남자가 뱃머리에서 나타나 뱃사람들을 달랬습니다.

"오히려 행운을 가져올지도 몰라. 돌아오면 태워줘."

나는 안심하고 배로 돌아갔습니다. 그랬더니 남자가 웃었습니다.

"꼭 사람 말을 알아듣는 것 같군. 쏘지 않겠다고 약속하면 태워주마. 알아들었으면 원을 그리며 날아봐."

나는 원을 그렸습니다. 뱃사람들이 우아 하고 감탄하고는 서로 마주보며 "사람 말을 알아듣는 벌일세"라고 말했습니다. 나를 노로 때려죽이려 했던 남자가 손가락질을 했습니다.

"이 벌이 항해의 수호신일지도 모르겠네요."

이렇게 해서 나는 당당하게 물통 아래 머물며, 바닥에

흐른 물을 마시고 창고에 사는 벌레를 잡아먹었습니다. 말벌은 꽃의 꿀만 먹는 게 아니라 곤충도 먹습니다. 폭풍우만 치지 않으면 충분히 살아남을 수 있을 것입니다.

배에 타고 얼마나 시간이 흘렀을까요. 보름? 아니, 더 흘렀을지도 모릅니다. 바다 위에서 점점 약해짐을 느꼈습니다. 이대로라면 섬에 도착하기 전에 어이없게 죽어버려서 황천국으로 돌아갈지도 모릅니다. 그것만은 피하고 싶었습니다. 가는 도중에 죽을까봐 몹시 두려웠습니다.

비바람이 거세져 뱃바닥으로 향하다 날려갈 뻔한 적도 한두 번이 아닙니다. 그때마다 배는 작은 항구나 섬의 포구에 들어가서 폭풍우가 멎길 기다렸습니다. 주변에 섬이나 항구가 없을 때는 망망대해에서 그대로 폭풍우에 희롱당합니다. 절대로 평온하다고 할 수 없는 항해였습니다. 그동안 나는 제정신이 아니었습니다. 어서 도착하지 않으면 수명이 다할 것 같아서 애가 탔습니다. 그래도 배의 속도는 나와 마히토가 탔던 돛도 없는 조각배와 하늘과 땅 차이였습니다. 바람만 불면 날듯이 빠르게 바다 위를 미끄러져가는 이 배와 달리 나와 마히토가 탔던 배는 해류를 따라 반년 넘게 표류했으니까요.

어느 날, 수목이 우거진 큰 섬이 나타났습니다. 배는 복잡한 해안으로 조심스럽게 들어갔습니다. 바다 바로 앞까지 모밀잣밤나무 숲이 펼쳐져 있고 하얀 모래가 눈부신 아름다운 항구였습니다. 가슴이 설렜습니다.

뱃전에 앉아서 바라보니 항구 여기저기 남녀들이 힘차게 손을 흔들며 배의 도착을 기뻐하는 것이 보였습니다. 얼굴이 검게 그을렸고 짙은 눈썹과 커다란 눈 등이 어딘지 익숙했습니다. 입은 옷도 우리 섬과 비슷한 무늬와 모양이 아니겠습니까. 나는 바다뱀 섬 근처까지 왔음을 확신하고 배에서 날아나왔습니다.

"저기 봐, 말벌이 내렸다."

뱃사람이 나를 손으로 가리켰습니다.

"네가 가려던 곳이 남쪽 섬이었구나."

"건강하게 잘 살아라."

뱃사람들이 저마다 한마디씩 건네고 손을 흔들며 작별인사를 해주었습니다. 나도 몇 번이나 원을 그리며 답례를 했습니다.

나는 긴 항해의 피곤함도 잊고 남쪽 섬의 풍물에 취했습니다. 나른한 한낮, 해안메꽃이 뜨거운 바람에 부드럽게 날리며 벌레를 유혹했습니다. 해질녘이면 분홍색에서 연갈색으로 바뀌는 히비스커스가 바닥에 팔랑팔랑 떨어 졌습니다. 나는 오랜만에 보는 꽃과 열매 사이를 신나게 날아다녔습니다. 하마진초 꽃의 꿀을 빨고, 이주나무 이 슬을 배가 터지도록 마셨습니다. 그리고 수목이 울창한 산으로 들어가 곤충과 거미를 잡아먹고 나뭇잎 그늘에 서 잤습니다. 끝없이 자란 덩굴, 무성한 식물, 힘찬 벌레 들, 마른 모래 위를 미끄러지는 독사. 모두 내 고향 섬과 비슷했습니다. 그러나 이곳은 바다뱀 섬이 아닙니다.

다음날 아침, 나는 기운을 차리고 태양이 떠오르는 쪽 을 향해 바다 위를 날기 시작했습니다. 섬이 보일 때마 다 들렀지만 바다뱀 섬은 아니었습니다. 두 번의 일출을 겪으며 계속 동쪽으로 날았습니다. 피로에 지쳐 몇 번이 나 죽음을 각오했습니다.

슬슬 목숨이 다해가는 기미가 보였습니다. 아무리 애 를 써도 힘이 나지 않았지요. 섬에 도착하기 전에 죽을 지도 모릅니다. 나는 파도에 닿을 듯이 밤바다 위를 날 면서 황천국의 암흑과 차가움을 떠올렸습니다. 색깔도 없고 냄새도 없는 세계. 지치기는 했어도 그에 비해 이 바다 냄새와 달콤한 공기, 끝없이 펼쳐진 밤하늘은 살아 있지 않으면 경험할 수 없는 아름다움과 자유 그 자체였습니다. 죽으면 끝. 어떻게든 살아남아 마히토와 야요이를 꼭 다시 보고 나서 죽자. 한 번만, 꼭 한 번만 보고. 나는 다짐했습니다.

갑자기 바다에 가로놓인 커다란 바위가 눈에 들어왔습니다. 나는 황급히 바위에 매달렸습니다. 어느 섬인지 모르지만 일단 쉴 수 있는 뭍을 만났습니다. 나는 바위의 작은 홈에 몸을 기대고 푹 잤습니다.

아침이 되어 절벽 여기저기 핀 새하얀 나팔나리를 발견하고 나는 전율했습니다. 낯익은 풍경이었습니다. 이곳은 마히토와 배를 탄 북쪽 곶이 아닌가. 위로 날아올라 바다 위로 우뚝 선 곶을 다시 한번 바라보았습니다. 틀림없습니다. 바다 쪽에서만 볼 수 있는 북쪽 곶의 절벽에, 마치 강림하는 신을 맞이하듯 하얗고 청초한 나팔나리가 여기저기 피어 있었습니다.

그날 나와 마히토는 섬에서 멀리 벗어날 해류를 타고는 드디어 탈출하게 됐다며 손을 맞잡고 기뻐했습니다. 그리고 바다에서 곶을 돌아보고는 검은 절벽을 장식한 나팔나리의 모습이 너무나 아름다워 숨을 삼켰습니다.

드디어 바다뱀 섬으로 돌아왔습니다. 그러나 슬슬 수

명이 다해가고 있었지요. 말벌의 수명은 고작해야 한 달인가봅니다. 생명의 불꽃이 꺼지기 전에 마히토와 딸을 찾아야 합니다. 과연 그럴 수 있을까요.

그리워하던 섬입니다. 나는 아단과 소철, 빈랑이 무성한 대지 위를 날면서 마음속으로 눈물을 흘렸습니다. 말벌의 모습으로나마 다시 돌아오리라곤 생각도 못했습니다. 큰 바위 '오시루시'가 보이네요. 위에서 바라본 바위는 물방울 모양 섬 한복판에 마치 쐐기를 박듯 자리해 있었습니다.

대무녀님이 된 가미쿠는 잘 있을까요? 어머니는 아직 살아 계실까요? 내가 이자나미 님께 불려간 뒤로 시간이 얼마나 흘렀는지 알 수 없지만, 어서 만나고 싶었습니다.

나는 죽을힘을 다해 우리집 쪽으로 날았습니다. 가는 도중에는 사람들이 하나도 보이지 않았습니다. 마치 죽음의 섬처럼, 피어오르는 연기 한 가닥 없고 일하는 여자들의 모습도 보이지 않습니다. 그러나 남쪽 항구에 작은 배들이 집결해 있습니다. 남자들이 바다에서 돌아온 시기인가봅니다.

살아 있다면 아버지와 오빠들도 섬으로 돌아와 있겠

지요. 나는 말벌이 된 사실도 잊고 마치 어린아이로 돌아간 듯 설레는 마음으로 이리저리 가족의 모습을 찾았습니다. 바다 내음이 나는 마른 공기, 햇살에 눈부시게 빛나는 흰모래, 볕에 달구어진 석회암, 해변과 촌락 사이를 기어가듯 자라난 부처꽃. 가난하지만 빛과 색채가 넘치는 아름다운 섬. 그리고 이곳에는 생명도 넘쳐났습니다. 나는 섬의 잔혹한 운명도 잊은 채 넋을 잃고 날아다녔습니다.

그나저나 새까맣게 그을리면서도 먹고살기 위해 묵묵히 일하던 사람들은 다 어디 간 걸까요?


느닷없이 장례 행렬을 만났습니다. 미쿠라 님의 장례 때와 마찬가지로 하얀 옷을 차려입은 사람들이 두 줄로 천천히 걸어가는 걸 보고 알았습니다. 미쿠라 님 때와 달리 여자들뿐이었습니다. 그리고 나무 관 하나. 미쿠라 님 것처럼 훌륭하지도, 나미노우에 님 것처럼 초라하지도 않습니다. 관의 네 모서리를 짊어진 자들은 처음 보는 힘센 젊은이들입니다.

대체 누구의 장례일까요? 나는 처음 보는 장례식 풍경에 놀라며 지친 몸을 채찍질해 날아다녔습니다. 하긴 모르는 것도 당연합니다. 딱 한 번 대무녀 미쿠라 님과 순사하신 나미노우에 님의 장례를 본 것이 전부니까요.

행렬 맨 앞에는 무녀가 있었습니다. 하얀 옷을 차려입고, 파초일엽을 띠처럼 이마에 두르고, 노란 아단꽃 두 송이를 뿔처럼 꽂아 장식했습니다. 가슴에는 진주 목걸이를 몇 겹이나 두르고 조개껍데기를 울리면서 노래하고 춤을 추었습니다. 유난히 풍채가 좋은 그 중년 여인은 미쿠라 님과 많이 닮았습니다. 그러나 미쿠라 님은 이제 살아 계시지 않을 터. 내가 시간을 거슬러올라왔나 혼란스러웠습니다.


오늘 이날
소무녀님이 돌아가셨네
모래 위에 정중히 손 모으고
바다 앞에 머리를
조아리시네
드리우시네
오늘 이날
소무녀님의 혼 지셨네
하늘에서 기도하사

바다에서 바치사
오늘 이날을
경배하시네

  그래요, 미쿠라 님처럼 보인 사람은 가미쿠였습니다. 삼십대 중반쯤 됐을까요. 어린 시절 내가 본 미쿠라 님과 꼭 닮았습니다. 아니, 미쿠라 님보다 훨씬 아름답고 당당해 보입니다. 그 아름다운 자태를 어떻게 설명해야 좋을까요.

  햇볕 내리쬐는 남쪽 섬에 사는데도 기적처럼 새하얀 얼굴과 손. 삼단 같은 검은 머리가 엉덩이를 가리고, 커다란 눈동자는 초롱초롱했습니다. 삶의 충만감과 행복이 전해지는 광채와 관록. 더욱이 방울처럼 아름답고 생기 넘치는 목소리로 홀릴 듯한 노래를 불렀지요. 부드럽게 휘어진 손, 노래에 맞춘 종종걸음. 가미쿠는 하얀 옷자락을 펄럭이며 빙글 돌았습니다. 기도가 아니라 마치 춤을 보는 듯했습니다. 미쿠라 님에게 위엄이 있었다면, 가미쿠에게서는 아름다움과 활력이 느껴졌습니다. 장례 행렬이지만, 사람들은 선두에 선 가미쿠의 목소리와 몸짓에 설레는 것 같았습니다.

긴 세월이 흘렀음을 느꼈습니다. 나는 황급히 행렬 주위를 돌아다녔습니다. 가미쿠 말고 또 아는 사람이 없는지. 그리고 여자들뿐인 이 행렬에 야요이는 없는지. 줄 뒤편에 젊은 여자가 몇몇 있었지만 야요이로 보이는 아가씨는 없었습니다.

만약 내가 살아 있었다면 가미쿠 또래겠지요. 사랑하는 언니를 다시 만난 것이 기뻐서 가미쿠 주위를 날갯짓하며 맴돌았습니다. 소리 높여 노래하던 가미쿠가 문득 나를 보았습니다.

"언니, 나야. 나미마야."

나는 가미쿠의 눈앞에서 원을 그리며 날았습니다. 가미쿠가 오른손으로 조개껍데기를 울리면서 겹겹이 목에 두른 진주 목걸이를 왼손으로 차르륵 울렸습니다. 그리고 이상하다는 듯이 나를 바라보았습니다. 과연 대무녀인 가미쿠에게는 뭔가 통한 모양이지요. 제발 알아주기를. 난 나미마야, 나미마.

나는 부정한 황천국에서 왔다는 사실도 잊고 필사적으로 날갯짓했습니다. 그 순간, 가미쿠가 든 조개껍데기에 튕겨 하늘 높이 날아가버렸습니다. 무슨 일이 일어났는지 알 수 없었지요.

장례 행렬 바깥으로 나가떨어져 정신을 잃었음을 깨달은 것은 상당한 시간이 흐른 뒤였습니다. 인간에게 밟혀 죽지 않은 것이 천만다행이었지요. 새나 거미에게 먹히거나 개미굴로 끌려가지 않은 것도요. 나는 가사 상태로 땅바닥에 누워 있었던 겁니다.

정신을 차리고 보니 이미 해가 지고 주위도 어둑했습니다. 날아오르려다 아연했습니다. 왼쪽 날개가 너덜거리고 배는 터져 있었습니다. 너무 가까이 다가간 탓에 가미쿠에게 세게 얻어맞은 것입니다. 나는 사랑하는 언니한테 맞은 것이 너무나 슬펐습니다.

장례 행렬이 지나간 지 한참 지난 모양입니다. 지금쯤이면 아미도에서의 장례도 끝났겠지요. 지금은 누가 어둠의 나라 무녀를 맡고 있을까요? 그리고 대체 누가 죽은 걸까요?

분명 가미쿠는 '소무녀님이 돌아가셨네'라고 노래했습니다. 소무녀님이 누구인지 확인하기 위해 나는 두 번 다시 발을 들이지 않을 줄 알았던 아미도로 날아가려 했습니다. 그러나 똑바로 날 수가 없었습니다. 얻어맞고 땅에 떨어진 타격에 내 수명은 급속히 줄어들었습니다.

하루만, 아니, 반나절만이라도 더 시간을 주세요. 나

는 황천국의 이자나미 님에게 빌었습니다. 그러나 이자
나미 님은 그 흐릿한 눈으로 아무것도 보지 못하는 척하
시겠지요. 이런 꼴을 당하면서까지 산 자의 세계를 보러
간 내가 한심하다고 실망하실 것이 뻔합니다. 수명이 긴
개미가 아니라 빨리 날고 힘센 말벌을 선택한 것은 나이
기에, 마히토도 야요이도 만나지 못하고 죽어간들 불평
할 수는 없습니다. 나는 죽음을 맞기 위해 푹신한 소철
암꽃 속으로 기어들어갔습니다.

그러나 이튿날 아침 일찍 나비들의 방해로 눈을 떴습
니다. 아직 한여름 태양이 떠오르기 전. 살아 있긴 하지
만 남은 목숨은 앞으로 몇 시간뿐일 테지요. 나는 요행
을 바라며 아미도로 날아갔습니다. 죽은 자가 저무는 해
와 함께 바다 밑 나라로 갈 수 있도록, 아미도는 섬의 가
장 서쪽에 있습니다.


떠오르는 햇살이 동그랗게 깎아놓은 듯한 아미도의
풀밭을 서서히 붉게 물들여갑니다. 하얀 동굴이 뻐끔 뚫
려 있는 광경에 몸이 움츠러들었습니다. 이십 년도 전에
나는 이곳에서 매일 아침 미쿠라 님과 나미노우에 님이
누워 계신 관의 뚜껑을 열며 두 사람이 영원한 여행을

떠나도록 도왔습니다. 그때의 전율이 되살아나, 말벌의 몸인데도 떨림이 멎지 않았습니다.

아미도는 죽은 자의 임시 거처. 이곳에는 혼이 빠져나간 송장만 남아 있습니다. 미쿠라 님과 나미노우에 님의 백골은 물론이고 우리 선조들의 것도. 동굴 안쪽 말라비틀어진 나무 관들 중에는 백골을 드러낸 것이 있는가 하면 바스러진 뼈도 보입니다. 입구에 가까울수록 최근에 들어온 관입니다. 작은 관들은 태어나자마자 죽은 마히토의 동생들 것일 테지요.

내가 살던 오두막도 변함없었습니다. 지붕에 아단 잎을 덮어 더 좋아졌습니다. 아단 지붕이라면 여름날 초저녁에 쏟아지는 세찬 비와 커다란 폭풍우에도 끄떡없겠지요. 나는 하얀 나팔나리 그늘에서 아침햇살에 물든 오두막을 바라보고 있었습니다.

문이 열리고 젊은 아가씨가 나왔습니다. 어둠의 나라에 봉사하는 무녀. 없어서는 안 될 존재지만 딱하기 그지없는 처지인 그 아가씨는 울어서 퉁퉁 부은 눈으로 한숨을 내쉬었습니다. 지난날의 나를 보는 것 같습니다. 나는 오두막에 들어가지도 못하고 아버지와 오빠가 지키고 선 결계에서 떨고만 있었는데, 이 아가씨는 옛날의 나보다 훨씬 야무진 것 같습니다. 아주 어릴 적부터 다음 대를 이을 어둠의 무녀로 자랐겠지요. 매우 말랐지만 팔다리가 길고 움직임이 민첩해서 건강해 보였습니다.

여자는 잠시 주저하다가 결국 동굴로 향했습니다. 그리고 입구에서 가장 가까운 새 관의 뚜껑을 조금 밀어 안을 들여다보았습니다. 두렵지만 해야 하는 일입니다.

"어머니, 안녕히 주무셨어요."

뺨에 흐르는 눈물이 아침햇살에 반짝였습니다. 죽은 사람은 여자의 어머니인 모양입니다. 대체 누구일까. 나는 날개 소리가 나지 않도록 조심스럽게 다가가 여자의 어깨 위에서 관을 들여다보았습니다. 머리가 새하얀 노파가 평온한 표정으로 눈을 감고 있었습니다.

"어머니, 당신이 하시던 일을 오늘부터 내가 해요. 처음 맡은 일이 어머니를 보내는 것이라니 슬퍼요."

여자는 관에 매달려 울었습니다. 눈물이 좀처럼 멎지 않습니다. 여자가 손등으로 눈물을 닦았습니다. 왠지 낯이 익은 예쁘장한 얼굴. 그러나 누군지는 모릅니다. 그리고 관에 누운 여자가 어둠의 무녀가 된 이유도 모릅니다. 미쿠라 님과 나미노우에 님처럼, 양과 음의 자매가 짝을 이루어 대무녀와 어둠의 무녀를 맡는다고 알고 있었는데요.

"그렇지만 덕분에 그리 무섭진 않아요. 어머니의 몸이 썩어가도 괜찮아요. 오히려 가여운걸요. 나를 아껴주신 은혜를 갚아야지요. 이십구 일 뒤에 어머니의 혼이 바다 밑으로 갈 때까지 내가 지켜봐드릴게요."

그 맑은 날 밤의 일이 선명히 떠올랐습니다. 미쿠라 님과 나미노우에 님이 생전의 모습으로 인사하러 오신 날 말입니다. 그러나 나는 그때 이미 두 분을 배신했었지요. 내 뱃속에는 야요이가 있었으니까요.

여자는 맑은 목소리로 기특한 소리를 했습니다.

"그리고 어머니, 이곳에는 내게 잘해주셨던 니세라 님이랑 오빠들도 잠들어 있으니 전혀 무섭지 않아요. 어머니가 이곳에서 무녀 일을 했으니 나도 언젠가 그럴 거라고 각오해왔고요. 슬프지만 누군가는 해야 하는 일이니 어쩔 수 없죠."

니세라. 내 어머니도 이미 세상을 떠나 이곳에 잠든 모양입니다. 저 동굴 안쪽 어딘가에 누웠겠지요. 이제 만날 수 없구나 싶어 크게 실망했지만, 어머니도 황천국에 와 있을지 모른다고 생각하니 그리 쓸쓸하진 않았습니다.

여자는 관뚜껑을 닫더니 손을 모아 뭐라고 열심히 기도했습니다. 그리고 일어서서 아미도 입구로 향했습니다. 내가 밤의 무녀가 되던 날 울타리로 가로막혔던 곳입니다. 지금도 울타리가 있었지만 그때처럼 가시 돋친 아단 울타리가 아니라 파초일엽으로 짠 모양새만 갖춘 것이었습니다.

그 앞에 키 큰 남자가 고붓하게 고개를 숙이고 서 있었습니다. 애도를 표하는 하얀 옷을 입어서 검붉게 탄 늠름한 몸이 한층 돋보입니다. 이 남자는 누구지? 본 적이 있는데. 혹시 마히토가 아닐까? 가슴이 쿵쾅거리던 중에 나는 남자의 말을 듣고 귀를 의심했습니다.

"야요이, 괜찮니?"

나는 놀라서 '야요이'라고 불린 여자의 얼굴을 바라보았습니다. 이 아이가 내 딸이었다니. 퍼뜩 납득이 가는 외모이긴 했습니다. 쓸쓸해 보이는 이목구비는 어머니 니세라를 빼다박았고, 야윈 체형은 나를 닮았습니다. 그리고 총기 있는 눈은 가미쿠, 아니, 마히토처럼 의지가 강해 보였습니다. 자세히 보니 참으로 아름다운 아가씨였습니다. 그러나 어째서 야요이가 밤의 무녀가 된 걸까요? 내가 '음'이었으니 딸은 '양'이어야 할 텐데.

야요이가 기쁜 듯이 달려왔습니다.

"마히토 오빠, 약속대로 와줬네요."

역시 남자는 마히토였습니다. 나는 마히토라고 불린 남자의 얼굴을 바라보았습니다. 마히토가 맞습니다. 강한 눈길과 오뚝한 콧마루. 청년이었던 마히토가 늠름한 바다 사내로 변모했습니다. 그러나 부드러움과 관대함은 달라지지 않은 것 같아 몹시 기뻤습니다.

드디어 남편과 딸을 만났습니다. 그러나 야요이가 왜 죽은 노파를 '어머니'로, 마히토를 '오빠'로 부르는지 영문을 알 수 없었습니다. 나는 붕붕 소리내면서 주변을 빙빙 돌았습니다. 마히토가 시끄럽다는 듯이 손사랫짓을 하며 나를 노려보았습니다.

"섬에는 이런 벌이 없는데. 크고 사나워 보이는구나. 야요이, 조심하렴."

야요이가 내 모습을 눈으로 좇았습니다.

"그래도 이런 외로운 곳에 벌이라도 찾아와주니 좋네요."

나는 슬픔으로 가슴이 미어졌습니다. 당장 인간의 모습으로 돌아가 야요이에게 말하고 싶었지요. 나는 네 엄마고 너를 도우려고 탈출했는데 어째서 너는 지금 여기

있느냐고. 마히토가 태연하게 빈랑 잎으로 짠 바구니를
야요이에게 건넸습니다.

"오늘 식사란다."

바구니를 받아든 야요이가 마히토에게 말했습니다.

"오빠, 어머니는 죽은 것처럼 안 보여요. 꼭 잠든 것
같아요. 오빠도 보고 갈래요?"

마히토는 말없이 양손으로 아침햇살을 가렸습니다.
굵은 마디가 진, 커다랗고 아름다운 손이었습니다.

가미쿠에게 먹을 것을 갖다준 밤 폭풍우 속에서 내 손
을 꼭 잡아주던 듬직한 손. 내 몸을 더듬으며 쾌락의 심
지를 찾아준 손. 잠 못 이루던 밤 눈을 감겨주던 커다란
손. 그리고 내 목을 조르던 손. 걸쭉한 바다뱀국이 흘러
내렸던 손입니다. 아침햇살을 받는 마히토의 손을 바라
보며 나는 미칠 듯한 의심에 시달렸습니다.

혹시 마히토는 야요이를 자기 동생으로 삼은 게 아닐
까요? 그렇다면 저 관에 잠든 사람은 마히토의 어머니
가 분명합니다. 차위 무녀 역할을 다하지 못해 저주받은
우미가메가의 사람. 앗, 나는 엉겁결에 소리지르고 말았
습니다.

마히토는 갓난아기 야요이를 데리고 섬으로 돌아가

드디어 집안에 여동생이 태어났다고 사람들을 속인 게 아닐까요? 그러면 부모님과 동생들이 살 수 있으니까요. 내가 탈출해서 비어버린 어둠의 무녀 자리는 차위 무녀인 마히토의 어머니가 채웠겠지요. 차위 무녀의 가계는 빠진 자리를 메우는 역할을 합니다. 그렇다면 내 딸 야요이는 대무녀인 가미쿠가 죽을 때 따라 죽어야 할 운명을 진 셈입니다.

"그냥 갈게. 뱃사람은 해가 떠 있는 사이 죽은 사람을 만나면 안 돼. 규율을 깨면 천벌을 받는대."

마히토는 미간을 찡그리고 걱정스러운 듯 주위를 둘러보았습니다. 나는 몹시 화가 났습니다. 나와 마히토는 애초에 규율을 깨지 않았나요? 그것도 몇 번이나. 절벽에서 던져야 하는 가미쿠의 잔반을 몰래 나눠 먹었고, 평생 처녀여야 하는 나는 마히토와 사랑을 나누고 임신했습니다. 그리고 둘이 함께 섬에서 도망쳤습니다. 결국 그 벌을 누가 받았나요? 다름아닌 야요이입니다. 그 사실을 깨닫고 나는 가슴이 찢어발겨지는 듯했습니다.

어쩌면 좋지, 어쩌면 좋지? 나는 붕붕 소리내며 날았습니다. 그런데도 순진무구한 야요이는 아무것도 모르고 자기 임무를 다하려 합니다.

"오빠, 배는 언제 떠나요?"

야요이가 불안한 듯 물었습니다.

"오늘밤에. 나중 일은 아들한테 부탁해두었어."

"고마워요."

야요이는 환한 얼굴로 인사했습니다.

"깜박했네. 이걸 쓰렴."

마히토가 품에서 숟가락을 꺼내 야요이에게 건넸습니다. 야광조개로 만든 숟가락. 나미노우에 님이 아미도 오두막에서 쓰시던 것입니다. 탈출하던 날 내가 유일하게 오두막에서 챙겨온 물건이었습니다.

"이게 뭐예요?"

야요이가 숟가락을 바라보며 물었습니다. 마히토는 조금 주저하다 말했습니다.

"나미노우에 님이라는 분이 쓰시던 거야. 사연이 있어서 한동안 내가 맡고 있었어."

"알아요. 어머니 전대의 무녀님이시잖아요."

나에 대해서는 아무 말도 하지 않습니다. 어째서일까요? 내 남편이던 마히토가 어째서 딸에게 진실을 말해주지 않는 걸까요? 나미노우에 님을 이은 어둠의 무녀는 나미마, 즉 너의 엄마였다고. 마히토는 딴사람처럼 태연히 말했습니다.

"맞아. 이걸 네게 줄게. 오두막에서 쓰도록 해."

"아, 좋아라."

마히토가 야요이의 손을 잡고 말했습니다.

"잘 지내라. 처음에는 좀 외롭겠지만 열심히 일하도록 해. 좀 안정되면 사람들이 만나러 올 거야. 어머니를 잘 보내드려. 너를 낳느라 고생이 많았으니까."

"예, 오빠도 조심하세요. 가미쿠 님은 어떠세요?"

"건강해."

"한동안 못 뵙겠지만 안부 전해주세요."

"그럴게."

마히토는 하얀 이를 보이며 웃었습니다. 나는 몰래 마히토의 등에 앉았습니다.


멋진 장년 남자가 된 마히토는 나를 등에 붙인 채 빠른 걸음으로 걸어갔습니다. 스쳐가는 사람들 모두 키 큰 마히토를 눈부신 듯 올려다보며 경애를 담아 공손히 절했습니다. 딸을 낳지 못해 저주받은 집안이라며 마을에서 따돌림받던 시절과는 대우가 천지 차이입니다. 고기잡이를 나가는 대신 여자들에 섞여 바닷가에서 해초며 조개를 줍던 굴욕도 이젠 옛말인 모양입니다. 그것도 내 딸을 동생이라 속이고 섬장에게 보고했기 때문이겠지요. 마음이 캄캄한 의혹으로 뒤덮였습니다.

마히토는 교이도 옆에 있는 작은 집으로 들어갔습니다. 내가 가미쿠의 식사를 나르던, 미쿠라 님의 거처가 있던 곳입니다. 이제 미쿠라 님의 집은 없고 대신 야단 잎으로 지붕을 올려 시원해 보이는 고상식* 집이 서 있습니다.

뜰의 우물 앞에서 두 소년이 그물 추에 산호를 달고 있었습니다. 둘은 돌아보며 마히토에게 손을 흔들었습니다. 제법 큰 아이는 훌륭한 어부가 될 성싶은 다부진 체격이고, 여덟 살 정도로 보이는 또 한 명은 형을 빼다 박아 영리해 보였습니다.

"아버지, 다녀오셨어요."

마히토는 고개를 끄덕이고는 물었습니다.

"어머니는?"

"기도소에요. 항해가 무사하길 빌고 있어요."

대답한 쪽은 형이었습니다. 동생은 아버지 앞에서 쑥

---

* 원두막처럼 기둥을 세워 집 바닥을 높이 올리는 방식.

스러운지 그물 보수에 여념이 없는 척했습니다. 마히토
는 그애의 어깨를 치며 활짝 웃어 보인 뒤 기도소 쪽으
로 걸어갔습니다. 마히토는 가미쿠와 결혼해 많은 아이
를 낳은 모양입니다. 집안에서도 열여섯 살 정도의 여자
아이와 다섯 살 정도의 사랑스러운 여자아이가 구르듯
달려나왔습니다.

"아버지, 다녀오셨어요."

딸이 태어났으니 대무녀의 가계는 평안하겠지요. 가
미쿠는 훌륭하게 역할을 다했습니다. 가미쿠의 광채와
관록은 무녀로서의 성공과 어머니로서의 충실함을 수반
한 것이었습니다. 그리고 마히토의 사랑도.

옛날에 가미쿠가 털어놓은 비밀이 생각났습니다.

'아이를 꼭 낳아야 할 운명이라면 마히토 같은 사람의
아이를 낳고 싶어. 그렇지만 마히토네 집은 저주받아서
안 된다고 미쿠라 님이 말했어. 유감이야.'

마히토가 야마토를 목전에 두고 돌아온 덕에 가미쿠
는 소원을 이루었습니다. 나는 언니 가미쿠의 행복을,
일찍이 남편이었던 마히토의 행복을 기도하고 싶었지만
어찌해야 좋을지 몰랐습니다. 마히토가 내 딸 야요이의
운명을 바꾼 것을 도저히 용서할 수 없습니다.

내가 등에 붙은 줄도 모르고 마히토는 교이도 숲 한가운데 있는 기도소로 향했습니다. 용수 아래 돌 제단이 설치된 곳입니다. 하얀 옷을 차려입은 가미쿠가 동쪽을 향해 열심히 기도하고 있었습니다. 마히토는 가미쿠의 기도가 끝날 때까지 밖에서 참을성 있게 기다렸습니다. 가미쿠는 항해가 무사하기를 기원하는 기도를 올리고 있었습니다. 미쿠라 님이 시종 읊었던 기도라 나도 조금 기억하고 있습니다.

하늘 향해 절을 올리네
바다 향해 절을 올리네
섬을 위해 기도하네
하늘에 뜬 해에 소원을 비네
바다에 잠기는 해에 등을 돌리네
남자의 일곱 노래가 울려퍼지네
남자의 세 목이 파도를 만드네
하늘 향해 절을 올리네
바다 향해 절을 올리네
섬을 부탁하네

기도를 마친 가미쿠가 기척을 느끼고 돌아보았습니다. "가미쿠" 하고 마히토가 부릅니다. 가미쿠는 일어서서 기도복 차림으로 마히토의 품에 안겼습니다.

"별로 같이 있지도 못하네."

"할 수 없지. 남자는 바다에 나가야 되니까."

"마히토, 무사히 돌아와야 해."

"괜찮아, 가미쿠가 기도해주잖아."

대화를 나눈 뒤 두 사람은 한동안 아무 말 않고 꼭 껴안았습니다. 서로 사랑한다는 것이 전해집니다. 나는 차마 보고 있을 수 없어서 소리없이 날아올라 용수 둥치에 앉았습니다. 가미쿠가 고개를 들었습니다.

"내 기도가 하늘에 닿는다면, 나는 죽을 때까지 기도를 멈추지 않을 거야."

"가미쿠가 죽으면 이 섬은 끝이야."

마히토가 가미쿠의 목덜미에 얼굴을 묻고 말했습니다.

"당신 어머니는 아들이 돌아오는 걸 알기라도 한 듯이 돌아가셨지. 역시 무녀님이셔. 야요이라는 훌륭한 후계자도 있고 하니 안심하신 모양이야. 그렇지만 당분간 야요이가 자손을 낳지 못하니, 또 차위 무녀 자리가 비게 생겼어."

가미쿠가 마히토를 위로하듯 올려다보았습니다.

"할 수 없지. 가미쿠가 되도록 오래 살아서 손녀딸이 생기길 기다려야지. 그게 섬의 규율이잖아."

마히토는 섬의 운명을 받아들였습니다. 그러기 위해 방해물인 나를 죽였고요. 그 사실이 무엇보다 충격이었습니다. 우리는 줄곧 끔찍한 운명에 맞서 싸워왔습니다. 마히토는 가미쿠가 남긴 음식을 몰래 자기 어머니에게 가져다주고, 어머니가 딸을 낳지 못하자 이번에는 나와 나눠 먹고, 어둠의 무녀인 나와 잠자리를 가져 아이를 배게 하고, 둘이서 섬을 탈출했습니다. 나와 함께 규율에 맞서 싸운 사내가 하필이면 내 딸을 섬의 '규율'에 바친 겁니다.

"마히토, 잠깐이라도 당신이 없으면 너무 외로워." 가미쿠가 마히토에게 뺨을 기댔습니다. "나는 어릴 때부터 당신을 좋아했어. 내 남편이 될 사람은 마히토밖에 없다고 생각했어."

"나도 그랬어." 마히토가 가미쿠를 꼭 껴안았습니다. "늘 가미쿠를 동경했어. 그렇지만 우리집은 저주받았다고 마을에서 따돌림받는 처지였으니, 그림의 떡이라고 포기했었지."

두 사람의 대화에 내 이름은 한마디도 나오지 않습니다. 한참 전에 죽은 가미쿠의 여동생, 어딘가로 사라진 어둠의 나라 무녀. 사람들 기억에도 남지 않은 보잘것없는 여자아이. 그게 나였습니다. 나는 말벌의 몸으로 분노에 떨었습니다.

"어머님이 야요이를 낳아서 정말 다행이야. 그 무렵 한동안 당신 소식이 없어서 걱정했었어."

"어머니 상태가 좋지 않았어."

"나미마도 바다에 뛰어들어 죽어버렸다고 하고. 그렇게까지 어둠의 무녀가 싫었나."

"운명을 받아들이지 못한 거지."

마히토가 그렇게 말했을 때, 나는 마지막 힘을 짜내어 마히토의 얼굴 앞으로 날아갔습니다. 가미쿠가 나를 발견하고 인상을 찌푸렸습니다.

"이 벌 어제도 보이더니. 내가 쫓았는데 죽지 않았네."

"아미도에도 있었어. 이 섬에 안 사는 위험한 벌이야."

마히토가 나를 잡아 죽이려던 찰나, 나는 마히토의 미간을 힘껏 쏘았습니다. 그리고 소리쳤습니다.

"이 배신자!"

마히토는 마치 그 말을 알아들은 것처럼 경악한 얼굴

로 맥없이 쓰러졌습니다. 가미쿠의 비명. 그 직후 나는 분노 속에 숨이 끊겼습니다.


3


　나는 지하 신전 문 앞에 누워 있었습니다. 햇볕이 쏟아지는 바다뱀 섬에서 캄캄하고 차가운 황천국으로 돌아온 것입니다. 이자나미 님의 말씀대로였습니다. 실망했느냐고 한다면 그렇다마다지요. 그러나 마히토의 변심과 배신을 알고 내 마음은 싸늘하게 식어버렸습니다. 이 황천국이야말로 지금 나에게 어울리는 곳이라고 생각했습니다.

　"어서 오너라, 나미마."

　문이 열리고 이자나미 님이 마중나오셨습니다. 나는 벌떡 일어나서 인사했습니다.

　"지금 막 돌아왔습니다, 이자나미 님. 바깥세상을 보고 오니 안심이 됩니다. 허락해주셔서 감사합니다."

　"나미마, 마음에도 없는 소리를." 이자나미 님이 쓴웃음을 지었습니다. "반짝이는 생을 본 자가 이곳에 돌아오기란 당연히 고통스러웠을 터."

"아닙니다, 이자나미 님. 저는 온몸으로 느꼈습니다. 자신이 죽은 뒤의 산 자의 세계 따위는 모르는 편이 낫다던 이자나미 님의 뜻을요. 제가 어리석었습니다. 앞으로 성심성의를 다해 모시겠으니 잘 부탁드립니다."

이자나미 님이 고개를 끄덕였습니다. 그리고 신전 문을 좌우로 활짝 열었습니다.

"자, 들어오너라. 나미마가 놀랄 일이 있다."

대체 무슨 일일까요? 나는 고개를 갸웃거리면서 이자나미 님을 따라 커다란 기둥이 늘어선 지하 신전으로 들어갔습니다. 기둥 뒤에서 하얀 옷을 차려입은 키 큰 남자가 나타났습니다. 나는 남자를 보고 걸음을 멈추었습니다. 인정하기 싫어서 앞으로 나아가질 못했습니다.

"왜 그러느냐, 나미마?" 이자나미 님이 돌아보았습니다. "저기 있는 건 마히토가 아니냐?"

"어째서 마히토가 황천국에 있나요? 이자나미 님께서 죽음을 내리셨습니까?"

나는 떨면서 이자나미 님 발치에 엎드렸습니다. 마히토를 죽이고 싶어한 나의 증오가 이자나미 님에게 전해졌나 싶어서 무서웠습니다.

"무슨 소리냐. 네가 죽였단다, 나미마."

이자나미 님이 조용히 되받았습니다. 나는 놀라서 고개를 들었습니다. 말벌이 된 내가 미간을 쏘는 바람에 마히토가 죽은 걸까요? 가미쿠와 아이들을 남기고? 대체 나는 무슨 짓을 한 걸까요?

"제가 쏘았기 때문입니까, 이자나미 님?"

"그렇다. 말벌의 독은 강하지. 보통은 떠도는 혼이 될 텐데 어지간히 원통했던 모양이다. 생전의 모습으로 나타났구나."

이자나미 님은 그렇게 말씀하시고 당신의 거처로 돌아갔습니다.


마히토는 허무하고 슬픈 얼굴로 어둠에 녹아드는 높다란 천장을 올려다보고 있었습니다.

"마히토."

내 부름에 마히토는 시선을 내려 나를 보았습니다. 얼굴에는 아무런 감정도 없었습니다.

"나미마야. 기억 안 나?"

"나미마?" 마히토는 멍한 얼굴로 나를 보았습니다. 그러나 곧 고개를 저었습니다. "이름은 들어본 것 같은

데 기억이 안 나요. 미안합니다."

마히토는 그렇게 말하고 뒤를 돌아보았습니다. 어떻게 해야 좋을지 맥빠진 모습이었습니다.

"나는 당신하고 결혼해 배 위에서 딸을 낳았어. 야요이라는 이름을 지어주었잖아. 그뒤 당신한테 살해당해 이곳에 온 거야."

마히토가 나를 기억하지 못하다니 대체 무슨 일일까요. 나는 눈앞이 캄캄해지는 듯한 충격에 매달리듯이 말했습니다. 그러나 마히토는 천천히 고개를 저었습니다.

"글쎄, 언제 일인지. 내가 사람을 죽이다니 정말인가요? 기억나지 않습니다. 그리고 야요이는 내 동생인데요."

"아니야. 야요이는 당신과 나의 딸이야. 나는 가미쿠의 여동생이자 어둠의 나라 무녀였어."

마히토는 전혀 기억나지 않는 모양이었습니다.

"가미쿠는 내 아내이고 낮의 나라 무녀입니다. 어둠의 나라 무녀는 나미노우에 님이었습니다."

"나미노우에 님 다음이 나미마, 나였잖아. 당신이 며칠에 한 번씩 아미도로 날 만나러 와주었고."

마히토는 더이상 내 이야기를 듣지 않았습니다.

"그런데 여긴 어딥니까? 어째서 나 혼자 이런 데 와

있죠?"

"황천국이야. 당신은 죽었어."

"죽었구나. 가미쿠가 그렇게 기도해주었는데 무사히 돌아가지 못했어."

마히토는 낙담한 기색으로 신전의 차가운 돌 위에 털썩 무릎을 꿇었습니다. 고기잡이를 나갔다가 죽은 줄 아는 모양입니다. 나는 무력감에 휩싸여 조용히 자리를 떴습니다. 마히토의 기억 속에 나는 살고 있지 않았습니다. 그렇다면 마히토를 그리워한 내 마음은 허공을 헤매고, 나와의 과거는 사라진 것이나 마찬가지가 됩니다. 나는 어디에도 없던 존재입니다. 목 졸라 죽인 것을 용서해달라고 울며 빌 줄 알았는데 이 얼마나 허무한가요. 내 마음은 지하 신전의 어둠 속에 끝없이 가라앉아갔습니다.

이자나미 님이 하루에 천 명이나 되는 인간의 죽음을 결정하는 것을 나는 속으로 싫어했습니다. 아주 교만했지요. 그런 주제에 살해당하고도 여전히 그리워했던 마히토를 독침으로 죽여버렸습니다. 그런데 혼만 남은 마히토는 여전히 가미쿠를 그리워하고 있지 않습니까? 가미쿠와 영원히 헤어진 마히토의 혼이 허망함을 못 이겨

성불하지 못한다면, 나의 혼은 더욱 허망해지고 평온을 찾지 못할 겁니다.

그리고 나는 또하나의 허망함을 알았습니다. 대상을 죽였다고 증오와 분노가 사라지지는 않는다는 것을. 원한이라는 감정은 한번 불이 붙으면 꺼뜨리기 힘듭니다. 어떻게 해야 할까요. 이런 마히토를 보고도 원한의 불꽃을 끄지 못해 괴로워하는 수밖에 없는 걸까요.

이자나미 님은 인간과 신이 다르다고 하셨습니다. 그럼 이자나미 님은 나처럼 괴롭지 않은 걸까요? 어떻게 해야 좋을지 몰라 무심결에 이자나미 님의 거처 쪽을 보았습니다. 그러나 그 문은 굳게 닫혀 있었습니다. 이자나미 님의 마음처럼.

**4장**

# 참으로 아름다운
# 여인이로구나

# 1

돛 가득 바람을 품은 배가 파도를 차올리며 힘차게 전
진했다. 왼팔에 하얀 참매를 앉힌 야키나히코는 뱃머리
에 서서 전방을 바라보고 있었다. 그 옆에는 젊은 시종
우나시가 서 있다. 분주하게 갑판을 돌아다니던 뱃사람
들은 드디어 바람을 타자 안도하는 얼굴로 야키나히코
를 우러러보았다. 야키나히코와 참매가 마치 배의 수호
신처럼 보인다.

바람 상태가 상당히 좋아 보인다. 배는 한층 속도를
올려 먼바다를 향해 돌진했다. 돛대에서는 시종 끼익끼

익 비명 같은 소리가 울려 시끄러울 지경이다. 참매가 세찬 바닷바람을 정면으로 받으며 넓은 하늘을 날듯 가슴을 젖혔다.

"우나시, 배라는 건 참 재미있구나."

야키나히코는 참매의 날카로운 부리를 손가락으로 살며시 쓰다듬으면서 시종에게 말했다. 조금 전까지 뱃멀미로 파랗게 질려 있던 우나시는 이제 속이 나아졌는지 밝은 미소를 지으며 주인을 보았다.

"예, 이대로 영원히 타고 싶을 정도입니다."

우나시의 눈에 야키나히코에 대한 존경과 복종심이 드러난다. 야키나히코는 남자의 전성기라 할 서른 살이다. 기품 있는 얼굴에 흰 피부, 키는 육 척이 훨씬 넘는다. 팔다리가 길고 가슴이 넓고 머리카락은 검고 숱이 많다. 우나시는 이제 열아홉 살. 야키나히코에 비하면 아직 근육도 제대로 붙지 않은 마른 몸이 소년티를 벗지 못해 여릿여릿하다. 얼핏 터울이 많이 지는 형제로 보이는 두 사람은 참매 게타마루를 데리고 마음껏 사냥을 즐기며 언제 끝날지 모를 여행을 이어가는 중이었다.

평소 말을 타고 이동하는 야키나히코가 조개잡이 배

200

를 탄 것은 이번이 두번째다. 첫번째는 약 일 년 전. 그럴 마음이 든 것은 조개 팔찌를 낀 사람들을 만나고 나서였다. 야마토 남단에 가까운 농경 마을로, 대부분의 사람들이 조개로 만든 팔찌를 끼고 있었다. 여자와 아이는 왼쪽 손목에 작은 팔찌를, 남자들은 오른쪽 위팔에 하얗고 두꺼운 팔찌를 꼈다.

말을 탄 야키나히코와 우나시가 마을로 들어서자 금세 사람들이 모여들었다. 남자들은 야키나히코의 궁시와 대검을 보며 두려워하고, 가슴을 장식한 옥구슬을 보고 뒷걸음쳤다. 야마토 사람이라면 누구나 옥구슬이 귀인의 상징임을 안다. 여자들은 두 미남자를 보고 놀라고, 야키나히코의 하얀 비단옷에 감탄하며 탄성을 질렀다. 호기심을 억누르지 못한 아이들은 게타마루를 놀리거나 야키나히코의 대검에 살금살금 손을 뻗다가 우나시에게 혼이 났다.

"그 팔찌는 무엇이냐?"

야키나히코가 묻자 마을 사람들을 헤치고 초로의 남자가 나타났다. 남자는 야키나히코에게 공손히 대답했다.

"저희가 낀 것은 고호우라 조개로 만든 팔찌입니다. 여자와 아이들 것은 그보다 작은 고둥으로 만들었지요.

농사를 짓는 저희한테는 비가 가장 소중합니다. 그래서 비를 내리게 하는 사람이 마을에서 가장 훌륭한 조개 팔찌를 낍니다. 이 마을에서는 제가 그렇습니다."

남자는 자랑스럽게 말했다. 기우제를 올리는 주술사인 모양이다. 주술사는 자신이 끼고 있던 팔찌를 벗어 야키나히코의 손에 쥐여주었다. 묵직한 팔찌 표면에 아름다운 무늬가 새겨져 있었다.

"세공이 훌륭하구나. 이 팔찌는 어디서 손에 넣었느냐?"

야키나히코는 감탄하여 물었다.

"바다 너머 다도해라 불리는 섬들이 있습니다. 그곳에서 잡아 세공한 조개를 저희가 곡물이나 토기와 교환합니다. 배가 오가며 교역을 하지요."

야키나히코는 놀라서 무심코 우나시를 보았다. 우나시도 금시초문인지 고개를 천천히 가로저었다. 두 사람은 지금까지 야마토 구석구석을 돌아다녔지만 다도해라는 곳은 듣도 보도 못했다.

"다도해는 어디 있느냐?"

"예, 저 남쪽에 있습니다. 작은 섬들이 점점이 붙어 있으니 섬을 따라 내려가면 항해하기 그리 어렵지 않습니다. 남쪽 섬은 야마토와 풍물이 전혀 다르고 아름다운 곳이라 합니다만, 야마토와는 다른 독毒도 존재한다고 합니다."

"독이라니?"

주술사는 빙그레 웃었다.

"모르겠습니다. 아마 사람이나 동식물뿐 아니라 아름다운 곳에도 저희가 상상도 못할 함정이며 독, 죽음이 있겠지요. 그런 의미인 줄 압니다."

야키나히코는 다도해라는 곳에 가고 싶어졌다. 주술사가 낀 팔찌도 갖고 싶었고, 모르는 곳에 가면 만나본 적 없는 용모의 여자들이 많을 것이라는 생각에 흥분이 가라앉지 않았다. 그리고 정체불명의 독이라는 말에도 짜릿함이 일었다.

그것이 일 년 전이다. 호기심에 찬 야키나히코는 즉시 조개잡이 배를 타고 보름간 항해하여 다도해 입구에 있는 아마로미라는 큰 섬에 이르렀다. 그곳에서 섬장의 딸인 마사고히메라는 아름다운 아가씨를 만나 아내로 맞았다.

이번 항해는 마사고히메를 다시 만나러 가는 길이다.

소맷자락에 가렸지만, 야키나히코의 오른팔에는 이미 그녀에게 받은 고호우라 조개 팔찌가 끼워져 있었다. 그 조개의 광채와 섬세한 세공은 주술사의 팔찌에 비할 바가 아니었다.

야키나히코는 옷 위로 팔찌를 더듬었다. 어서 마사고히메를 만나고 싶었다. 아내가 된 여자에게 이토록 애태운 적은 일찍이 없었다. 아니, 아득히 먼 옛날 미치도록 아내를 그리다 애달픔에 죽어버리고 싶었던 적도 있다. 그러나 바위처럼 오랜 세월을 살아가는 동안 잊어버렸다.

"야키나히코 님, 저기."

우나시가 손으로 전방을 가리켰다. 하얗게 부서지는 파도를 따라 조그마한 갈대배 같은 것이 떠 있다. 갈대배는 파도를 들쓰며 떠올랐다 가라앉고, 가라앉았다 다시 떠올랐다. 야키나히코는 왠지 가슴이 멨다.

"저건 뭐냐?"

"글쎄요. 저는 처음 봅니다."

우나시의 표정도 그늘져 있다.

"물어보고 싶구나. 사람을 불러오너라."

우나시는 흔들리는 배 위를 달려 조타수를 불러왔다. 귀인 앞에 납작 엎드린 조타수에게 야키나히코가 갈대배를 가리키며 물었다.

"저 앞에 뜬 조각배는 무엇이냐?"

조타수는 갈대배를 확인하더니 금세 얼굴이 굳었다.

"저것은 아기의 시체입니다. 이 근처 섬에서는 사산한 아기를 저렇게 갈대배에 태워서 떠내려보낸답니다. 그리고 바다 너머 행복한 나라에 가서 새로운 생명을 받아 돌아오라고 기도하지요."

야키나히코는 금방이라도 가라앉을 듯한 갈대배를 바라보았다. 왠지 마음에 걸렸다. 먼 옛날 그도 저런 배를 띄우며 가슴이 내려앉은 적이 있다. 그러나 그것이 언제이며 누구와 한 일인지는 기억나지 않았다. 정말로 그런 일이 있었는지도 확실하지 않다. 막연하고 어렴풋한 기억이다. 야키나히코가 인간이 된 지 수백 년, 아니, 천년 가까이 지났다. 원래 남신이었다는 사실도 떠올릴 수없을 만큼 긴 세월이다.

"출산의 고통 뒤에 이별의 고통이 기다리고 있다니."

야키나히코의 중얼거림을 들은 조타수가 감동한 표정으로 갑판에 이마를 조아렸다. 야키나히코의 감정은 다른 이들보다 컸다. 야키나히코가 자신이 느낀 것을 말로 표현하면 순식간에 주위 사람들이 눈물을 흘리거나 일

제히 밝은 웃음을 터뜨렸다. 그래서 야키나히코 주위에
는 끊임없이 사람들이 모여들었다. 사람들은 야키나히
코의 일거수일투족을 지켜보고 그의 말에 귀기울였다.

갑자기 참매가 날카롭게 울며 사슴가죽으로 만든 먹
이통 위에서 발을 굴렀다.

"게타마루, 안 가도 된다."

게타마루는 주인의 관심이 갈대배에 쏠린 것을 느끼
고 출격하려던 참이었다. 야키나히코가 진정시키려고
손을 내밀었을 때, 게타마루의 날카로운 발톱이 그의 손
등을 스쳤다. 손등이 찢어져 피가 솟구쳤다. 당황한 우
나시가 지혈을 위해 주인의 손에 하얀 천을 감았다. 야
키나히코는 별일이라며 가볍게 혀를 찼다. 참매는 길들
이기 쉽고 주인의 명령을 잘 따르는데, 오늘은 어쩐 일
인지 흥분해 있다.

우나시는 제 잘못인 양 죄스러운 얼굴로 주인의 손에
감긴 하얀 천에 배어나는 피를 걱정스럽게 바라보았다.

"많이 다치셨습니다."

"괜찮다. 곧 낫는다."

야키나히코는 우나시가 걱정할까봐 다친 손을 가리며
말했다.

"아아, 가라앉아버렸습니다."

조타수가 파도 사이를 가리켰다. 엉성한 갈대배가 파도에 삼켜져 사라졌다. 야키나히코가 작게 고개를 저었다.

"왜 저런 배에 태우지. 땅에 묻으면 좋으련만. 바다 밑이 더 평안하기라도 하다는 거냐?"

"이 지방 사람들은 그렇게 믿는 모양입니다. 분명 다음 생에는 무사히 태어나겠지요. 기도란 그런 것이잖습니까."

우나시는 그렇게 믿는 모양이지만 야키나히코는 회의적이었다.

"과연 그럴까. 목숨을 지키는 것보다 중요한 일은 없다. 죽으면 끝 아니냐. 저렇게 애도한들 무슨 의미가 있느냐. 혼자 갈대배에 실려간 아기가 가엾구나."

야키나히코는 혼잣말처럼 중얼거렸다. 아기가 가엾다고 말한 순간, 야키나히코의 가슴 한구석이 희미하게 저려왔다. 자신이 점지한 아이 가운데 죽은 채로 태어난 가여운 아이가 있었던가. 눈을 감고 생각했지만 기억나지 않았다. 아내로 삼은 여자의 수도, 그녀들이 낳은 아이의 수도 셀 수 없이 많다.

야키나히코는 바다 위에서 생각지 못하게 어린 죽음

을 맞닥뜨린 사실이 불쾌했다. 영원한 생명을 얻은 자신이 죽음을 꺼리고 죽음과 싸우는 것은 당연했다. 죽음은 증오해 마땅하다. 죽음은 사랑하는 이를 다시는 만날 수 없는 곳으로 데려가고, 남은 자를 헤어나올 수 없을 만큼 깊은 슬픔의 늪으로 빠뜨린다. 죽음은 부조리한 포학 그 자체였다.

그러나 야키나히코는 사냥꾼이기도 하다. 동물을 죽이려고 여행을 하고 있으니 모순이라면 모순이다. 야키나히코는 게타마루와 함께 지빠귀, 종다리 같은 작은 새부터 꿩, 토끼까지 사냥했다. 사냥감이 있으면 어디든 쫓아갔다.

야키나히코의 사냥 대상은 동물만이 아니었다. 과년한 처녀든 중년 부인이든 아름다운 여자가 있다는 소문을 들으면 어디든 찾아가 유혹했고, 아버지와 남편, 형제들에게서 빼앗았다. 그리고 그간 죽인 동물들의 생명을 대신하듯 여자들에게 아이를 배게 했다.

지금까지 대체 얼마나 많은 생명을 점지했을까. 증오스러운 죽음에 대항하려면 쉴새없이 새로운 생명을 낳는 수밖에 없다. 그것이 야키나히코의 사명이었다. 아이를 키우는 것은 여자의 역할이니, 야키나히코는 생명을 점지할 뿐 뒤돌아보지 않는다. 그래서 한번 떠나면 다시 돌아가지 않았다. 다도해는 유일한 예외였다.

"마사고히메 님은 건강하실까요?"

우나시가 걱정스레 창해 끝을 바라보며 말했다. 동년 배인 마사고히메가 누나처럼 그리운 것이리라.

"글쎄다, 어떻게 지낼까. 마사고라면 만삭인 배로 바다에서 헤엄을 칠지도 모르지."

야키나히코는 구름 한 점 없는 파란 하늘을 즐거운 듯 올려다보았다. 낯선 항해에 이처럼 다시 도전하는 것도 그만큼 마사고히메에게 마음을 빼앗겼기 때문이다.

마사고히메는 누구보다 아름다웠다. 아직 스무 살. 크고 검은 눈동자가 요염하고 눈썹이 짙다. 게다가 몸매가 고혹적이다. 야키나히코의 턱까지 오는 키에 가슴과 엉덩이는 풍만하다. 갈색빛이 도는 피부가 야키나히코의 탄탄한 근육에 휘감길 때면 마치 그를 위해 다듬어놓은 육체처럼 보였다. 더욱이 마사고히메는 달리기뿐 아니라 수영과 잠수에도 능하고 참으로 활발했다. 가냘프고 여린 야마토 여자밖에 모르던 야키나히코에게는 그 모든 것이 저항하기 힘든 매력이었다.

그러나 야키나히코는 한곳에 머무를 수 없었다. 몇 년

씩 머물다보면 그가 나이를 먹지 않는다는 사실이 들통 나고 만다. 슬슬 야마토의 사냥감이 그리워졌다며 야키 나히코가 야마토로 돌아가려 하자 마사고히메는 울면서 붙들었다. 아이를 가졌으니 해산할 때까지 곁에 있어달 라고, 불안하다고.

바다에서 주운 하얀 조개조차
당신의 팔을 장식하며 함께 따라가는데
혼자 남은 저는 어찌해야 좋사옵니까

손수 만든 고호우라 조개 팔찌를 바치며 노래하는 마 사고히메를 보며, 야키나히코도 '그대는 옥구슬보다 빛 나고 옥구슬보다 아름답다. 지금까지 사랑한 여자 가운 데 가장 사랑스럽다. 그 사랑이 옥구슬처럼 내 마음을 비춘다'라고 답가를 불러주었다. 그리고 늘 몸에 지니고 다니던 옥구슬을 마사고히메의 목에 걸어주었다. 아이 가 태어날 즈음 꼭 다시 돌아오겠다고 맹세했다.

"아기씨는 태어나셨을까요?"

우나시가 야키나히코를 올려다보았다.

"글쎄, 어찌됐으려나. 내가 갈 때까지 기다려주면 좋

으련만."

야키나히코는 웃으면서 말했다. 이번만은 직접 갓난
아기를 받고 싶었다. 사랑하는 마사고히메와 낳은 새로
운 생명은 큰 기쁨일 것이다.

"분명 야키나히코 님이 오시기를 기다렸다가 낳기를
원하실 겁니다."

우나시는 수줍어하면서도 확신에 찬 얼굴로 주인에게
말했다.


2


아마로미에 도착하기 전날 밤의 일이었다. 순풍으로
평소와 달리 파도가 잔잔해 야키나히코는 뱃사람들을
대접하기로 했다. 물고기와 찐쌀밖에 없는 소박한 술자
리에서 야키나히코는 자신이 가져온 커다란 술통의 마
개를 뽑았다. 우나시가 돌아다니며 그 자리에 모인 스무
명 정도의 뱃사람과 조타수에게 술을 따랐다.

"자, 마음껏 즐기거라."

배는 순풍을 타고 목적지까지 곧게 나아갔다. 맑은 하

늘에 총총한 별들이 밤바다에 빛을 뿌렸다. 날씨가 좋아서 마음이 놓이는지, 뱃사람들도 활짝 편 얼굴로 기쁘게 나무잔을 기울였다.

"그래, 재미있는 섬 이야기는 없느냐?"

야키나히코가 질문을 던지자 뱃사람들이 서로 마주보았다.

"자, 자, 뭐라도 좋다. 내가 들은 적 없는 이야기는 전부 재미있으니."

야키나히코가 쾌활하게 말했다. 그러자 턱수염을 기른 중년의 뱃사람이 이야기의 물꼬를 텄다.

"야키나히코 님, 그럼 제가 먼저 말씀드리겠습니다. 다도해에는 섬이 많은데, 저는 그 섬들이 저마다 하나의 인간 같다고 여기곤 합니다."

"오호, 예를 들면 어떤 점이?"

"예, 다도해에는 바다가 비좁을 정도로 섬들이 많습니다. 그런데 한 섬에 사는 독사가 옆 섬에는 없는 경우가 허다합니다. 어떤 섬 사람들은 온후한데 바로 옆 섬 사람들은 성격이 거칠기도 합니다. 배로 얼마 안 되는 거리인데도 그런 차이가 생깁니다. 그래서 마치 섬이 인간처럼 개성을 지닌 듯 보입니다."

"그럼 여자도 섬마다 다르냐?"

야키나히코의 질문에 뱃사람들이 와 하고 웃었다. 익살맞은 얼굴의 키 작은 남자가 벌떡 일어섰다.

"물론입지요. 이시키라는 서쪽 작은 섬의 여자는 얼굴이 예쁜데다 부지런하기로 유명하답니다. 이시키 여자를 색시로 들이는 남자는 모두 행복해진다고 하지요. 그러나 바로 옆 고쿠리카 섬은 여자들이 못났기로 유명합니다. 피부가 거무튀튀하고 키도 작은데다 목소리도 괄괄하지요. 더욱이 남자를 깔아뭉개며 이래라저래라 하죠. 고쿠리카 여자를 색시로 들이기만 해도 그 남자는 영원히 웃음거리가 된답니다."

"너도 그렇잖아?"

누군가의 말에 뱃사람은 머리를 긁적였다.

"에헤헤, 제 처도 고쿠리카 출신입니다. 그렇지만 그럭저럭 귀여운 구석도 있습니다요."

"뭐야, 푹 빠졌잖아."

남자들이 또 한바탕 웃었다.

"아마로미는 어떠냐?"

야키나히코가 묻자, 말석에 앉아 있던 사내가 불쑥 말했다.

"그야 뭐니뭐니해도 마사고히메 님이죠. 마사고히메 님의 아름다움에 대적할 자는 어디에도 없어요. 다른 여자들은 다 잡어입니다."

다들 감개무량한 듯 크게 한숨을 내쉬었다. 마사고히메가 야키나히코의 아내라는 사실은 아무도 모르는 듯했다.

"정말 마사고히메 님이 최고지요. 저희 뱃사람들은 여러 섬에 들릅니다만, 그분만큼 아름다운 여인은 어디에도 없답니다."

맞장구를 치는 사람이 많았다. 우나시는 자기 일처럼 기쁜지 또 술통을 들고 돌며 사람들의 잔을 채웠다.

"혹시, 야키나히코 님." 어둠 속에서 누군가 말을 걸었다. "바다뱀 섬 이야기를 들은 적 있으십니까?"

야키나히코는 잔을 비우고 고개를 저었다.

"들어본 적 없는데. 그 섬은 어디 있느냐?"

말을 건 이가 화톳불 쪽으로 다가왔다. 누더기를 걸친, 머리가 허옇고 수염도 허연 남자. 뱃사람 중에 드물게 꽤나 노인이었다. 젊은 여자 이야기로 한창 달아오르던 남자들은 약간 성가신 눈초리로 노인을 바라보았다.

"다도해 동쪽 끝에 있는 자그마한 섬이랍니다."

동쪽 끝이라면 태양이 떠오르는 곳이다. 야키나히코는 슬며시 흥미를 느끼며 노인 쪽으로 몸을 틀었다.

"어째서 그곳을 바다뱀 섬이라고 부르느냐?"

"'나가나와 님'이라는 성스러운 바다뱀들이 그 섬에 모이기 때문입니다. 봄이 되면 섬 여자들이 총출동해서 바다뱀을 산 채로 잡아 창고에 넣습니다. 그뒤 말려서 식용으로 쓰지요. 알로는 몸보신에 좋은 맛난 국을 끓인다고 하는데, 먹어본 적은 없습니다. 생명을 이어나갈 필요가 있는 특별한 사람에게만 바친다고 들었습니다."

"그 섬이 어쨌다는 거냐?"

야키나히코는 뒷말이 어서 듣고 싶어서 재촉했다. 노인은 야키나히코의 초조함을 알아챘는지 합죽한 입을 벌리고 웃었다.

"그 섬에 굉장히 아름다운 여인이 있습니다. 마사고히메 님도 아름답지만, 그 여인의 미모도 뛰어납니다. 흰 피부로 말하자면 다도해 최고이고, 늘씬하니 키가 크고 가무에도 뛰어나답니다. 얼굴에서 눈을 뗄 수 없을 만큼 활력 넘치는 미인이라지요. 처녀는 아니지만, 한번 만나면 누구나 순식간에 빠져버린다고 합니다."

기분좋은 밤바람이 불고, 남자들은 조용히 귀를 기울

이고 있다. 어떤 여자인지 상상하려는지 지그시 눈을 감는 이도 있었다.

"나이는 어느 정도요?"

누군가 물었다.

"내 나이의 절반이 안 되는 건 확실하오."

노인이 대답하자 몇몇이 안심한 듯 고개를 끄덕였다.

"그 여자의 이름이 무엇이냐?" 야키나히코가 물었다.

"대무녀 가미쿠 님입니다."

무녀라는 말에 안 되겠구나 싶어 시선을 떨군 사람도 있었지만, 야키나히코는 여자기만 하면 무녀건 공주건 상관없었다. 그는 가미쿠라는 이름을 가슴에 새겼다.

"무녀라면 손을 대선 안 되지."

술에 취한 젊은 사내가 말하자 노인이 껄껄 웃었다.

"아니. 그 가미쿠 님이 다름아닌 생명을 잇는 사람일세. 자손을 많이 만들어야 하니 오히려 관계를 환영할걸. 그러니 다들 추파를 던져 운좋게 하룻밤을 보내려하지. 그러나 가미쿠 님의 마음에 드는지가 문제야. 가미쿠 님은 훤칠한 미남자만 고르시니까. 이를테면 야키나히코 님처럼."

뱃사람들이 일제히 야키나히코를 쳐다보았다. 사내가

실망한 기색으로 말했다.

"뭐야, 그럼 전혀 승산이 없잖아. 물론 젊은 마사고히메 님도 나 같은 놈한테는 눈길도 안 주지만."

모두 폭소하면서 여자 이야기는 마무리되고, 다시 술판이 계속되었다.

"야키나히코 님."

우나시가 옆에 와서 속삭였다. 야키나히코가 고개를 드니 분통 터진다는 투로 말했다.

"아까 그 얘기 말입니다만, 저는 납득이 안 갑니다. 어째서 그런 작은 섬의 중년 여자를 마사고히메 님에 비교합니까? 저 영감탱이, 무례하기 짝이 없습니다."

"뭐, 어떠냐. 세상은 넓다. 여러 곳에 이런저런 아름다움을 지닌 여자들이 살 테지. 그 매력은 결코 서로에 비할 수 없는 거야. 또 아름다워도 잠자리에서 목석 같은 여자도 있고, 못났어도 남자를 기쁘게 할 줄 아는 여자도 있다. 쉽게 승패를 가를 일이 아니야."

야키나히코는 젊은 우나시를 달랬다.

"하지만 야키나히코 님은 마사고히메 님을 사모하시잖습니까. 지금까지 아내로 맞았던 분을 다시 찾아가신 적은 한 번도 없었는데 말입니다. 마사고히메 님은 특별한 분이기 때문이지요?"

우나시가 진실을 꿰뚫자 야키나히코는 말문이 막혔다.

"내가 마사고를 좋아하는 것은 아름다워서만이 아니다. 가슴 깊이 반했기 때문이다. 나는 그 여자의 영혼을 좋아한다. 일편단심으로 나를 생각하고, 목숨까지 바치려 하는 아름다운 영혼을 말이다. 그런 여자가 또 어디 있겠느냐. 나를 위해 죽어도 좋다고 생각할 여자가."

갑자기 젊은 우나시의 얼굴에 그늘이 드리웠다. 야키나히코는 그 변화를 예리하게 알아차리고 물었다.

"우나시, 나한테 하고 싶은 말이 있느냐?"

"아닙니다. 아무것도 없습니다. 저는 이만 물러가서 게타마루에게 먹이를 주고 오겠습니다."

우나시는 고개를 돌리고 배 밑으로 내려갔다. 야키나히코는 갑자기 알 수 없는 불안이 밀려와 밤하늘을 올려다보았다. 그러나 별은 아무 일 없다는 듯 반짝거리고, 배도 조용한 바다를 나아갈 뿐이었다.


"야키나히코 님, 맛있는 술 정말 잘 마셨습니다."

조타수가 다가와서 인사했다.

"아니다. 나야말로 태워달라고 무리한 부탁을 해서 미

안하구나."

"별말씀을요." 조타수는 손을 저었다. "야키나히코님 같은 귀인을 태우다니 저희가 영광입니다. 왜, 좀 전에 재미있는 이야기가 없는지 물으셨잖습니까. 저도 하나 생각났습니다. 대단한 이야기는 아니지만, 재미삼아 들어보시렵니까?"

조타수가 나무잔을 내려두며 이야기를 꺼내자 주위 사람들도 모여들어 귀기울였다.

"반년 전쯤 말벌을 배에 태운 적이 있습니다."

"말벌요?" 자리로 돌아온 우나시가 놀라서 되물었다.

"그렇습니다. 노란색과 검은색 줄무늬가 있는 커다란 말벌요. 처음 물통 주위에서 말벌을 발견한 동료가 놀라서 죽이려고 하니 휘리릭 바다로 도망쳐버렸답니다. 그 뒤 배에 타고 싶은지 다시 돌아오길래 다들 죽이려 했지요. 소동을 듣고 제가 나가보니, 벌은 배에서 떠나기 싫은지 주위를 빙빙 날고 있었습니다. 마치 배를 타고 어딘가로 가고 싶어하는 것 같았습니다. 저는 혹시나 해서 '사람을 쏘지 않겠다고 약속하면 태워주마. 알아들었으면 원을 그리며 날아봐' 하고 말해보았습니다. 그러자 신기하게도 정말 몇 번이나 원을 그리며 나는 것이 아니겠습니까. 사람 말을 알아듣는다고 모두 놀라며 말벌을 받아들여서 항해의 수호신으로 삼았답니다."

"그뒤 말벌은 어떻게 됐느냐?"

"예, 저희한테 방해되지 않게 조용히 타고 있었습니다. 배 밑에 꼼짝 않고 머물며 벌레들을 잡아먹었던 모양입니다. 이따금 물통 옆으로 와서 흘러나온 물을 마시곤 했습니다."

"돈은 받았나?" 누군가가 농을 던져 일동이 웃음을 터뜨렸다.

"저희 배는 아마로미를 거치지 않고 곧장 나하리하 섬으로 가는 길이었습니다. 섬에 도착하자마자 말벌은 배에서 내려 마치 고맙다고 말하듯 또 몇 번이나 원을 그리며 우리에게 작별인사를 했습니다."

"신기한 일이구나."

야키나히코가 중얼거리자 조타수가 고개를 끄덕였다.

"신기한 일은 그뿐이 아닙니다. 저 노인이 말한 대무녀가 사는 바다뱀 섬에서 어떤 사람이 말벌에 쏘여 죽었거든요. 마침 그 말벌이 내린 직후였어요."

"그건 우연이겠지."

야키나히코가 의아한 내색을 하자 조타수는 고개를

가로저었다.

"아니, 그렇지 않습니다, 야키나히코 님. 왜냐하면 바다뱀 섬에는 원래 말벌이 없거든요. 아까 말씀드렸듯이 섬마다 독사가 있기도 하고 없기도 하는 등 개성이 뚜렷합니다. 바다뱀 섬의 경우는 말벌이 없습니다. 그러니 제가 배에 태운 벌이 바다뱀 섬까지 날아갔다고 여길 수밖에 없습니다."

"그럼 그 말벌의 목적은 그 섬에 가는 것이었나?"

조타수가 고개를 갸웃거렸다.

"글쎄요, 그건 모르겠습니다. 다만 저희 배가 야마토에서 말벌을 태운 것은 사실입니다."

"말벌은 하루에 삼천 리 가까이 난다고 하니, 바다뱀 섬까지 날아가고도 남습니다."

아까 바다뱀 섬 이야기를 꺼낸 노인이 말했다.

"기묘한 일도 다 있구나."

야키나히코는 바다 위를 나는 말벌을 상상하면서 말했다.

"그러게 말입니다." 조타수가 연신 고개를 끄덕였다.

이윽고 달이 서쪽으로 기울어 연회는 끝났다. 거나하게 취한 야키나히코는 우나시 손에 이끌려 비틀거리며 선미 바닥에 마련된 잠자리로 향했다. 게타마루의 우리에는 우나시가 이미 검은 천을 덮어두었다.

"야키나히코 님, 다친 곳은 아프지 않으십니까?"

우나시가 걱정스럽게 물었다. 야키나히코는 손에 감긴 하얀 천을 바라보았다. 피는 벌써 멎었다. 내일이면 아물 것이다. 불사인 야키나히코는 피를 흘려도 잠깐뿐, 흉터도 남지 않는다.

"괜찮다." 야키나히코는 우나시에게 상처를 보이지 않으려고 손을 뒤로 감췄다. "그나저나 내일은 아마로미에 도착할 것 같구나. 바람을 잘 타서 다행이다."

"그렇습니다."

우나시의 말수가 적다. 야키나히코는 연회 도중부터 그가 시무룩했던 것이 떠올라 마음이 쓰였다.

"우나시, 나한테 뭔가 숨기는 게 있느냐?"

야키나히코가 물었다. 그러나 우나시는 한사코 고개를 흔들었다.

"아무 일도 없습니다. 괜한 생각이십니다."

"그렇다면 됐다만."

야키나히코는 우나시의 가늘고 긴 눈을 바라보았다. 그는 고아인 우나시가 열두 살일 때 시종으로 거두었다.

칠 년이 지난 지금 우나시는 야키나히코에 맞먹을 만큼 키가 자랐다. 어깨가 벌어지고 팔다리에 근육이 붙고 목소리도 굵어져 서서히 어른 남자가 되어가고 있었다. 그러나 그간 야키나히코는 전혀 달라지지 않았다. 그 사실을 우나시는 눈치챘을까?

언젠가 의심을 사 헤어질 날도 그리 멀지 않았다고 생각하니 야키나히코의 가슴에 날카로운 슬픔이 찾아왔다. 인간이 되어 천 년이 흐르도록 한 번도 느낀 적 없는 슬픔이었다. 아내와 자식, 시종, 매, 모든 것이 먼저 죽어 떠나고 연이어 새로운 인간이 함께한다. 그러다 또 혼자 살아남아 새로운 자식을 만들어간다. 얼마나 허무한가. 문득 스스로가 섬뜩하게 느껴져 야키나히코는 촛대의 여린 빛으로 제 손가락을 들여다보았다.

"무슨 일이십니까?"

"우나시, 내가 늙었느냐?"

야키나히코는 젊은 시종에게 물었다.

"아닙니다. 야키나히코 님은 제가 처음 뵀을 때보다 더 젊어지신 것 같습니다. 전혀 달라지지 않았습니다. 날카로운 눈빛, 탄탄한 가슴, 기개 역시 쇠하기는커녕 점점 더 높아지셨습니다. 야키나히코 님은 그야말로 남자 중의 남자, 멋진 분이십니다."

우나시는 감격스러운 투로 말한 뒤, 칭찬이 지나쳤다고 생각했는지 쑥스러운 듯 시선을 떨궜다. 저렇게 수줍어하는 모습이 우나시의 매력이기도 했다.


3


다음날도 쾌청하고 근사한 날씨였다. 울창한 모밀잣밤나무로 덮인 녹색의 아마로미 섬이 코앞에 보였다. 아무 탈 없이 항해를 마친 배는 만조를 기다렸다가 포구 깊숙이 들어갔다. 얕은 해변에서 난바다까지 이어진 잔교는 흰 석회암을 쌓아 만든 것이다. 파란 하늘과 하얀 모랫바닥이 보일 정도로 맑은 바다, 초록이 무성한 섬, 하얀 잔교. 그 아름다운 항구에 마사고히메가 혹시 마중 나와 있지 않은지 야키나히코는 눈을 가늘게 뜨고 찾아보았다. 그러나 마사고히메의 모습은 보이지 않고, 대신 복사뼈가 드러나는 짧은 흰옷 차림의 남자가 혼자 허망한 표정으로 서 있었다.

불현듯 항해 도중에 본 갈대배가 떠올라 야키나히코

는 불길한 예감에 사로잡혔다. 야키나히코는 배가 완전히 정박하기도 전에 잔교에 뛰어내렸다. 뱃머리에서 배웅해주던 조타수와 뱃사람들 역시 흰옷을 걸치고 마중 나온 남자를 보고는 하나같이 얼굴이 굳었다. 하얗고 짧은 옷은 상중을 뜻한다.

"야키나히코 님, 먼길 잘 오셨습니다."

잔교에서 야키나히코를 기다리던 남자는 마사고히메의 아버지, 아마로미의 섬장이었다. 찌푸린 미간과 슬픔에 지친 얼굴을 보고 야키나히코는 이내 재앙이 일어났음을 깨달았다.

"무슨 일 있었습니까?"

"부디 놀라지 마십시오. 이레 전에 마사고가 죽었습니다."

야키나히코는 믿을 수 없어서 우뚝 멈춰 섰다. 우나시가 알아듣지 못할 비명을 지르며 섬장에게 달려들었다.

"섬장님, 그게 사실입니까?"

섬장은 대답하기 곤란한지 난감한 표정을 지었다. 야키나히코는 우나시의 무례함을 나무라고 섬장에게 물었다.

"난산이었습니까?"

섬장은 천천히 고개를 가로저었다.

"아닙니다. 출산은 무사했습니다. 아기는 제 처가 돌보고 있습니다."

"그럼 어째서 세상을 떠난 겁니까? 전염병이라도 돌았습니까?"

"모르겠습니다." 섬장의 얼굴이 어두워졌다. "너무나 갑작스러워 병인 줄도 몰랐습니다. 마사고는 숨을 거두기 전에 차가운 물이 뺨에 튀었다고 말했습니다."

"차가운 물?"

기괴한 일이다. 야키나히코는 영문을 몰라 혼란스러웠다.

"출산은 삼 주 전이었습니다. 순산이고 회복도 좋고, 머지않아 야키나히코 님이 오신다며 학수고대했지요. 그런데 정확히 이레 전 아기에게 젖을 먹이다 갑자기 괴로워하기 시작했습니다. 그 자리에 쓰러지는가 싶더니, 물이 튀었어요, 차가워요, 하면서 곧 어이없이 숨을 거두었습니다. 어찌나 뜬금없는지 마치 악몽을 꾼 기분입니다. 다들 넋이 나가서 아직 아무것도 손에 잡지 못하고 있습니다."

"그렇게 건강하던 사람이 아무런 전조 없이 죽다니, 너무 허무합니다."

야키나히코는 개탄했다. 그러자 우나시가 눈물을 흘리면서 귓가에 속삭였다.

"야키나히코 님, 우리 주위에서 대체 무슨 일이 일어나는 걸까요?"

"우나시, 무슨 소리냐?"

우나시는 말을 꺼내기를 주저하듯 입술을 깨물었다. 야키나히코가 캐물으려는데 섬장이 먼저 말을 걸었다.

"자, 야키나히코 님. 마사고가 낳은 아이를 만나주십시오."

야키나히코는 안내를 따라 부서진 조개껍데기를 박아놓은 하얀 길을 올라갔다. 언덕 위 고상식 집에서 역시 하얀 옷을 입은 마사고히메의 어머니가 작은 아기를 안고 기다리고 있었다.

"마사고가 남긴 아이입니다."

어머니는 울면서 야키나히코에게 아기를 내밀었다. 몇만 명째인지, 아니, 몇십만 명째인지 모를 자신의 아이. 야키나히코는 아기를 받아안고 얼굴을 들여다보았지만 특별한 감회는 없었다. 이 아기가 마사고히메를 죽음으로 내몬 것이 아니라 다행이었다.

"이름은 뭐라고 지었습니까?"

"마사고가 직접 산고라고 지어주었습니다."

산고히메. 이제 보니 산호의 하얀 뼈가 마사고히메의 죽음과 겹친다. 불길한 이름 아닌가. 야키나히코는 품속의 잠든 아기를 바라보았다. 이런 아이 따위 필요 없으니 마사고히메를 살려내라. 저도 모르게 눈물이 떨어지자 섬장이 야키나히코의 손을 잡았다.

"야키나히코 님, 마사고를 만나주시겠습니까?"

"만날 수 있습니까?"

"예. 차가운 주검이 되었습니다만, 당신이 만나주신다면 그 아이도 저세상에서 기뻐하겠지요."

마음속에서 뭔가가 가지 말라고 말렸다. 그러나 일 년 동안 떨어져 지내며 내내 그리워했던 마사고히메의 얼굴을 한 번이라도 보고 싶은 마음이 더 강했다.

야키나히코는 섬장을 따라 섬 북쪽에 있는 묘로 향했다. 아마로미 섬은 바닷가 절벽에 난 구멍에 묘를 만든다고 한다. 우나시는 걱정스러운 얼굴로 몇 걸음 뒤에서 따라왔다. 참매 게타마루는 우나시가 대신 왼팔에 올려놓았다.

"저희 섬에는 주검이 비바람을 맞아 살이 떨어지게 두

고 몇 년 뒤 뼈를 모아 바닷물로 씻는 풍습이 있습니다. 그때 비로소 혼이 하늘을 날아가 바다 저편 신의 나라로 간다고 하지요."

섬장은 삼지닥나무가 울창한 바위투성이 해안까지 내려가더니 검은 절벽을 오르기 시작했다. 야키나히코와 우나시도 뒤따랐다. 도중에 파도에 뚫린 커다란 구멍이 몇 개씩 보였다. 섬장이 손짓하는 방향으로 올라가니 지독한 악취가 떠돌았다. 마사고히메의 주검이 풍기는 악취임을 깨닫고 야키나히코는 주저했다. 그러나 섬장은 망설이는 야키나히코의 마음을 모른 채 남편이라면 당연히 봐야 한다는 듯 손짓했다.

"마사고는 이 안에 있습니다."

동굴 맨 앞에 새로 놓인 관이 있었다. 비바람을 맞는다는 섬장의 말대로 뚜껑이 아예 없다. 섬장은 관 옆에 서서 안을 보라고 야키나히코를 재촉했다. 야키나히코는 냄새를 참지 못해 왼손으로 코를 막고 간신히 들여다보았다.

누워 있는 것은 분명 마사고히메였다. 벗어진 이마 위에 액막이를 위한 네모난 조개 호신부를 쓰고 눈을 감았다. 하지만 얼굴 살이 깎여나가 생전과 전혀 다른 형상이었다. 깍지 긴 손은 검게 변해 썩기 시작했다.

"마사고."

야키나히코는 간신히 아내의 이름을 불렀다. 그러나 관 속에 누워 있는 주검이 지난날 다가서기 힘들 만큼 아름다웠던 마사고히메라는 것을 도저히 믿을 수 없었다. 이렇게 변해버린 주검의 주인을 품었던가 생각하니 무서움에 몸이 떨렸다. 그리고 옛일을 떠올리고 공황을 일으켰다.

남신 이자나키였던 시절의 자신의 아내, 죽은 이자나미와의 일을. 이자나키는 이자나미가 죽은 줄 알면서도 미치도록 보고 싶은 마음에 황천국까지 쫓아갔다. 그리고 '보지 마세요'라는 말을 무시하고 금기를 어겼다. 기다리지 못하고 이자나미의 썩은 시체를 보고 만 것이다. 아내지만 이제 아내가 아닌 존재.

이 관 속에 누워 있는 것도 예전에는 젊고 아름다운 여인이었지만 지금은 썩기 시작한 주검일 뿐이다. 일찍이 아내였지만 이제 아내가 아닌 주검. 죽음을 증오하는 자신이 어째서 이 무서운 죽음의 형상에 시달려야 하는가?

"야키나히코 님, 괜찮으십니까?"

게타마루의 날갯짓 소리가 들렸다. 쓰러질 뻔한 야키

나히코를 우나시가 뒤에서 단단하게 부축했다. 야키나
히코는 식은땀을 흘리면서 문드러진 아내의 주검을 내
려다보았다. 섬장을 바로 앞에 두고 도망칠 수는 없었
다. 그때 시체 옆에 야키나히코가 선물한 옥구슬이 보였
다. 끈이 해져 떨어진 것이다. 야키나히코는 옥구슬을
주워들고 섬장에게 말했다.

"목에 걸어줬는데, 끈이 떨어졌군요."

"정말이네요. 여기 데려올 때만 해도 멀쩡했는데."

마치 누가 일부러 쥐어뜯은 것 같아서 야키나히코는
불길한 느낌이 들었다.

"이 옥구슬은 산고에게 유품으로 주도록 하지요."

죽으면 끝. 그러니 죽은 사람이 아니라 산 사람에게
주어야 한다. 늘 그랬듯 깨끗이 단념했다고 생각했건만,
옥구슬을 받아든 마사고히메의 빛나는 웃음을 떠올리니
슬퍼서 견딜 수 없었다.

"그래주신다면 산고를 낳은 마사고도 기뻐할 겁니다."

"대신 마사고에게는 이걸 주겠어요. 내가 목숨보다
아끼는 물건이지요."

야키나히코는 오른팔에 끼고 있던 조개 팔찌를 풀어
서 주검이 된 마사고히메의 가슴에 올려놓았다. 야키나

히코를 따라가고 싶다는 바람을 담아 만들어준 팔찌를 되돌려줌으로써 마사고히메의 주검에서 자유로워지고 싶었는지도 모른다.

섬장이 이별을 아쉬워하며 마사고히메를 바라보는 동안, 야키나히코는 천천히 뒷걸음으로 물러나 절벽을 훌쩍 뛰어내려 동굴을 뒤로했다.

섬장은 그가 슬픔에 겨워 동요했다고 여겼을 것이다. 그렇지만 야키나히코를 엄습한 것은 공포였다. 죽음은 부정하다. 부정한 것을 보았으니 어딘가에서 목욕재계를 해야 한다는 생각이 절박했다. 지난날 황천국으로 이자나미를 데리러 갔을 때도 공포에 사로잡혀 어두운 혈도로 도망쳤다. 그때 등뒤에서 쫓아온 것은 군대나 귀녀들로 보였지만, 실은 자신의 공포심이었는지도 모른다.

"야키나히코 님, 그렇게 마음이 아프십니까?"

뒤따라온 섬장이 파랗게 질린 야키나히코에게 동정 어린 눈으로 말했다. 야키나히코는 아무 말 없이 고개를 끄덕였다. 다 팽개치고 목욕재계부터 하고 싶었다.

"여기 어디 우물이 있습니까?"

"이쪽에 있습니다. 죽은 자를 묻는 동굴 옆에는 신기하게도 꼭 진수가 나오는 샘이 있답니다."

섬장의 안내로 조그마한 샘터에 다다른 야키나히코는 손에 두른 하얀 천을 풀고 곧장 양손을 씻었다. 이어서 눈을 씻고 하얀 비단옷을 벗어 알몸이 되더니 우나시에게 명령했다.

"내게 물을 끼얹어라."

"도구가 없습니다만."

"손으로 해도 좋다."

"알겠습니다."

우나시는 용수 가지에 게타마루를 묶은 뒤 양손으로 샘물을 퍼서 야키나히코의 늠름한 몸에 골고루 뿌렸다. 야키나히코는 눈을 감고 떠올렸다. 히무카 아와키하라의 강에 들어가 몸을 씻던 일을. 정신을 차려보니 울고 있었다.

"어쩐 일이십니까?"

우나시가 걱정스럽게 주위를 맴돌았지만 야키나히코는 무릎을 꿇고 계속 울었다. 갈대배가 생각난 것이다. 이자나키였던 시절 이자나미와 교합하여 처음 얻은 아이는 뼈 없는 히루코였다. 그 아이를 함께 갈대배에 태워 떠내려보냈다. 신이었던 자신들이 최초로 한 짓을 인간들이 따라 하고 있다. 인간이 된 지금 그 광경을 보고 불길한 생각에 사로잡히다니 이 무슨 모순인가? 어디서부터 잘못된 것인가? 누가 어디서?

서쪽 바다로 해가 지기 시작했다. 옆에서 우나시가 무릎을 꿇고 함께 눈물을 흘리고 있다. 섬장은 보이지 않았다.

"섬장님은 어떻게 됐느냐?"

"야키나히코 님의 슬픔이 몹시 깊은 줄로 알고 배려하신 것 같습니다. 먼저 돌아가셨습니다."

그렇다면 잘됐군. 야키나히코는 중얼거리더니 옷을 입었다. 그러다 우나시가 옆에서 이상하다는 듯이 제 오른손을 바라보는 것을 알았다. 게타마루가 할퀸 손등의 상처가 깨끗하게 사라진 것에 놀란 것이다. 야키나히코가 황급히 오른손을 가렸지만 우나시는 엎드려 떨면서 물었다.

"야키나히코 님, 당신은 어떤 분이십니까?"

"이 세상 사람이 아닌 것 같으냐?"

우나시는 엎드린 채로 말했다.

"모르겠습니다. 다만 당신처럼 훌륭한 분은 지금껏 뵌 적이 없습니다. 아마 당신은 인지人智를 뛰어넘은 존재시겠지요."

"내가 무서우냐? 도깨비로 보이느냐?"

야키나히코의 물음에 우나시는 한동안 대답하지 못했다. 이윽고 "아닙니다, 무섭지는 않습니다. 다만" 하고 말하다 다시 입을 다물었다.

"다만?"

야키나히코가 거듭 물으니 우나시가 대답했다.

"다만 당신이 저와 같은 인간이 아니라고 생각하니 몹시 유감스럽습니다. 역시 인간 중에는 야키나히코 님처럼 뛰어난 분이 없나봅니다."

"그럼 우나시, 너에게 묻겠는데, 아까 마사고히메의 시체를 보고 무엇을 느꼈느냐?"

우나시는 시선을 떨군 채 대답했다.

"저는 그저 슬플 따름이었습니다. 그토록 아름답던 마사고히메 님도 죽으면 동물의 사체처럼 썩어간다는 사실이 말입니다. 그러나 저도 죽으면 마찬가지일 테고, 그것은 피할 수 없는 인간의 운명이라 생각했습니다. 그렇기에 살아 있음은 그 자체로 아름다운 것입니다."

오호라, 피할 수 없는 운명인 죽음 앞에서 인간은 이렇게 생각하는구나. 그럼 신이었던 이자나미에게 죽음이란 어떤 것이었을까. 야키나히코는 오랜만에 죽은 이자나미를 떠올렸다.

썰물이 시작된 모양이었다. 바다 냄새가 짙어졌다. 절벽 위 동굴에도 세찬 바닷바람이 불어 마사고히메의 악취를 멀리 날려보낼 것이다. 야키나히코는 기분이 조금 나아져 우나시에게 물었다.

"우나시, 무슨 걱정거리라도 있느냐? 나한테 몇 번이나 말하려다 마는구나. 괜찮으니 얘기해보아라."

우나시는 볕에 그을린 앳된 얼굴을 들어 간신히 야키나히코의 눈을 바로 보았다.

"그럼 말씀드리겠습니다. 야키나히코 님께는 부인이 많이 계십니다. 저는 야키나히코 님이 각지의 아름다운 여인들을 부인으로 삼는 것을 줄곧 곁에서 보아왔습니다. 마치 사명처럼 말씀을 거시는 모습에, 그것이 야키나히코 님의 일이라 이해했습니다. 그런데 최근에 무서운 사실을 깨달았습니다."

"그게 무엇이냐?"

야키나히코는 우나시의 겁에 질린 얼굴을 바라보았다. 자신이 늙지 않는다는 사실인가? 아니면 상처가 나도 바로 아문다는 것? 끊임없이 변화하는 인간이 보기에 불로불사란 틀림없이 섬뜩할 터. 야키나히코는 마음의 준비를 했지만, 우나시의 대답은 의외였다.

"야키나히코 님의 자녀를 낳은 분이 갑자기 돌아가시는 일이 많다는 것입니다. 야키나히코 님은 두 번 다시 같은 장소에 들르지 않으니 모르시겠지만, 저는 몇 번이나 소문을 들었습니다. 예를 들면 아와의 구로히메 님, 모즈노의 가리하히메 님, 그 외에도 많은 분들이 모두 야키나히코 님의 자녀를 낳은 뒤 돌아가셨다고 합니다. 어째서일까요?"

생각도 못한 일이라 야키나히코는 뭐라고 대답할 수 없었다.

"처음 들었구나"라고 간신히 대꾸했다. "구로히메와 가리하히메 모두 죽었느냐?"

우나시는 총명한 눈을 들고 대답했다.

"예, 가엾게도 갑작스럽게 돌아가셨습니다. 그래서 마사고히메 님은 무사하실지 너무나 걱정이 되었습니다."

"그랬느냐. 나는 네가 마사고히메를 각별히 여겨서 그러는 줄 알았다. 마사고는 멋진 여자였으니."

"예, 멋진 분이셨습니다." 우나시는 고개를 끄덕였다. "그래도 설마 마사고히메 님까지 그런 일을 당하진 않을 거라 여긴 이유는, 그분이 야마토에서 멀리 떨어진 곳에 계시기 때문이었습니다. 그런데 이렇게 돌아가시다니, 뭔가가 야키나히코 님을 뒤쫓고 있는 것 같습니다. 그것이 무엇일지 상상하면 너무나 두렵습니다."

"우나시는 그것이 뭐라고 생각하느냐?"

석양이 모습을 감추기 직전 서쪽 바다가 꼭두서니빛으로 빛났다. 밤의 장막이 내리기 전에 마을로 돌아가는 게 좋겠다고 생각했지만 다리가 움직이지 않는다. 우나시가 주저하면서 말을 꺼냈다.

"야키나히코 님, 혹시 누군가에게 원한을 산 적 없으십니까?"

"아, 그래. 그렇겠구나."

야키나히코는 하얀 바위에 걸터앉아 탄식했다. 이자나미와 헤어질 때 나눈 대화가 생각났다.


'사랑하는 이자나키 님, 당신은 어찌 이리 잔인하게 구십니까. 나를 가둔데다가 절연까지 선언하신다면 제게도 생각이 있습니다. 앞으로 당신 나라의 인간을 하루에 천 명씩 목 졸라 죽여버리겠습니다.'

이자나미의 말에 이자나키는 이렇게 대답했다.

'사랑하는 이자나미여, 당신이 그리하겠다면 나는 하

루에 천오백 개의 산실을 만들겠소. 하루 천오백 명의 새 생명이 태어날 것이오.'

간신히 이자나미에게서 도망친 이자나키는 몸을 깨끗이 한 뒤 아마테라스를 비롯한 여러 신들을 낳고, 인간 남자 야키나히코가 되어 야마토 전역을 돌아다니며 여자를 찾아 아이를 탄생시켰다. 아내로 맞은 여자들의 죽음이 다름아닌 이자나미의 원한 때문이라면, 결국 죽음이 가장 강한 셈이다. 야키나히코는 더이상 아내의 생명을 빼앗기고 싶지 않으니까.

야키나히코는 커다란 슬픔을 느꼈다.

"우나시, 이제 돌이킬 수 없다. 나는 앞으로도 계속 여자를 찾아 아이를 낳고 그 여자를 죽이는 운명을 감수해야 한다. 여자를 사랑하면 그 죽음이 고통스러워진다. 그래서 사랑할 수가 없다. 그러나 내 사명은 아이를 만드는 것."

야키나히코는 운명을 받아들일 수밖에 없었다.

"어째서입니까? 저한테 그 사정을 말씀해주실 수 없습니까? 저는 야키나히코 님을 섬기며 성장해왔습니다. 제게 야키나히코 님은 부모님과 마찬가지, 아니, 신과 마찬가지입니다. 열두 살 때 뵌 뒤로 그 크신 영혼에 매료되어 야키나히코 님께 조금이라도 가까이 가길 원하며 살아왔습니다. 저는 야키나히코 님의 괴로움과 슬픔을 전부 이해하고 나누고 싶습니다. 당신과 관계된 것이라면 아무리 끔찍한 일이라도, 인지를 뛰어넘은 기이한 일이라도 전부 받아들이겠습니다."

우나시는 그렇게 말하고 두려운 듯 몸을 떨었다. 때마침 천둥이 치며 비가 쏟아졌다. 이 비는 마사고히메의 관에도 들이쳐 그 살을 씻어내릴 것이다. 야키나히코는 흠뻑 젖은 채 절벽에 뚫린 어두운 구멍 같은 동굴을 올려다보았다.

"제발 말씀해주십시오. 부탁입니다."

우나시가 천둥소리에 질세라 외쳤다. 야키나히코는 우나시를 보았다.

"그럼 말하겠다. 놀라지 마라."

"절대로 놀라지 않겠습니다."

우나시는 이를 악물었다.

# 4

호우가 그치자 주위는 씻은듯이 청정한 공기에 휩싸여 상쾌했다. 맑은 밤하늘에 노란 달이 휘영청 밝다. 자신이 이자나키 신이었다는 것, 이자나미와 갈등을 빚었다는 것 등을 모두 우나시에게 이야기한 뒤 야키나히코는 허탈한 심정으로 바위에 앉아 달을 바라보았다. 우나시는 여전히 모래에 엎드린 채 꼼짝도 않았다. 야키나히코가 이자나미와 헤어질 때 나눈 대화에 충격을 받았는지 아무 말도 하지 않다가 간신히 눈물로 젖은 얼굴을 들었다.

"야키나히코 님, 그러면 이자나미 님이 황천국에서 이자나키 님의 부인들을 죽이고 계신 걸까요?"

"모르겠다."

"만약 그렇다면 막을 수 없겠군요."

"그렇다, 우나시."

"무서운 일입니다."

야키나히코는 다시 절벽의 구멍을 올려다보았다. 마사고히메의 하얀 관 모퉁이가 달빛에 얼핏 보인 것 같았다. 사랑했던 여자가 동굴 속에서 썩어가고 있다. 그 고독한 광경에 몸이 찢기는 슬픔을 느꼈다. 상대가 죽어버리면 같은 시간을 살아갈 수 없다. 죽은 자가 고독하다면 산 자 역시 고독하다. 그러나 이자나미가 죽었을 때, 신이었던 자신에게는 이런 깊은 생각이 있었던가? 야키나히코는 자신이 죽은 자에게 차가운 이유가 불로불사인 탓에 부정한 죽음을 두려워해서임을 뒤늦게 깨달았다. 혹은 반대로 부정한 죽음을 두려워한 나머지 불로불사를 바라는 것이라고. 자신의 생이 유한하지 않으면 진정으로 여자를 사랑하거나 우나시와 함께 살아가지는 못할 것이다.

"나도 이자나미도 각자 내뱉은 말에서 자유로워질 수 없다."

야키나히코는 일어서서 젖은 옷을 벗어던졌다. 이대로 지상에서 사라질 수 없을까 하는 마음에 알몸으로 뛰기 시작했다. 울퉁불퉁한 바위 위에서 수십 척 아래 바다로 뛰어들었다. 그러나 바닷속 바위에 머리를 부딪히지도 않고, 바닥의 모래를 움켜쥐고 짠물만 조금 삼켰다가 이내 위로 솟아올랐다. 야키나히코는 한동안 바닷속에 가만히 있었다. 그러나 몸이 저절로 떠올랐다. 무슨 짓을 해도 죽을 수가 없었다.

"야키나히코 님, 야키나히코 님." 우나시가 바위에서 몸을 내밀어 몇 번이나 걱정스럽게 불렀다.

"괜찮으십니까?"

야키나히코는 할 수 없이 우나시에게 헤엄쳐왔다.

"괜찮다"라고 대답하며 바다에서 올라왔다. 온몸에서 차가운 물방울을 뚝뚝 떨어뜨리며 바위로 기어올랐다. 우나시가 헉헉거리며 달려왔다.

"갑자기 뛰어드셔서 깜짝 놀랐습니다."

"봤느냐, 우나시? 나는 아무리 해도 죽지 않는다. 오래전 실수로 절벽에서 떨어진 적이 있지. 사지가 부러지고 머리가 깨졌다. 하나 다음날 멀쩡한 상태로 돌아왔어. 전쟁을 만나 가슴에 화살을 맞은 적도 있다. 그때도 다음날 상처가 아물어 되살아났지."

"그러니까 야키나히코 님은 제가 늙거나 죽은 뒤에도 여전히 이 모습 그대로시겠군요."

"그렇다. 징그러우냐?"

야키나히코의 물음에 우나시는 천천히 고개를 저었다.

"아닙니다. 징그럽다니요. 진심으로 안타깝습니다. 사람들은 불로불사를 바라지만 그것은 참으로 고독한 일입니다. 저라면 견딜 수 없을 겁니다."

우나시의 말에 야키나히코는 고개를 깊이 끄덕였다. 과연 우나시다. 그의 총명함이 사랑스러웠지만, 아직 어린 시종에게 고민거리를 안겨주고 싶진 않았다. 그러나 우나시는 진지한 얼굴로 말했다.

"야키나히코 님은 어떻게 하고 싶으십니까? 이 우나시, 목숨과 바꿔서라도 힘을 빌려드리고 싶습니다. 부디 바라는 바를 말씀해주십시오."

"죽고 싶다. 내가 죽지 않으면 이자나미의 원한도 사라지지 않고 영원히 내 아내들의 목숨을 가져가겠지. 죽여다오."

야키나히코가 한숨과 함께 대답하자 우나시는 눈물을 흘렸다.

"알겠습니다. 이별은 힘들지만, 그토록 바라신다면 제가 죽여드리겠습니다. 하나 어떻게 하면 야키나히코 님의 생명을 빼앗을 수 있을까요? 방법만 가르쳐주신다면 반드시."

야키나히코는 우나시에게 오른손을 내밀었다.

"봐라, 이 손을. 어제 게타마루가 할퀴어 깊은 상처가 생겼는데 오늘은 흔적도 없지. 네가 나를 찌르고 밟아뭉개도 내일이면 온전히 돌아와 있을 거야."

"그래도 생명을 끊고 싶다는 말씀이시지요."

달빛이 어린 우나시의 눈이 퍼렇고 날카롭게 빛났다. 야키나히코는 "그렇다"라고 대답하며 양손으로 머리를 감쌌다.

"그렇지만 방법이 없다."

"그럼 여쭙겠습니다. 혹시 사람을 죽이신 적이 있습니까?"

야키나히코는 고개를 저었다.

"동물은 매일 아침저녁으로 수없이 죽였지만 사람을 죽인 적은 한 번도 없다. 이자나키일 때부터 나는 여자와 몸을 섞어 나라를 만들고, 신을 만들고, 자식을 만드는 남자였다. 죽음과는 연이 없어. 그러니 죽어서 황천국에 간 이자나미와 헤어지지 않을 수 없었다."

"그럼 저를 죽여보시면 어떨까요?"

우나시의 터무니없는 제안에 야키나히코는 깜짝 놀랐다.

"너를 죽여서 어쩌라고?"

"그러면 무슨 일이 일어날지도 모릅니다." 그렇게 말하는 우나시도 자신이 없는 모양이었다. "해볼 가치는 있다고 생각합니다만."

"너 혼자 죽으면 아무 의미가 없어."

"그렇지만 말씀을 들어보니 이자나미 님은 죽이는 쪽, 이자나키 님은 낳는 쪽으로 역할이 확실히 나뉩니다. 그러니 반대로 행동하면 뭔가 바뀌지 않겠습니까?"

우나시는 고집을 부렸다.

"그럼 이렇게 하자. 네가 나를 죽여라. 나도 너를 죽이겠다. 동시에 죽으면 무슨 일이 일어나는지 시험해보자. 그러다 정말로 죽어도 다행이고."

말을 내뱉자 천하의 야키나히코도 몸이 떨렸다. 자신은 살아나고 우나시만 죽어버릴 확률이 높다.

"그렇게 해주십시오. 저는 각오하고 있습니다. 주인님을 위해서라면 목숨도 던질 것입니다. 마사고히메 님도 자신의 죽음이 주인님 탓이라는 걸 알면 만족하시겠지요. 그것이 사랑입니다. 주인님도 마사고히메 님의 일편단심이 사랑스러웠노라고 어제 말씀하지 않으셨습니까."

열아홉 살답지 않게 어른스러운 어조로 우나시가 야키나히코를 설득했다. 아닌 게 아니라 소중히 여기는 사람을 죽이면, 그리고 소중히 여기는 사람에게 죽임을 당하면 죽을 수 있을지도 모른다. 야키나히코는 허리의 대검을 뺐다. 우나시도 조금 떨면서 자기 검을 뺐다. 용수에 묶여 있던 게타마루가 수상한 기운을 감지했는지 날카로운 소리로 울었다.

"야키나히코 님, 그동안 고마웠습니다."

우나시가 눈물을 흘리면서 마지막 인사를 하자 검은 구름이 달을 가리기 시작했다.

"할 수 있다면 황천국에서 만나자."

야키나히코도 이별의 말을 한 뒤 우나시에게 신호를 보냈다.

"자, 찔러라."

그리고 우나시의 목 깊숙이 칼을 찔러넣었다. 동시에 자기 목에도 딱딱한 것이 강하게 찔러오는 충격을 느꼈지만, 통증도 느끼기 전 넘쳐나는 피에 숨이 막혔다.


얼마나 시간이 지났는지 모른다. 야키나히코는 어둠 속에서 눈을 떴다. 파도 소리와 하늘에서 윙윙거리는 바람 소리가 났다. 야키나히코는 입안의 모래를 뱉고 천천히 일어났다. 꼭 만취해서 모든 것을 잊어버렸을 때처럼 머리가 아프고 불쾌했다.

옆에 흰옷을 입은 남자가 목이 뎅강 베인 채 쓰러져 있는 것이 보였다. 당당한 체구, 미즈라에 꽂은 옥 장식.

흐른 피가 스며든 주위 모래가 시커멓다.

"우나시, 결국 죽었구나."

서로를 찌른 기억이 격류처럼 뇌리에 되살아난 야키나히코는 우나시에게 달려가 안아 일으키려고 했다. 역시 자신만 살아남았다 싶어 절망에 잠겼다. 그러나 야키나히코는 곧 놀라서 멈춰 섰다. 쓰러져 있는 것은 야키나히코였다. 아니, 야키나히코의 모습을 한 자가 피를 잔뜩 흘리고 죽어 있다. 그럼 나는 누구인가? 목을 만져보았지만 상처가 없다. 양손을 보았다. 손마디가 도드라지지 않은 젊은이의 손이다. 혹시 내가 우나시인가? 우나시라면 왼쪽 위팔에 점이 있을 터. 미친듯이 옷을 벗고 달빛 아래 자세히 들여다보니 과연 점이 있었다. 그렇다면 서로 찌른 결과 야키나히코의 몸이 죽고, 우나시의 마음도 죽고, 자신은 우나시의 모습이 됐다는 것인가. 우나시의 '마음'을 죽인 야키나히코는 큰 소리로 울었다. 그러다가 문득 중얼거렸다.

"아니야, 내일이 되어봐야 알지."

언제나처럼 야키나히코가 되살아날지도 모른다. 아니면 우나시의 몸이 불로불사가 된 건지도 모른다. 야키나히코는 시험 삼아 우나시의 몸에 상처를 내보려고 떨어진 칼을 주워 왼쪽 손바닥을 베어보았다. 아픔을 참으며 솟구치는 피를 묵묵히 바라보았다. 내일이면 사라질지 모르지만, 철철 흐르는 피는 멎지 않았다.

날이 샜다. 피를 흘리다가 어느새 잠든 모양이다. 게타마루의 세찬 울음소리에 눈을 뜬 야키나히코는 제일 먼저 자신의 시체를 보러 갔다. 야키나히코는 여전히 죽어 있었다. 부릅뜬 눈동자에 튄 피가 이미 말랐다. 그리고 자신이 벤 손바닥은 상처가 낫기는커녕 아직도 피가 흐르고 있지 않은가.

야키나히코는 알아들을 수 없는 비명을 질렀다. 이제 우나시의 모습을 한 열아홉 살 남자가 되어 유한한 삶을 살게 된 것이다. 충실하고 총명한 시종을 잃은 대신 진정한 인간이 된 순간이었다. 그러나 실은 우나시의 젊은 마음을 죽임으로써 오래된 신인 자신이 우나시의 젊은 몸을 빼앗은 셈인지도 몰랐다. 인간을 살육한 대가로 신의 자격을 잃은 건지도 모른다. 자신은 '낳기'만 해온 신이었다.

"앞으로는 우나시로 살겠다."

이렇게 결심하자 우나시의 부드러운 온화함과 팽팽한 젊음이 온몸을 가득 채우는 기분이 들었다. 처음 느끼는 감각이었다.

"자, 네 주인은 죽었다. 어디로든 가거라."

'우나시'는 게타마루를 묶어두었던 끈을 풀어 놓아주었다. 게타마루는 거칠게 울면서 야키나히코의 시체 주위를 돌았다. 그리고 어딘가로 날아가는가 싶더니 날카로운 발톱으로 커다란 뱀을 잡아와 '우나시'를 겨냥해 떨어뜨렸다. 아마로미 섬에 많이 사는, 맹독을 품은 뱀이었다. '우나시'가 주인 야키나히코를 죽인 줄 알고 복수하는 것이리라. '우나시'는 독사를 단칼에 베어버리고 게타마루를 향해 소리쳤다.

"게타마루, 야키나히코는 죽었다. 이 소식을 네 친구들에게 널리 퍼뜨리고 오너라."

게타마루는 한동안 울면서 하늘을 맴돌았다. '우나시'의 다친 손바닥이 욱신거렸다. 잘 보니 독사의 조그만 이빨이 상처에 박혀 있었다. 황급히 뺐지만, 이미 독이 퍼진 모양이었다. 왼손이 순식간에 빨갛게 부풀고 묵직해져서 저도 모르게 무릎을 꿇었다. 게타마루는 그제야 안심한 듯 멀리 날아갔다. '우나시'는 바닷가에 쓰러지면서, 야키나히코의 원수를 갚으려는 양 구는 게타마루에게 쓴웃음이 났다.

"우나시 님, 무슨 일입니까?"

사람들의 비명이 들렸다. 아침이 되어도 두 사람이 돌아오지 않자 걱정이 된 섬장이 사람들을 데리고 찾으러 온 것이다. 섬장은 야키나히코의 시체를 보고 그대로 얼어붙었다.

"야키나히코 님은 어쩌다 돌아가신 겁니까?"

'우나시'는 정신을 잃어가면서도 섬장에게 말했다.

"야키나히코 님은 슬픔에 잠긴 나머지 자해하셨습니다. 제가 말리려 했지만 결의가 굳어서 그대로 결행하시고 말았습니다."

'우나시'는 그날부터 고열에 의식불명이 되어 보름이 넘도록 생사의 경계를 넘나들었다. '우나시'가 병상에 있는 동안 야키나히코의 장례가 치러지고 시체는 마사고히메 옆에 안치되었다. 야키나히코와 마사고히메는 사이좋게 시들어가다 몇 년 뒤 육체가 씻기고, 혼은 바다 저편 신의 나라로 갈 것이다.

# 5

두 달 후, 겨우 자리를 털고 일어난 '우나시'는 야키나 히코와 마사고히메의 묘를 찾았다. 그리고 한때 자신이 었던 야키나히코의 유해를 바라보며 기묘한 감개에 잠 겼다.

"썩은 냄새를 풍기는 너는 누구냐. 이자나키냐, 야키 나히코의 껍데기냐. 아니면 우나시의 마음이냐. 아니, 우나시의 마음일 리 없지. 마음은 이 몸속에 있으니. 그 렇다면 사람의 육체란 모두 허무하고, 결국에는 마음밖 에 남지 않는다는 말인가."

야키나히코의 모습을 한 주검은 마사고히메와 마찬 가지로 넓은 이마에 액막이 조개 호신부를 얹은 채 움푹 꺼진 눈구멍을 백일하에 드러내고 있었다.

'저도 죽으면 마찬가지일 테고, 그것은 피할 수 없는 인간의 운명이라 생각했습니다. 그렇기에 살아 있음은 그 자체로 아름다운 것입니다.'

우나시가 마사고히메의 주검을 보고 한 말이다. '우나 시'는 난생처음 가져보는 덧없는 육체에 전율하며 그 연 약함에 울음이 북받쳤다. 이자나미의, 그리고 마사고히메의 썩은 사체를 거리끼고 두려워한 자신은 얼마나 나약하고 미웠했던가.

"야키나히코의 그릇이던 육체여, 나는 우나시의 혼과 함께 여행을 떠나노라. 두 번 다시 만날 일은 없을 터. 이대로 하늘에 흩어지고 땅에 녹거라."

'우나시'는 송장에게 그렇게 말하고, 야키나히코의 대검과 궁시를 관에 넣고서 묘를 뒤로했다. 아마로미 섬을 떠날 생각이었다.

"우나시 님, 어디로 가십니까?"

아직 흰 상복 차림인 섬장이 떠날 채비를 하는 '우나시'에게 물었다. 아마로미 섬에서는 세골하는 날까지를 상중으로 친다. 그러므로 앞으로 이 년은 더 흰 상복을 입어야 한다. '우나시'는 흰옷 때문에 더 두드러지는 섬장의 그을린 얼굴을 바라보았다.

"야키나히코 님이 돌아가셨는데 혼자 야마토에 돌아갈 마음이 들지 않습니다. 차라리 낯선 남쪽 섬에나 가볼까 해요. 다행히 아는 조타수가 있어서, 뱃사람으로 써달라고 부탁해볼 생각입니다."

섬장은 놀랐는지 필사적으로 붙들었다.

"우나시 님, 뱃사람이 되실 것까지는 없잖습니까. 야

키나히코 님을 모시던 분이니 그런 고생 말고 그냥 아마로미에 머무십시오. 아마로미에도 젊은 여자가 많습니다. 제가 골라드릴 테니 여기서 살림을 차리세요."

"그렇게 불편한 손으로 뱃일이라니, 마음이 안 좋아요."

이렇게 말하며 눈물을 흘려준 이는 마사고히메의 어머니였다.

'우나시'는 왼손을 잃었다. 심장에 가까운 왼손에 뱀독이 돌면 위험하다는 섬장의 판단으로 일찌감치 절단했다. 주인 야키나히코가 세상을 떠나고 설상가상으로 왼손까지 잃은 '우나시'를 섬사람들은 깊이 동정했다.

그러나 '우나시'는 왼손이 있든 없든 상관하지 않았다. 왼손이 없는 자신의 육체가 곧 유한한 생명을 나타내기 때문이다. 다치거나 병에 걸렸을 때 저절로 돌아오지도 않을뿐더러 날마다 변해가는 인간의 몸을 '우나시'가 되어 비로소 손에 넣었다. '우나시'의 육체 깊은 곳에 깃든 야키나히코는 생명이 다하는 날까지 충실하게 살기로 결심했다. 어느새 우나시를 대신해 열아홉 살의 젊은 생명을 즐기고 있기도 했다.

조개잡이 배의 조타수는 야키나히코의 젊은 시종을

잘 기억하고 있었다. 그리고 뱃사람이 되고 싶다는 청을 두말없이 받아들여주었다. '우나시'는 이를 사용해 뱃줄을 풀고 돛을 치고 한 손으로 노를 저으면서 어찌어찌 뱃일을 해냈다. 그리고 언젠가 조타수가 되기를 바랐다.

'우나시'가 탄 배가 드디어 바다뱀 섬에 도착한 것은 야키나히코가 세상을 떠난 지 일 년 뒤의 보름밤이었다. 하얀 절벽이 달빛에 부옇게 빛나고, 왼쪽으로 길게 이어지는 모래톱이 보였다. 항구에는 다음날 아침에 들어가기로 했기 때문에 뱃사람들은 한가로이 쉬고 있었다.

그러나 '우나시'는 배 밑에서 통증과 싸우고 있었다. 신기하게도 있지도 않은 왼손이 이따금 맹렬히 아프곤 했다. 헛통증은 이마에 식은땀이 흐를 정도로 심하다가도 하루종일 시달리면 다음날 말짱하게 나았다. 가슴 아픈 기억이 남아 있는 한 낫지 않을 거라고, 일전에 바다뱀 섬의 무녀 이야기를 해준 늙은 뱃사람이 말했다. 야키나히코였을 때는 아픔이 순식간에 지나갔기에, 헛통증과 싸울 때마다 '우나시'는 사람 몸의 신비로움에 대해 생각했다. 아니, 신비한 것은 몸이 아니라 마음이다. '우나시'는 손목이 잘려나간 왼팔을 바라보았다.

갑자기 갑판에서 비명이 들렸다. 무슨 일인가 싶어 사다리를 올라가자 뱃사람들이 저마다 소리치며 해수면을 가리키고 있었다. "절벽에서 사람이 떨어진 것 같다"는 것이다. 조타수가 "가까이 가라!" 하고 큰 소리로 지시를 내렸다. 마침 파도의 흐름과 맞아 뱃사람들은 노를 저어 나아갔다.

'우나시'는 뱃전에서 몸을 내밀어 보름달이 비추는 해수면을 둘러보았지만 아무것도 보이지 않았다. 잔잔한 바다에 기름을 떨어뜨린 듯 달빛이 퍼졌다. 전방에서 울퉁불퉁한 석회암 절벽이 다가왔다. 아래에서 올려다보니 상당히 높았다. 저 위에서 떨어졌다면 아무리 헤엄을 잘 치는 자라도 살아나기 힘들 듯했다.

뱃사람들은 달빛에 의지해 해수면을 자세히 살폈다. 목숨을 걸고 배를 타는 그들은 그만큼 다른 사람의 생명도 소중히 여겼다. 만에 하나 누가 바다에 떨어지면 위험을 무릅쓰고 서로 도왔다.

"떠오르지 않는 것이 이상하네." 늙은 뱃사람이 고개를 갸웃했다. "사람의 몸은 결국 가라앉더라도 한 번은 떠오르는 법인데."

"무슨 말인지요?"

'우나시'의 물음에 노인이 대답했다.

"돌이라도 안고 뛰어든 모양이지."

자살하기로 마음먹고 뛰어내렸다면 구해줘도 곤란하겠다는 떨떠름한 분위기가 선상에 감돌았다.

"바다뱀 섬은 가난해서 사람 수를 줄인다는 말을 들은 적 있어. 무슨 일이라도 생긴 건가?"

늙은 뱃사람이 하얗게 센 눈썹을 찡그렸다.

"떠올랐다!" 망을 보러 돛대 위에 올라갔던 사람이 저편을 가리키며 소리쳤다. 조금 떨어진 해수면에 하얀 옷이 덩그마니 떠 있는 것이 보였다. 시체는 하늘을 보고 있었다.

"여자다."

노인이 불쑥 말했다. '우나시'는 여자라는 말에 좋지 않은 기분이 들었다.

"그걸 어떻게 압니까?"

"남자의 익사체는 엎드린 채 떠오르고, 여자는 하늘을 보고 떠오르거든."

누군가가 대답했다. 뱃사람들의 상식 같았다.

여자가 저 절벽 위에서 떨어지다니, 배 안이 어수선해졌다. 비통함이 감도는 한편 그런 용기 있는 여자가 어떻게 생겼을지 호기심도 일었을 것이다.

늙은 뱃사람과 '우나시'는 뱃머리에서 2인승 조각배를 띄워 올라탔다. 늙은 뱃사람이 노를 저어 시체에 다가가자 '우나시'가 갈고리 달린 봉으로 끌어당겼다. 역시나 긴 머리카락이 허리까지 오는 미인이었다. 이목구비가 가지런하고 얼굴은 희고 잡티 하나 없다. 더욱이 살짝 벌린 입술이 웃는 듯 보이기도 한다. 양쪽 복사뼈를 묶은 밧줄이 끊겨 있었다. 아마 돌을 매단 뒤 껴안고서 뛰어내렸는데 충격으로 밧줄이 끊긴 것이리라.

"가미쿠 님이잖아!"

늙은 뱃사람이 소리쳤다. '우나시'는 놀라서 여자의 얼굴을 보았다. 가미쿠라는 이름은 똑똑히 기억하고 있었다. 마사고히메에 버금가는 다도해 제일의 미인이라고 늙은 뱃사람이 이야기해주었기 때문이다. 그 말대로 보기 드문 미인으로 위엄이 있고 몸매도 훌륭했다. 그러나 이미 숨이 끊겼다.

"대무녀님이 어째서 스스로 목숨을 끊으셨을까. 얼마나 괴로운 일이 있었기에. 가엾기도 하지."

늙은 뱃사람은 가미쿠의 얼굴을 보면서 힘없이 말했다. 환지통은 어느새 나았지만, '우나시'는 이곳에 아마로미 섬과 또다른 재앙이 기다리고 있는 듯한 불안함에 시커먼 섬 그림자를 올려다보았다.

가미쿠의 주검은 여벌의 돛으로 감싸 아침까지 갑판에 두기로 했다. '우나시'는 늙은 뱃사람과 함께 뒤숭숭한 기분으로 주검 옆을 지켰다. 다도해에서 가장 아름답다고 통하던 두 미녀가 일 년 남짓한 사이 잇따라 세상을 떠난 것이 불길했다. 가미쿠도 이자나미의 복수에 희생된 것인가? 이자나미와 가미쿠가 어떻게 연결되는지 알 수 없다. 그러나 왠지 이 섬이 자신을 이끄는 듯한 느낌을 지울 수 없었다.

"이 여자가 섬의 대무녀님인가요?"

송장을 본 조타수가 늙은 뱃사람에게 물었다.

"그렇습니다." 늙은 뱃사람이 고개를 끄덕였다. "예전에 야키나히코 님에게 말씀드린 적이 있지요. 다도해 제일의 미녀, 바다뱀 섬의 대무녀 가미쿠 님입니다."

"참으로 기괴하군. 전에 야키나히코 님에게 말벌 이야기를 한 적이 있잖아. 기억하나, 우나시?"

조타수가 '우나시'에게 물었다.

"예, 야마토에서 나하리하 섬까지 말벌을 태워줬다는 얘기요."

"그래. 그리고 바다뱀 섬에서 누군가가 말벌에 쏘여 죽었다고도 했지? 나중에 듣기로는 그 사람이 바로 가미쿠 님의 배필이었다더군."

갑판에 모인 뱃사람들이 서로 마주보았다. 다들 이 불길한 우연을 두려워했다.

"마사고히메 님, 야키나히코 님, 그리고 가미쿠 님. 그날 밤의 주인공들 모두 줄줄이 돌아가시고 말았어. 이 배가 사람 말을 알아듣는 말벌을 태운 뒤로 말이야. 그렇지 않아? 내 생각이 너무 앞서갔나?"

조타수가 조금 벗어진 머리를 매만지며 혼잣말처럼 중얼거렸다.

"예감이 안 좋습니다. 바다뱀 섬에 들르지 말까요?"

늠름한 중년 뱃사람이 팔짱을 끼고 말했다.

"그럼 가미쿠 님의 주검은 어찌할 건가. 바다에 버릴 수는 없네."

조타수가 화를 내자 다른 뱃사람이 거칠게 나무랐다.

"어이, 아직 혼이 여기 있어서 다 듣는다고요."

뱃사람들은 미신을 잘 믿었다. 사람이 죽으면 한동안 혼이 주검 주위를 떠돈다고 여겼다. 다들 겁먹은 얼굴로 어두운 바다와 뱃전 구석에 불안한 시선을 보냈다. 누군가가 낮게 혀를 차고 중얼거리는 소리가 들렸다.

"여자를 태우면 재수가 없는데."

"조타수, 아침 일찍 주검을 섬으로 보내고 바로 출항합시다."

"그게 좋겠네. 좋은 섬은 아닌 것 같군."

투신자살을 목격한 탓에 상륙할 마음이 가셨으리라. 뱃사람들은 여벌 돛으로 감싼 가미쿠의 사체를 뱃머리로 옮겼다. 그리고 그 모습이 눈에 들어오는 것을 피하려는 듯 등지고서 선미에 모여 앉았다. '우나시'와 늙은 뱃사람만 시체 옆을 지키고 있었다.

"가미쿠 님이 가여워. 말벌에게 배필을 잃은 뒤로 살아갈 낙을 잃으신 걸까."

늙은 뱃사람이 탄식하듯 말했다. 상실의 고통을 견딜 수 없을 만큼 남편을 사랑했던 것이다. '우나시'는 우나시의 말을 떠올렸다.

'저는 각오하고 있습니다. 주인님을 위해서라면 목숨도 던질 것입니다. 마사고히메 님도 자신의 죽음이 주인님 탓이라는 걸 알면 아마 만족하시겠지요. 그것이 사랑입니다. 주인님도 마사고히메 님의 일편단심이 사랑스러웠노라고 어제 말씀하지 않으셨습니까.'

추억에 잠겨 있자니, 늙은 뱃사람이 눈가에 웃음을 띠었다.

"그러고 보니, 그날 야키나히코 님이 베푸신 술자리는 정말 즐거웠어. 그렇게 즐거운 적이 없었지."

생이 단 한 번이라면 기쁨 역시 한때다. 여기 누워 있는 무녀도 큰 기쁨과 슬픔을 겪었을 것이다. 주검을 감싼 돛 아래로 살며시 하얀 손끝이 보였다. 손가락은 뭔가를 잡으려는 듯 구부러져 있었다.


6


다음날 아침 조타수가 '우나시'를 불러 말했다. 뱃사람들은 상륙하지 않고 잠시 정박하기로 했으니 조각배를 타고 다녀오라고. 할 수 없이 '우나시'는 늙은 뱃사람과 둘이 가미쿠의 주검을 나르게 됐다. 혹여 여벌 돛을 섬사람에게 빼앗기면 곤란하니 가미쿠의 주검을 감쌌던 돛을 벗기고, 뛰어내릴 때의 상태 그대로 조각배에 태웠다. 어젯밤 이야기 때문에 흉흉한 분위기가 퍼졌는지, 가미쿠의 주검을 배에서 내리자마자 여기저기서 귀한 소금을 뿌려댔다.

바다뱀 섬의 항구는 저절로 만들어진 강어귀를 이용한 곳이라 잔교도 없고 폭풍우가 치면 잠시도 지탱하지 못할 것처럼 허술했다. 작은 물고기를 잡거나 해초를 채취하는 쪽배 한 척이 그물을 매단 채 정박돼 있을 뿐이었다. 다른 배가 없는 것을 보니 남자들은 바다에 나간 모양이었다. 해변은 메꽃과 히비스커스가 흐드러지게 피고 하얀 모래가 펼쳐져 몹시 아름다웠지만, 많은 여자와 아이들이 남루한 차림으로 바구니를 안고 조개와 해초 등을 줍는 모습이 보였다.

"가난한 섬이구나."

늙은 뱃사람이 배 위에서 섬을 바라보며 말했다.

"쪽배밖에 없군요."

"음. 제대로 된 목재도 없을 테지. 나무가 자라기에는 땅이 부족해. 섬에 숲이 없으면 큰 배를 만들거나 집을 짓기 어렵지."

"그렇지만 아름다운 곳이네요."

'우나시'는 일견 낙원 같은 경치를 내심 즐겼다. 늙은 뱃사람이 가미쿠의 송장을 흘긋 보았다. 남자들이 머리를 정돈하고 양손을 모아두었다.

"그건 그래. 게다가 이곳은 다도해 동쪽 끝이라 성스러운 섬으로 통하지. 해가 제일 먼저 지나가는 섬이라 신이 강림했다고. 그런데 해를 모시는 무녀가 죽어버렸으니 이제 어쩌려나."

해변에 있던 여자들이 '우나시'와 늙은 뱃사람이 탄 배를 발견했다. 송장을 알아보았는지 큰 소리로 비명을 질렀다. 젊은 어머니가 아이의 손을 끌며 도망쳐갔다. 다부진 중년 여자 몇 명이 주뼛거리며 다가왔다.

"어젯밤 이분이 절벽에서 뛰어내렸습니다."

여자들은 경악하는 표정으로 펄쩍 물러섰다.

"가미쿠 님!"

울부짖는 사람들로 해변이 금세 시끄러워졌다. '우나시'와 늙은 뱃사람은 가미쿠의 주검을 배에서 내려 나무 그늘에 눕혔다. 흠뻑 젖었던 흰옷이 말라서 소맷자락이 바닷바람에 팔락거렸다. 마치 나무 그늘에서 잠든 듯 온화한 얼굴이었다.

"어머니!"

가미쿠의 아이들로 보이는 무리가 구르듯이 달려왔다. 양팔에 쌍둥이 아기를 안은 젊은 여자와 예닐곱 살 정도의 어린 여자아이. 그리고 열 살 남짓한 소년이었다. 과연 가미쿠의 자식답게 해변에서 본 아이들보다 체격도 인물도 좋았지만 차림새는 똑같이 남루했다.

"무녀님의 따님인가요?"

늙은 뱃사람이 묻자, 아기를 안은 여자가 고개를 끄덕였다.

"남편분은?"

"제 남편하고 바로 아래 동생은 어제 바다에 나갔어요. 어머니 모습이 보이지 않는다 싶긴 했는데, 설마 이렇게 될 줄은. 대체 무슨 일인가요?"

"우리가 아는 것만 말하지요. 어젯밤 이 섬에 정박하는데 절벽에서 사람이 떨어지는 것이 보였습니다. 서둘러 구하려 했지만 절벽이 높고 바다가 깊어서 늦어버렸어요. 이 섬의 대무녀님이란 걸 알고 뱃사람들 모두 놀랐습니다. 살리지 못해서 송구합니다."

'우나시'가 설명하자 해변의 사람들이 일제히 그를 쳐다보았다. 그에게 왼손이 없음을 안 사람은 재빨리 눈을 돌렸다. 어떤 섬에서는 '우나시'의 손을 보고 놀리거나 경멸하는 자도 많았다. 그러나 바다뱀 섬 사람들은 가난하긴 해도 예의바르고 자존심이 강해 보였다. 과연 성스러운 섬으로 불릴 만하다고 '우나시'는 감탄했다.

"고맙습니다."

여자는 갸륵하게도 '우나시'와 노인에게 인사를 하고 흐느끼는 여동생의 머리를 쓰다듬다가 맥이 풀린 듯 가미쿠 옆에 주저앉아버렸다. 양팔에 안은 아기는 아직 핏덩이다. 젊은 엄마는 아이를 돌보랴 어머니의 불행을 감당하랴 몹시도 지친 모양이었다.

이윽고 섬장으로 보이는 노인과 측근이 소식을 듣고 오는 것이 보였다.

"가자, 우나시."

늙은 뱃사람이 성가신 일을 피하려는 듯 '우나시'를 불러 돌아가려 하자 여자들이 입을 모아 부탁했다.

"부탁이니 조금만 더 계셔주세요. 남자들이 어제 바다에 나가 당분간 돌아오지 않거든요. 관을 멜 사람이 아무도 없어서 곤란합니다."

가미쿠는 남자가 관을 메야 한다는 규율까지 감안해서 시체가 떠오르지 않도록 돌을 품었으리라. 나중 일까지 생각하며 작심하고 죽으려 한 이유가 무엇일까? '우나시'는 알고 싶었다.

"우나시, 배로 돌아가자."

늙은 뱃사람이 권했지만 '우나시'는 거절했다.

"관을 나르는 일 정도는 돕고 싶습니다."

"알겠다. 그럼 하루 더 기다려달라고 조타수에게 전하지. 내일 이 시간에 데리러 오마."

늙은 뱃사람은 재빨리 조각배를 타고 조개잡이 배로 돌아갔다.


바다뱀 섬의 섬장은 여든 살쯤 된 노인이었다. 그를 돕는 이들은 동년배의 노인 여러 명. 바다에 나가지 못하는 노인들이 섬을 다스리는 셈이다.

"가미쿠 님이 결국 죽어버렸구나."

섬장의 눈은 부옇게 흐렸다. 그러나 꼭 또렷이 보이는 듯이 죽은 가미쿠의 얼굴을 노려보았다.

"딸이 쌍둥이를 낳았으니 후계자가 생겼다고 안심한 모양이지."

섬장과 노인들은 가미쿠의 주검을 앞에 두고 의논을 시작했다. 가미쿠의 아이들은 무릎을 감싸안고 어머니 주위에 멍하니 앉아 있었다.

"괜찮으냐?"

'우나시'가 큰딸에게 물었다. 큰딸은 고개를 끄덕였지만, 어머니의 죽음이 자살임을 알고 말도 눈물도 나오지 않는 모양이었다.

"소문으로 들었는데, 말벌에 쏘여 죽은 사람이 너희 아버지라며?"

"네." 큰딸이 낮은 목소리로 대답했다. "일 년 반 전이었어요. 어머니는 뭔가 짐작 가는 데가 있는지 아버지가 돌아가신 후 언동이 이상해졌고요."

"짐작 가다니?"

"글쎄요, 저는 모르죠. 그뒤로 무녀 일도 건성으로 하시고, 해변을 정처 없이 돌아다니기만 하셨어요. 섬장님이 정신 차리고 일하라고 여러 차례 주의를 줄 정도였죠. 아버지가 돌아가셔서 많이 슬펐나봐요. 두 분은 정말 금슬이 좋았거든요. 그러다 제가 이 아이들을 낳은 것이 석 달 전이에요. 이 섬에서는 음양과 운명이 되풀이되기 때문에, 제가 낳은 딸들이 다음 대 양과 음의 무녀가 된다고 해요. 어머니는 드디어 당신의 후계자가 생겼다고 기뻐하셨어요. 그래서 안심하고 스스로 목숨을 끊었는지도 몰라요."

"말벌에게 쏘이는 건 드문 일인가?"

큰딸은 천천히 고개를 가로저었다.

"말벌은 아버지의 미간을 쏘고서 바로 죽어버렸어요.

저도 죽은 말벌을 보았는데, 섬에서 본 적 없는 종류였어요. 다른 어디서 날아와 우연히 아버지를 쏜 거겠지요. 벌에 쏘인 뒤 아버지는 얼굴이 퉁퉁 부은 채 한나절 정도 살아 계셨어요. 그러다 점점 숨쉬기 힘들어하더니 괴로움에 몸부림치다 끝내 돌아가셨죠. 어머니는 몹시 슬퍼했어요. 그런데 이번에는 어머니가 돌아가시다니, 우리 집안이 저주를 받은 걸까요."

큰딸이 눈물을 흘렸다.

"그럴 리 없다."

'우나시'가 달랬지만, 큰딸은 진지한 얼굴로 호소했다.

"저주받은 집이라는 낙인이 찍히면 마을에서 따돌림을 받게 돼요. 아버지네도 고모 야요이 님이 태어날 때까지 줄곧 그렇게 살았다고 들었어요."

큰딸은 이상한 소문이 퍼져 마을에서 따돌림받을 것을 두려워했다. 이렇게 작은 섬에서 따돌림을 받으면 살아가기 힘들 것이다.

"그렇군. 괜한 얘기를 물어서 미안하구나."

'우나시'는 사과한 뒤 가미쿠의 큰딸을 은밀히 관찰했다. 음양으로 이어진다는 말처럼, '양'인 가미쿠와 대조적으로 '음'인 큰딸은 이목구비가 수수하고 반듯하다.

작은딸도 마찬가지로 그저 혈연을 잇는 데 의미를 둔 세대임이 외모에 드러났다.

여자 여럿이 어디선가 관을 들고 왔다. 그리고 가미쿠를 안아올려 관에 넣었다. 이주나무로 짠 허름한 관은 가미쿠에게 조금 작아서 다리를 구부려 억지로 집어넣어야 했다. 새 관을 준비할 시간이 없어서 몸집이 작은 섬장이 자기 몫으로 만들어둔 관을 내놓은 것이다. 가미쿠가 불쌍했다.

섬사람들은 모두 울고 있었다. 장년의 남자들이 집을 비운 탓일까. 큰딸과 작은딸, 말수 적은 작은아들까지 '우나시'에게 모여들어 마치 오빠처럼 그를 의지했다.

초로의 여자 한 명이 숨을 헐떡이며 달려왔다. 하얀 옷이 급히 꺼내 입은 듯 주름투성이다. 목에 진주를 걸고 하얀 조개껍데기를 들었다. 여자는 뭐라고 기도하면서 사람들에게 일어서라고 재촉했다. 보아하니 장례 의식이 시작되는 모양이다.

장례 행렬 선두에는 지팡이를 짚은 섬장이 섰다. 그 뒤로 가미쿠의 관이 이어졌다. '우나시'는 타관 사람이지만 남자들 중 제일 젊고 힘이 세 보여서 관의 앞부분을 지게 됐다. 그 외에는 마을에 남아 있던 남자들이 총동

원되었다. 다리가 부러져 요양중인 중년 어부, 여든이
다 돼가는 섬장의 측근 셋. 겨우 열 살 난 가미쿠의 아들
까지 '우나시' 옆에서 관을 짊어졌다.

급하게 가미쿠의 대역을 맡은 초로의 여자는 관 옆을
따라 걸으면서 장례 노래 같은 것을 부르기 시작했다.
어색하고 자신감 없는 노래에 사람들의 마음도 점점 위
축되었다. 우울한 장례 행렬이 느릿느릿 나아가자 비탄
에 잠긴 사람들이 판잣집 같은 데서 나와 행렬에 합류했
다. 무심코 집안을 들여다보고 그 초라한 생활상에 놀란
'우나시'는 내색하지 않으려 얼른 눈을 돌렸다.

오늘 이날은
신의 뜰에 숨으셨네
신의 뜰에 노니셨네
신의 뜰에 기다리셨네
하늘에서 내려오시고
바다에서 올라오시어
오늘 이날을 위해
기도하시네

키가 '우나시'의 가슴께밖에 오지 않는 작은아들은 이를 악물고 관의 무게를 견디고 있었다.

"괜찮니?"

'우나시'가 속삭이자 그는 고개를 끄덕였다.

"저건 원래 우리 어머니가 하는 일이었어요." 그가 힘겹게 말했다.

"그럼 저 사람도 무녀냐?"

"예비 무녀예요. 원래 다음 대무녀는 아버지네 집안인 우미가메가에서 나와야 하는데, 그쪽은 이미 야요이 님이 밤의 무녀가 된 바람에 이을 사람이 없거든요. 저분은 그다음 무녀 집인 나마코가의 아주머니예요. 그래서 기도도 서툴고 춤도 못 춰요."

급조된 무녀는 노래도 기도도 답답하고 서툴렀다. 불안한 노래에 뒤숭숭해진 분위기에서 무거운 관을 짊어진 장례 행렬이 서쪽으로 나아갔다.

"어디로 가느냐?"

'우나시'의 질문에 아이가 숨을 깔딱거리며 대답했다.

"아미도. 섬의 묘지요. 동굴로 들어가요."

다도해에서는 동굴을 묘로 쓰는 경우가 많다. 어쩌다 보니 관을 짊어지는 처지가 된 '우나시'는 자신이 이 섬

에 있는 이유가 무엇인지 생각해보았다. 분명히 이유가
있을 터, 그걸 알아내기 전까지는 돌아갈 수 없다.

　　대무녀님이
　　돌아가시고
　　자매님이
　　돌아가시고

　오 리 정도 걸으니 섬의 서쪽 끝으로 보이는 곳에 도착
했다. 작은아들은 지쳐서 말도 못하는 지경이라 도중에
다른 노인이 대신했다. 관을 드는 일에서 해방된 그는
막내 여동생의 손을 잡고 '우나시' 옆을 떠나지 않았다.
　"저기가 아미도예요."
　아단과 용수 밀림 끝에 어두침침한 구멍이 보였다. 수
목이 만든 터널 끝에 뭔가 있는 모양이다. 관이 간신히
지날 정도로 좁은 통로를 장례 행렬이 한 줄로 빠져나가
자 둥그런 광장 같은 풀밭이 펼쳐졌다. 정면의 석회암 절
벽에 커다란 동굴이 있고, 그 입구에 줄지어 놓인 관들이
멀찌감치 보였다. 섬의 묘지다. 동굴 옆에는 아단 지붕을
인 허름한 오두막집이 있다. 묘지기가 사는 곳일까?

그때, 오두막 그늘에 서서 흐느끼는 젊은 여자가 보였다. 키가 크고, 초면임에도 어딘지 친숙한 생김새였다. 눈썹이 아름다운 호를 그리고 어진 눈에서는 생기가 느껴진다. 여자의 얼굴을 훔쳐본 '우나시'는 눈을 떼지 못하고 그 자리에 못박혀버렸다. 여자는 '우나시'를 보지 못하고 허름한 옷의 소맷자락으로 연신 눈물을 훔치고 있다.

"저 여자는 누구냐?"

한눈에 마음을 뺏긴 '우나시'가 옆에 있던 작은아들에게 물었다.

"밤의 무녀 야요이 님이에요."

낮의 무녀와 밤의 무녀. 저 여자가 말벌에 쏘인 가미쿠 남편의 여동생인가. 나는 야요이를 만나기 위해 열아홉 살의 '우나시'로 되살아나 그의 몸을 빌려 바다뱀 섬으로 이끌려온 건지도 모른다. 마음속에 확고한 생각이 가득차서 숨쉬기 힘들 지경이었다. 장례가 한창인데도 마구 뛰어다니며 소리치고 싶을 만큼 커다란 기쁨이 솟구쳤다. 이것이 삶의 아름다움이구나 생각하며, '우나시'는 잘려나간 제 왼팔을 바라보았다.

관을 안치하라는 섬장의 명령에 '우나시'는 노인들과

함께 동굴로 들어갔다. 동굴 안은 낡은 관들로 가득했다. 입구에 가까울수록 새것이고, 안쪽의 썩은 관에서는 백골이 비어져나와 있었다. 비교적 새것 같은 관은 말벌에 쏘인 가미쿠 남편의 것이리라. 관을 안치하고 밖으로 나오자 마침 이곳까지 걸어온 야요이와 눈이 마주쳤다.

무심결에 '참으로 아름다운 여인이로구나'라는 옛말이 튀어나올 뻔했다. 이자나미에게 했던 말이다.

야요이는 낯선 '우나시'를 보고 경계하는 표정을 지었지만, '우나시'는 그 눈에 서린 놀라움을 놓치지 않았다. 다른 세계에서 온 자를 확인한 놀라움. 그리고 생각지 못하게 호감 가는 사내를 발견한 놀라움이 틀림없었다. 함께 다른 세계로 갑시다, '우나시'는 속으로 야요이에게 말을 걸었다. 이 섬을 나갑시다, 라고. 그러자 야요이가 묘한 표정으로 돌아보았다. 내 목소리가 들린 걸까? 또 말을 걸어본다. 야요이가 다시금 그를 돌아보았다. 애태우는 강한 눈빛이 보인 듯하다. 처음 만나자마자 지금까지 서로를 위해 살아왔음을 느끼는 순간이 있다. 지금 이 순간이 그랬다.

"야요이 님, 이쪽으로."

그러나 야요이는 섬장에게 불려 앞으로 나갔다.

"느닷없이 이렇게 되어 미안하구나. 네 관을 아직 준비하지 못했다. 곧 만든다 하니 너는 내일 아침까지 이걸 마시도록 해라."

섬장이 야요이에게 액체가 든 토기 같은 것을 건넸다. 깊은 비탄의 분위기가 느껴져 주위를 둘러보니 장례에 참석한 마을 사람들이 고개 숙여 울고 있었다. '우나시'는 얼핏 관이라는 말을 듣고 불안해져 가미쿠의 작은아들에게 물었다.

"무슨 일이냐?"

아이는 아무 말도 못하고 흐느껴 울었다. 큰딸도 눈물을 흘리며 고개를 들지 못했다. 갑자기 고조된 슬픔과 괴로움에 더 나쁜 일이 일어날 듯한 예감이 들었다. 그러나 장례는 섬장이 야요이에게 토기 항아리를 건네며 끝난 모양이었다. 야요이만 남기고 모두 말없이 광장을 떠났다. '우나시'도 쫓기듯 아미도를 뒤로했지만, 야요이 혼자 음습한 아미도에 남을 것을 생각하니 가여워서 견딜 수 없었다. 적당한 때 야음을 틈타 아미도로 돌아오기로 마음먹었다.

"이제 뭘 하나?"

'우나시'는 지친 기색으로 터덜터덜 걸어가는 작은아

들을 따라잡고 물었다. 다른 사람들은 집으로 돌아가는지 뿔뿔이 흩어졌다.

"섬사람들이 집으로 올 테니 다함께 식사를 준비해야죠."

"야요이 님은 어떻게 하고?"

아이가 멈춰 서서 고개를 들었다.

"원래 밤의 무녀는 상이 끝날 때까지 아무도 만나면 안 돼요. 밤의 무녀는 죽은 사람과 지내니까요."

"그렇지만 이번에는 다르다는 말인가?"

아이는 말끝을 흐렸다.

"잘 모르겠어요."

'우나시'는 아미도로 돌아가 야요이와 이야기하고 싶었지만 도저히 허락될 분위기가 아니어서 그대로 가미쿠 가족과 함께 섬을 가로질러 기도소와 가미쿠의 거처가 있는 동쪽 끝 곳으로 갔다. 절벽에서 바다를 내려다보며 자신이 타고 온 배가 정박해 있는 것을 확인했다. 가미쿠는 분명 이곳에서 뛰어내린 것 같았다.

해가 저물고 조촐한 '연회'가 시작됐다. 조개와 해초, 말린 생선 지느러미살 구이가 술과 함께 나왔다. 쌀로 빚은 술이었다. '우나시'는 술을 마셨다. 목이 말랐던 터라 생각보다 맛있었다.

"정말 감사하오. 덕분에 가미쿠 님이 섬으로 돌아왔고, 다음 대로 무사히 승계하게 됐구려."

섬장이 노인과 여자들의 도움을 받아 인사하러 왔다.

"무슨 말씀이신지?"

'우나시'가 묻자, 섬장은 흐린 눈으로 다른 쪽을 보며 말했다.

"가미쿠 님이 죽으면 밤의 무녀도 죽어야 한다오. 가미쿠 님은 그게 싫어서 바다에 몸을 던졌겠지. 시체가 떠오르지 않으면 죽었다고 판단할 수 없으니까. 그러나 당신이 시체를 날라다준 덕분에 다음 대로 넘어갈 수 있게 되었소. 저 쌍둥이들이 열여섯 살이 될 때까지는 예비 무녀들이 역할을 대신하겠지만, 큰 문제는 없겠지. 가미쿠 님의 대가 조금 화려했으니 분위기가 달라져도 나쁘지 않아."

"어째서 야요이 님이 죽어야 합니까?"

'우나시'는 갑자기 굳어버린 듯한 혀로 물었다.

"이 섬은 낮과 밤이 한 쌍이오. 양과 음이니까."

가미쿠가 장례식을 배려해서가 아니라 야요이의 죽음을 막기 위해 발에 돌을 매달았음을 '우나시'는 깨달았다. 송장을 섬으로 데려오는 것은 가미쿠의 뜻이 아니었다. 지금 이 시간 야요이가 죽어가고 있을지도 모른다고 깨달은 '우나시'는 황급히 일어서려고 했다. 그러나 균형을 잃고 철퍼덕 쓰러졌다.


7


아마 방 한구석에서 정신을 잃은 모양이다. 눈을 뜬 '우나시'는 오른손을 뻗어 주위에 아무도 없음을 확인했다. 아직 '연회'가 벌어진 방에 있음을 깨닫고 안도했다. 간신히 일어서긴 했지만 머리가 어지러웠다. 타관 사람이라고 술에 마취약이라도 탔나보다. 어떤 섬에는 맹독 식물도 있다고 하니 눈이라도 뜬 것이 다행이었다. '우나시'는 더듬더듬 밖으로 나갔다. 우물을 찾아내 입을 헹구고 물을 마셨다.

달이 서쪽으로 기울었다. 새벽이 가깝다. '우나시'는 비틀거리며 간신히 서쪽을 향해 걸었다. 마음은 급한데 몸이 생각처럼 움직이지 않아 애가 탔다. 야키나히코였던 시절, 조개 팔찌를 낀 사람들이 사는 마을에서 주술사가 했던 말이 생각났다.

'야마토와는 다른 독도 존재한다고 합니다.'

틀림없이 야요이의 운명을 두고 한 말일 것이다.

족히 한 시간은 걸려서 겨우 아미도에 도착하자 두런두런 사람들의 말소리가 들렸다. 노인 여러 명이 선 채로 소리 낮춰 이야기하면서 수목 사이의 구멍 너머를 바라보고 있었다. 아미도에 있는 야요이가 도망치지 못하도록 밤새워 지키는 것이리라. 무시무시한 섬이다. '우나시'는 진저리를 쳤다. 들키면 마취약 정도로 넘어가지 않을 터. 하는 수 없이 일단 서쪽 해안으로 내려가 아미도 쪽으로 짐작되는 절벽을 오르기 시작했다. 동쪽 하늘이 희부옇게 밝아왔다. 절벽을 오르기에는 도움이 되었지만, '우나시'는 야요이가 이미 죽지는 않았을까 하는 걱정뿐이었다.

겨우 올라가니 묘지가 있는 동굴 바로 위였다. 아래를 보자 오두막에 아직 불이 켜져 있다. 늦지 않았구나 하고 기뻐하며 뛰어내려가 문밖에서 가만히 불렀다.

"야요이, 살아 있소?"

초라한 오두막 문이 조심스레 열리더니 야요이가 얼굴을 내밀었다. 울어서 눈이 퉁퉁 부었다. '우나시'는 안도하며 야요이의 손을 잡으려 했다. 그러나 야요이는 불안스레 물었다.

"당신은 누구세요?"

'우나시'는 대답 대신 속삭였다.

"어서 도망치자. 서둘러야 해."

"하지만 어떻게?"

야요이는 비명에 가까운 소리를 질렀다. 수목으로 덮인 아미도를 찢을 듯한 소리여서 밖을 지키는 노인들 귀에는 단말마로 들렸을지도 모른다. 그러나 '우나시'는 그것에서 야요이의 강한 분노를 느꼈다. 도망치고 싶다, 살고 싶다, 다른 세계로 가고 싶다, 누군가를 사랑하고 싶다. 그런데도 강제로 목숨을 끊어야 한다는 분노였다. 낮에 '우나시'가 야요이에게 보낸 기가 통했는지도 모른다.

야요이가 '우나시'의 오른손을 꼭 쥐었다. 손이 파르르 떨렸다.

"불가능해요. 이 섬은 작아서 나갈 수가 없답니다. 출구는 노인들이 지키고 있고, 앞쪽은 '오시루시'까지 가시 돋친 아단 숲이 이어져요. '오시루시' 너머는 아무도 가본 적이 없고요. 북쪽 곶으로 나가는 길이 있다고 하지만, 배가 없으니 섬을 떠나지는 못해요. 전 도망칠 수 없어요." 야요이가 빠르게 속삭였다.

"'오시루시' 너머에는 무엇이 있지?"

야요이는 불안한 시선으로 잠깐 동쪽 하늘을 보고는 북쪽을 가리켰다.

"아단 숲을 가르는 길이 있다고 해요. 그곳을 지날 수 있는 사람은 대무녀님뿐. 그 외에는 아무도 간 적도 본 적도 없답니다. 하지만 아단 숲을 빠져나가면 북쪽 곶이 나온다고들 해요."

"북쪽 곶이라. 알겠다. 그럼 거기서 기다려라. 나는 항구에서 쪽배를 훔쳐 북쪽으로 갈 테니."

"저 혼자 갈 수 있을까요?"

야요이가 불안하게 말하자 '우나시'는 용기를 북돋웠다.

"여기 있으면 독을 마시고 죽을 뿐이야. 그 젊은 나이에 가미쿠 님과 나란히 관에 들어가야 한다고. 그러지 말고 나하고 살자."

'우나시'는 야요이를 꽉 끌어안았다. 갑작스러운 행동에 야요이가 경직됐다. '우나시'는 오른손으로 야요이의 턱을 가만히 잡고 살짝 입을 맞추었다. 생명을 불어넣었다. 아니, 일찍이 신이었던 자신이 유한한 생명밖에 없는 인간에게서 소중한 생명을 받는 것이다. '우나시'는 눈을 감고 야요이의 생명을 받아들이려 했다. 그때 야요이가 '우나시'의 왼손을 보고 놀라서 물었다.

"어쩌다가 이렇게?"

"뱀독 때문이다."

야요이는 눈을 돌리지 않고 '우나시'를 바라보며 왼손을 들어올려 절단 부위에 가만히 뺨을 갖다댔다.

"내가 당신의 왼손이 될게요."

틀림없다. 나는 이 여자를 만나기 위해 여기까지 왔다. '우나시'는 안심하고 야요이의 등을 밀었다.

"시간이 없다. 서둘러라. 가능하면 날이 새기 전에 섬을 떠나고 싶으니. 섬사람들은 동이 터야 밖으로 나올 테지."

야요이는 튕겨나가듯 북쪽으로 뛰어갔다. 아미도의 밀림을 빠져나가 '오시루시'를 지나면 쭉 외길이 이어진다. 어차피 달리 달아날 길이 없었다. 야요이가 불안한 듯 돌아보자 '우나시'는 손을 저어 어서 가라고 신호했다. 그리고 배를 구하러 돌아섰다.

서둘러야 한다. '우나시'는 동굴 뒤쪽 절벽을 내려가 해안으로 나왔다. 그리고 다시 다른 장소로 올라가 수목에 숨어 동남쪽 항구로 향했다. 날이 밝으면 여자들이 조개와 물고기를 잡으러 나올 것이다. 그전에 쪽배를 훔쳐야 한다. 조개잡이 배가 정박해 있는 것은 아침까지다. 북쪽 곶에서 야요이를 쪽배에 태워 배로 돌아가야 한다.

그러나 해변에는 이미 섬사람들이 있었다. 어제 가미쿠의 송장을 관에 넣었던 바지런한 중년 여자들이다. 게다가 어제까지 물에 떠 있던 쪽배가 뭍으로 나왔다. 여자들이 배를 둘러싸고 뭔가 상의중이다.

"잠깐만요." '우나시'가 말을 걸었다. 갑자기 나타난 그를 보고 여자들이 놀란 내색을 했다.

"이 배를 좀 빌려주시겠습니까?"

여자 하나가 고개를 가로저었다.

"안 돼요. 섬장님이 이 배로 관을 짜라고 하셨어요. 그래서 어젯밤부터 말리던 참이고요."

"누구의 관을?"

여자들은 고개를 숙이고 대답하지 않았다. 야요이의 순사를 언급하기 꺼리는 것이리라. 야요이가 혼자 아무도 모르게 죽기를 바라는 것이다.

"관이라면 나무를 베어서 짜야죠. 아무리 쪽배라지만 섬에 배 한 척도 없으면 곤란할 텐데요."

'우나시'가 어이없어하자 여자들도 곤혹스러운 얼굴로 마주보았다.

"동료들이 탄 배에 일이 생겨서 그러니 잠시만 빌려주세요. 바로 돌아올 겁니다. 부탁을 들어주시면 답례로 뭐든 가져다드리지요."

"혹시 곡식이 있으면."

한 여자가 머뭇거리며 말하자 다른 여자가 덧붙였다.

"옷감도 부탁해요. 어떤 옷감이든 좋으니. 섬이 점점 가난해지고 있어서요."

"당신은?"

마지막 여자는 한참 망설인 끝에 대답했다.

"당신이 타고 온 조각배를 주세요."

"그럼 더더욱 배로 관을 짜기는 접는 편이 낫겠군요."

'우나시'의 대답에 여자는 한층 망설이는 표정을 지었다.


여자들의 도움으로 쪽배를 밀어 간신히 바다에 띄웠다. '우나시'는 정박된 조개잡이 배를 곁눈으로 확인하고 북쪽 곶을 향해 한 손으로 노를 저었다. 해류가 세서 쉽게 나아가지 못했지만 날이 밝음과 거의 동시에 북쪽

곳에 도착했다. 야요이는 아직 보이지 않았다. 도중에 잡힌 게 아닌지 '우나시'는 안절부절못했다.

북쪽 곶은 바위가 많아 배를 댈 수 없었다. 자칫하면 부서질 것 같아서 여기저기 적당한 장소를 찾는 사이 끝내 아침해가 떠올랐다. 야요이는 아직 오지 않았다. 아침이 되면 섬장과 사람들이 아미도에 몰려가 야요이가 무사히 죽었는지 확인할 것이다. 도망간 것이 들키면 목숨이 남아나지 않는다. '우나시'는 야요이의 안위에 애를 태웠다. 이 이상 지체되면 조개잡이 배에서 '우나시'를 데리러 올 것이고, 그가 돌아가지 않은 것이 들통날 것이다. 초조한 마음으로 기다리는데 아단 수풀 속에서 드디어 야요이가 나타났다. 야요이는 '우나시'를 보고 안도한 표정을 지으며 이마에 맺힌 땀을 닦았다.

"다행이다, 다시 만났구나."

상처투성이가 된 맨발에서 피가 흐르는데도 무사히 도망친 기쁨에 눈이 반짝거렸다. '우나시'가 오른손을 내밀었지만 야요이는 대답도 하기 전에 재빨리 바다에 뛰어들어 헤엄쳐와서 뱃전을 붙잡았다. '우나시'가 끌어올려주자 배가 크게 출렁거렸다. 흠뻑 젖은 야요이는 출렁임이 멎는 순간 잽싸게 다른 쪽 노를 잡아 젓기 시작했다.

"몸이 젖어서 추울 텐데."

"됐어요. 빨리 섬을 떠나고 싶어요."

"괜찮아. 다른 배는 없으니까."

'우나시'의 말에 안심했는지 야요이는 그제야 크게 숨을 내뱉고 북쪽 곶을 올려다보았다. 바다 쪽에서 보니 깎아지른 절벽 곳곳에 새하얀 나팔나리가 피어 있었다.

"신기해라. 나는 바다 쪽에서 섬을 본 적이 없어요. 이렇게 생겼군요. 생각보다 작네."

그리고 야요이는 '우나시'의 얼굴을 똑바로 바라보았다.

"그런데 당신은 누구세요?"

"우나시라고 한다."

"어디서 왔어요?"

"야마토."

"거긴 어떤 곳이죠?"

야요이는 잇따라 질문을 퍼부었다.

"아름다운 곳이지만, 여기 없는 독도 있지."

'우나시'의 대답에 야요이는 떠오르는 아침해 쪽으로 고개를 돌렸다. 함뿍 젖은 아름다운 얼굴이 주황빛으로 물드는 것을 '우나시'는 눈부시게 바라보았다.

"독이 있군요. 그래요, 낮이 있으면 밤이 있고, 양이 있으면 음이 있죠. 겉과 속, 백과 흑. 세상은 둘로 나뉘어야 해요. 하나만으로는 아무것도 낳을 수 없으니까요. 둘이라야 비로소 서로를 북돋아 의미를 만든다고 해요."

"멋지구나. 누가 그런 말을 해줬지?"

"가미쿠 님. 최근에 살아갈 기력을 잃으셨지만 많은 얘기를 해주셨어요. 그렇게 돌아가시다니 너무 슬퍼요."

문득 생각이 났는지 야요이의 뺨에 눈물이 흘렀다.

"가미쿠 님은 왜 투신했을까?"

"너무 큰 거짓을 자백받아 견디기 힘드셨나봐요."

야요이의 얼굴에 그늘이 졌다.

"그게 무슨 말이냐?"

"가미쿠 님의 부군은 마히토, 제가 오빠로 알고 지낸 분이죠. 그런데 그분이 벌에 쏘여 죽기 전 가미쿠 님에게 큰 비밀을 털어놓았대요. 제가 가미쿠 님의 여동생과 그분 사이에 태어난 딸이라고. 그러니 저는 가미쿠 님의 조카이며 사실은 '양'이라고요. 그분은 그런 저를 자신의 여동생, 즉 차위 무녀 집에 태어난 딸이라고 섬장에게 알렸고, 나는 밤의 무녀가 되고 말았어요. 옛날에는 어둠의 무녀가 되는 것이 내 운명이라 여겼는데, 가미쿠 님이 이 얘길 해주신 뒤로는 견디기 힘들어지더군요. 살려주셔서 정말 감사해요."

야요이는 손등으로 뺨에 흐르는 눈물을 닦았다. '우나시'는 야요이의 손을 잡았다. 손이 눈물로 젖어 있었다.

"그럼 네 어머니는?"

"내 어머니는 나미마라는 분이에요. 가미쿠 님의 동생, 음이자 어둠의 무녀였어요. 그런데 나를 밴 뒤 아버지와 함께 도망쳤대요. 우리처럼 배를 타고 섬을 탈출했다고 들었어요. 그런데 배 위에서 나를 낳고 돌아가셨죠."

"난산으로?"

"아뇨, 다른 이유였던 모양이에요. 아버지도 분명하게 말씀하시지 않았지만, 가미쿠 님은 아버지가 어머니를 죽인 게 아닐까 의심하셨어요. 아버지는 가미쿠 님과 살기 위해, 그리고 우미가메가를 살리기 위해 나를 데리고 섬으로 돌아오려 하셨던 거예요. 그게 사실이라면 돌아가신 어머니는 아버지를 절대 용서하지 않겠지요."

"상대를 용서하지 않는 이들이 많구나."

'우나시'의 혼잣말에 야요이가 의아한 듯이 그의 얼굴을 보았다.

"당신에게도 용서 못할 일이 있나요?"

'우나시'는 해안에 정박한 조개잡이 배를 확인하면서 아무 대답도 하지 않았다. 야요이를 아내로 삼으면 이자나미가 어떻게 나올까. '우나시'가 이자나키임이 드러나면 야요이가 살해당하리라는 것이 불 보듯 뻔하다. 어떻게 막을 방법이 없을까.

요모쓰히라 언덕에 가서 이자나미와 대화할 수는 없을까. 하지만 한낱 인간인 자신에게 그런 능력이 남아 있을지 의문이다. 사람이 아니면 사람을 사랑할 수 없다. 신이 아니면 초월적인 힘을 지닐 수 없다. 어떻게 하면 야요이를 지킬 수 있을까.

'우나시'는 열심히 노를 젓는 야요이의 옆얼굴을 바라보며 사념에 잠겼다.

5장

정말 멋진 분이시군요

# 1

　나는 지하 신전을 정처 없이 돌아다녔습니다. 야요이가 짊어진 공포와 부정을 덜어달라고 기도하면서. 그러나 나는 죽은 자. 어찌할 수 없는 초조와 걱정에 주위 어둠이 한층 짙어졌습니다. 이자나미 님이 옳았습니다. 야요이의 끔찍한 운명을 알게 되느니 말벌이 되지 말았어야 하는데.

　기둥 그늘에 웅크린 마히토의 혼이 보였습니다. 마히토의 모습을 한 허망한 혼은 나를 슬프게 합니다. 그가나를 죽인 사실을 기억 못하거나 자신이 내뱉은 거짓말을 잊어서가 아니라 죽은 자의 허망함과 견디기 힘든 아픔 때문입니다. 섬에 남은 우리 딸이 어둠의 무녀가 되어 지난날 내가 저주했던 운명을 이어받았다니 도저히 가만있을 수가 없습니다. 더구나 마히토가 자기 가족을 살리기 위해, 그리고 어릴 때부터 마음을 나누며 사랑한 가미쿠와 결혼하기 위해 저지른 일임을 알았으니까요. 나의 상념은 끝없이 돌고 돌아 마침내 원망에 이르렀습니다.

나의 원망은 죽은 뒤 생겨난 것인데, 죽은 자가 이런 부정적인 감정을 품을 수 있을 줄은 생각도 못했습니다. 도저히 포기할 수 없고, 왜 이렇게 됐느냐며 마히토를 탓하고 싶었습니다. 나는 이자나미 님의 마음을 잘 이해한다고 생각했지만 진짜 원망은 그렇게 어설픈 것이 아니었습니다. 나는 마히토의 배신을 안 뒤에야 이자나미 님의 마음을 비로소 진심으로 이해할 수 있었습니다. 그리고 내가 어째서 황천국에 있는지도요.

오늘도 마히토는 평소처럼 시무룩한 얼굴로 멍하니 어둠을 바라봅니다. 왜 황천국에 왔는지, 자신이 누구인지도 아직 모르겠지요. 방황하는 가련한 혼. 영영 성불하지 못하고 슬픔만 가득한 존재가 되어버린 마히토. 어딘가 내 모습을 닮은 것 같기도 합니다. 바다뱀 섬을 나올 때는 나와 마히토에게 이런 운명이 기다릴 줄 생각도 못했습니다.

"마히토, 안녕."

내가 인사하자 마히토는 내 쪽을 보지도 않고 정중히 답례했습니다. 어두운 밤, 필사적으로 낯익은 얼굴을 찾는 겁먹은 아이처럼 쓸쓸한 시선이 이리저리 헤맵니다. 다가가보니 미간에 작은 흉터가 있습니다. 말벌이 된 내가 쏜 자리겠지요. 나는 미간을 가리키며 물었습니다.

"여긴 왜 이래요?"

마히토는 흠칫 놀라 손으로 흉터를 만졌습니다. 그리고 당황한 얼굴로 대답했습니다.

"글쎄요, 모르겠습니다."

"좀 부은 것 같은데. 아팠겠네요."

마히토는 손으로 흉터를 가렸습니다.

"기억나지 않아요."

"말벌에게 쏘인 것 아니에요?"

나는 거듭 물었습니다. 마히토가 현세를 아예 기억 못한다면 모를까, 잘못 기억하는 것 같아 초조해졌습니다. 말벌이 되어 바다뱀 섬을 보러 간 이후 내 혼마저 사악

해져버린 것 같습니다.

"기억나지 않아요. 미안합니다."

마히토는 괴로운 듯 고개를 돌렸습니다. 그는 자신이 죽은 줄도 모르고 기억도 잃은 심약한 남자가 되어버렸습니다.

앞서 죽은 나의 괴로움, 당신과 딸을 걱정하며 이별에 애달파한 나의 슬픔, 차라리 감정 따위 없는 편이 낫겠다며 끝없는 어둠 속에서 울부짖던 절망. 이 모든 것을 당신도 느껴보라고 온통 증오를 퍼붓고 싶었습니다.

"왜 모르나요. 당신은 내가 필요 없어져서 목 졸라 죽였잖아요! 그리고 우리 딸을 동생이라고 속여 어둠의 무녀로 만들었고요!"

"그게 정말입니까?"

"정말이냐고 묻지 마세요. 당신은 가미쿠를 좋아했지 나 같은 건 안중에도 없었죠."

"가미쿠는 내 아내가 맞지만, 미안합니다. 당신이 무슨 말을 하는지 도통 모르겠어요."

"나는 가미쿠의 여동생 나미마예요."

"들어본 것 같지만 기억나지 않습니다."

"당신은 어둠의 무녀였던 나미마와 함께 섬을 탈출했

어요. 그러다 나미마를 죽이고 둘 사이에 태어난 야요이를 섬으로 데려가 '여동생'으로 삼았죠. 당신은 살인자예요."

마히토가 입술을 떨면서 내 눈을 보았습니다. 아마 내 눈도 이자나미 님처럼 초점이 맞지 않았겠지요. 마히토는 보아서는 안 될 것을 마주한 듯 당황하며 시선을 떨구었습니다.

"난 아무도 죽이지 않았어요. 아기와 함께 배를 타고 돌아오긴 했지만, 그런 기억은 나지 않습니다."

"거짓말쟁이. 야요이라는 이름도 우리 둘이서 지었다고요."

자기한테 편한 것만 기억하는 마히토는 자신감을 잃은 듯 양손으로 얼굴을 가렸습니다. 그때, 지하 신전 곳곳에서 기둥 뒤의 어둠이 더욱 짙어졌습니다. 모든 혼들이 마히토를 동정하고 나의 사악함에 분노하는 것이겠지요. 아무한테도 이해받지 못하는 나는 뼈저리게 고독했습니다.

"죽을 때 느낌이 어땠어요?"

나는 다시 물었습니다.

"괴로웠습니다." 죽음의 고통이 생각났는지 마히토가

몸서리를 쳤습니다. "갑자기 얼굴이 부어오르더니 앞이 보이지 않고 점점 숨을 쉬기 힘들었습니다. 무슨 영문인지 몰랐지만 무척 괴로웠습니다."

"고소하네요."

"그래요? 그런 말을 들으니 속상하군요." 마히토가 어깨를 축 늘어뜨렸습니다.

"당신은 무엇에 미련이 남아 여기 있죠?"

"가족이 걱정됩니다. 가난한 섬에서 어떻게든 먹고살려면 내가 물고기를 잡아와 쌀과 바꿔야 하는데."

나는 내 행동이 허무하고 추하게 느껴져 크게 탄식했습니다. 아무것도 기억하지 못하는 마히토를 탓해봐야 소용이 없습니다. 그럼 나의 원한은 어떻게 풀어야 할까요. 차라리 모든 걸 잊고 떠도는 혼이 되고 싶었습니다.

"나미마, 거기 있느냐?"

희푸른 빛에 둘러싸인 사람의 형체가 다가왔습니다. 이자나미 님이었습니다.

"예, 여기 있습니다."

마히토는 겁먹은 듯 이자나미 님을 올려다보더니 기둥 뒤로 숨으려 했습니다. 몸이 없으니 억지로 막을 수는 없습니다. 나는 마히토와의 대화를 중단하고 이자나미 님을 기다렸습니다.

"무얼 하고 있었느냐?"

"마히토를 나무라고 있었습니다."

언제나 언짢은 듯 미간을 찌푸리고 있는 이자나미 님은 오늘따라 더욱 불쾌한 표정을 지으셨습니다.

"나미마, 요즘 네 모습이 평소와 다르구나. 그 남자는 너를 기억하지 못한다."

"이자나미 님, 마히토는 괴로워해도 됩니다. 기억 못 하는 쪽이 나쁜 겁니다."

나는 눈물을 흘렸습니다. 투명한 뺨이 이상하게 뜨거워진 기분이 듭니다. 지옥 같은 이곳이 싫어서 나도 모르게 말해버렸습니다.

"이제 이런 곳에 있는 것도 지긋지긋합니다."

아차 싶었습니다. '이런 곳'을 다스리는 여신이 다름 아닌 이자나미 님인데요.

"죄송합니다."

나는 엎드려 사죄했지만, 이자나미 님은 얼굴을 잔뜩 찌푸리실 뿐 아무 말도 하지 않았습니다.

"그나저나 너와 의논할 것이 있다."

이자나미 님은 나를 데리고 사자를 결정하는 방으로 향

하셨습니다. 그리고 화강암 의자에 앉아 말했습니다.

"이자나키가 조금 전에 죽은 것 같다."

나는 아연했습니다. 그러고 보니 이자나미 님의 몸을 덮고 있는 분노의 불꽃이 오늘은 조금 얇어 보입니다. 그러나 이자나키 님은 신입니다. 신이 완전히 죽는다는 것이 가능할까요? 하긴 돌아가신 이자나미 님이 이렇게 황천국을 다스리시는 것을 보면, 이자나키 님도 황천국으로 떠나신 걸까요? 아니, 신이 죽으면 다카마가하라로 가신다고 들은 적이 있습니다. 그런 이유에서도 이자나미 님은 고고한 여신님입니다.

"이자나키 님은 돌아가시고 어떻게 되셨습니까?"

"모른다. 이자나키는 오랫동안 야키나히코라는 인간 남자의 모습으로 지냈다. 그런데 젊은 시종이 목을 베어 죽였다고 한다. 끝내 살아나지 못했다는구나. 참매가 그 모습을 보고는 죽인 남자에게 복수했다는데, 그뒤의 일은 모르겠다."

"어쩌다 돌아가셨을까요? 시종에게 그럴 만한 힘이 있었던 걸까요?"

"자세한 사정은 모른다." 이자나미 님은 팔걸이에 팔을 올리고 턱을 괴셨습니다. "이자나키도 삶에 질렸나

보지. 언제 끝날지 모르는 채 여자들을 전전하며 아이를 낳아왔으니."

이자나미 님은 허망한 표정을 지으셨습니다. 평소처럼 사자를 정하는 일을 시작할 마음이 들지 않는지, 검은 우물물이 담긴 접시도 돌바닥에 방치되어 있었습니다.

불현듯 무서운 사실을 깨달았습니다. 나는 마히토를 향한 원한에 사로잡혀 누군가의 죽음을 바라고 있었습니다. 그러면 황천국에 갇힌 이자나미 님의 마음과 마찬가지가 아닙니까. 원한이란 무서운 것입니다. 누군가가 나를 말려주었으면. 나는 양팔로 제 몸을 끌어안으며 떨었습니다.

"부탁이 있습니다. 이자나미 님. 비록 성불은 못하더라도 부디 저를 평범한 혼으로 돌아가게 해주십시오. 어둠 속으로 사라져 조용히 살고 싶습니다. 마히토의 얼굴도 보기 싫습니다. 모든 걸 잊고 그저 조용하고 평온하게 지내도록 해주십시오. 괴로움은 이제 충분합니다."

내가 발밑에 엎드려 부탁드리자 이자나미 님이 우울한 얼굴을 들었습니다.

"나미마, 너의 괴로움이 대체 무엇이냐?"

"이자나미 님과 같습니다. 원한과 걱정입니다. 마히

토를 향한 원한과 딸의 운명을 걱정하는 마음. 이 두 가지를 어떻게 달래야 좋을지 모르겠습니다. 이자나미 님도 잘 모르실 테니 저를 평범한 사자로 만들어주십시오. 어둠을 떠도는 혼이 되고 싶습니다."

"나미마는 나의 괴로움을 이해하는 줄 알았다."

"과대평가십니다. 저는 그저 질투 많고 보잘것없는 여자일 뿐입니다."

나와 이자나미 님 사이에 얼음 같은 침묵이 흘렀습니다. 이런 말까지 했으니 벌받을 각오를 해야겠지요. 나는 엎드린 채 그 벌이 진정 죽음이기를 바랐습니다.

"가미쿠는 네가 살던 섬의 낮의 무녀지?"

이자나미 님이 뜻밖의 이름을 꺼내셔서 나는 번쩍 고개를 들었습니다.

"예, 저와 한 살 터울인 언니입니다. 가미쿠에게 무슨 일이라도?"

"가미쿠도 죽은 것 같다."

나는 믿을 수 없었습니다. 내 아름다운 언니, 언제나 당당하고 위엄 있고 만사에 빼어나던 대무녀 가미쿠. 마히토가 좋아할 만했던, 섬에서 제일가는 여자.

"어쩌다 죽었습니까?"

"절벽에서 뛰어내렸다고 들었다."

나는 한숨을 쉬었습니다.

"제 탓입니다. 제가 마히토를 죽인 뒤로 살기 싫어졌을 테지요."

"누구 탓으로 어찌됐는지는 생각해봐야 소용없다."

이자나미 님은 신물이 난다는 듯 말씀하셨습니다. 그러나 나는 걱정을 누를 수 없었습니다. 가미쿠가 죽었다면 야요이도 죽어야 할 터. 야요이는 어떤 심정으로 그 운명을 맞았을까요. 나는 작심하고 이자나미 님께 물었습니다.

"야요이는 어떻게 됐습니까?"

"그것도 모른다. 아직 혼이 오지 않은 걸 보니 만족스럽게 죽었을지도 모르지. 하여간 나는 모른다."

나는 조금 안심했습니다. 그러나 내가 말벌이 되어 저지른 일들이 커다란 파문을 일으키고 섬사람들의 운명을 바꿔버렸습니다. 가미쿠가 자살한 것도 마히토의 죽음을 비관한 탓이겠지요.

"이자나미 님, 부탁이 있습니다."

내 말에 이자나미 님이 돌아보셨습니다. 나는 이자나미 님 역시 목적을 잃고 허망한 표정을 짓고 있음을 느껐습니다. 이자나미 님이 단호히 말씀하셨습니다.

"나미마, 너를 평범한 혼으로 되돌려놓을 수는 없다."

"그것이 아닙니다."

"그럼 뭐냐?"

이자나미 님이 다시 마주보시자 나는 분명하게 말씀 드렸습니다.

"천 명의 사자를 정하는 일을 제게 맡겨주십시오."

이자나미 님의 한쪽 뺨에 조소가 떠올랐습니다. 너는 인간이 아니냐고 말씀하고 싶으시겠지요. 나는 거듭 말씀드렸습니다.

"이자나미 님의 일을 무녀인 제가 돕겠습니다. 방법도 간단하지 않습니까? 지하 신전의 우물에서 검은 물을 길어와 지도 위에 뿌리는 것. 그렇게 하루 천 명의 인간에게 죽음을 내리시잖습니까."

이자나미 님이 무섭지는 않았습니다. 이 신전에서 마히토를 마주하는 괴로움보다 나에게 더 큰 벌은 없었으니까요.

"신이 되고 싶으냐, 나미마? 내 일을 한다는 것은 곧 신이 된다는 것이다."

이자나미 님이 싸늘하게 말씀하셨습니다. 지금껏 들

304

어본 적 없는 낮은 목소리였습니다. 나는 필사적으로 고개를 저었습니다.

"아닙니다. 저는 무녀인 것이 좋습니다. 이자나미 님, 부디 나미마에게 명령을 내려주십시오. 그동안 지치셨을 테니 제가 천 명의 사자를 결정하겠습니다. 이자나미 님을 이해하는 존재는 저뿐이니, 그 정도 소원은 들어주셔도 되지 않습니까?"

이 얼마나 불손한 말본새인가요. 한번 입을 떼자 생각지도 못한 말이 튀어나와 마음이 공포로 움츠러들었지만, 이자나미 님은 잠자코 듣고만 계셨습니다.

가미쿠가 죽었으니 야요이도 곧 이 나라에 올지 모릅니다. 그러나 그애도 마히토처럼 나를 기억하지 못하는 허무한 혼으로 떠돌며 내 마음을 괴롭히겠지요. 지난 삶이 모두 덧없었다는 사실을 절감하니 괴로워서 견딜 수 없었습니다.

"부탁입니다, 이자나미 님. 제발."

나는 다시 이자나미 님 앞에 엎드렸습니다.

"그럼 이리 오너라."

이자나미 님이 지도 앞으로 앞장서셨습니다. 시종이 준비한 검은 물 접시가 바닥에 덩그러니 놓여 있었습니다.

"자, 나미마. 물을 뿌려서 천 명의 인간을 목 졸라 죽이거라."

이자나미 님이 접시를 건네셨습니다. 이자나미 님과 이자나키 님의 다툼에서 비롯된 천 명의 죽음. 그것은 죽음의 부정함에서 벗어나려 했던 남자가 산 원한이기도 합니다. 나는 물을 뿌리려 했지만 그럴 수 없었습니다. 단 한 번의 손짓에 천 명의 목숨이 오간다고 생각하니 도저히 할 수 없었습니다. 어쩌면 이리 겁이 많은지요.

대신 나는 과감히 검은 물을 마셔버렸습니다. 그러나 혼밖에 없는 나는 그것을 삼키지 못했고, 입가에서 줄줄 흘러내린 물에 몸이 검게 물들었습니다. '부정 타기 때문이다'라는 미쿠라 님의 목소리와 눈물로 얼룩진 내 맨 다리가 떠올랐습니다. 죽을 수 있다고는 생각하지 않았습니다. 한번 죽은 몸이니까요. 그러나 어떻게 해야 이 괴로움에서 벗어날 수 있을지 알 수 없었습니다.

"나미마, 너는 못하겠지?"

이자나미 님의 목소리가 들렸습니다. 돌바닥에 주저앉아 있던 나는 벌떡 몸을 일으켰습니다. 바로 옆에 이자나미 님이 서 계셨습니다.

"죄송합니다."

"인간의 목숨 따위는 아무렇지도 않게 여기는 것이 신이다. 너는 인간이라 겁이 나겠지만 신은 다르다. 내 괴로움은 네 괴로움과 달라."

"그럼 이자나미 님의 괴로움은 무엇입니까?"

나는 불손하게도 여쭤보았습니다.

"여신이라는 사실이다."

이자나미 님은 또렷하게 말씀하시더니 시종에게 다시 우물물을 떠오라고 명령했습니다. 그리고 아무런 주저 없이 여기저기 뿌렸습니다. 이자나키 님은 이미 이 세상에 없는데도.

나는 검은 물로 더러워진 몸을 내려다보았습니다. 대체 여신은 어떤 괴로움을 짊어지는 걸까요. 여자의 마음을 지니고서 사람의 생명을 빼앗는다는 사실일까요? 아니면 사람의 생명을 빼앗는 신이면서 아이를 낳는 여자이기도 하다는 사실일까요? 역시 나 같은 인간은 도저히 이자나미 님의 괴로움을 헤아릴 수 없었습니다. 나는 잠시나마 흐트러졌던 것을 깊이 반성하며 풀이 죽었습니다.


나는 완전히 기력을 잃었습니다. 혼이라 병이 나진 않

지만, 마히토처럼 고통스러운 기억을 잊고 떠돌고 싶은 마음뿐이었습니다. 이자나미 님을 찾아뵙지도, 마히토를 만나지도 않고, 혼자 정처 없이 어두운 황천국을 돌아다녔습니다. 어둠에 녹아버리길 바랐습니다.

어느 날, 언제나처럼 어둡고 좁은 혈도를 걷는데 차가운 바람이 뺨을 스치는 기분에 문득 뒤를 돌아보았습니다. 황천국에는 절대 바람이 불지 않습니다. 공기의 흐름이 없고, 탁한 기운이 여기저기 가라앉아 고이고 쌓여갈 뿐이지요. 그런데 바람이 느껴지다니 이상했습니다.

"나미마."

히에다노 아레의 반가운 목소리가 들렸습니다.

"아레 씨, 언제 돌아오셨어요?"

히에다노 아레는 숨이 가쁜 듯 헉헉거리며 걸어왔습니다.

"안녕, 나미마. 조금 전에 돌아왔어요. 야마토를 여행하던 중 사람에게 밟혀서 죽어버렸지 뭐예요. 개미의 목숨이란 정말 허무하더군요. 게다가 나는 죽은 뒤에 남자가 되어 있었지 뭐예요."

죽었지만 다시 말을 할 수 있게 되어서 기쁜지 히에다노 아레는 활기차 보였습니다.

"나미마, 지하 신전에 낯선 남자가 있던데 혹시 나미마의 남편 아니에요? 우미사치히코와 야마사치히코가 떠오르는 사내더군요. 기억나요? 호오리의 노래."

히에다노 아레가 노래를 부르려 했지만 나는 시선을 떨궜습니다. 실례인 줄 알지만, 마히토 이야기가 나오자 도저히 기분이 밝아지지 않았습니다. 히에다노 아레는 어리둥절한 표정을 지었습니다.

"그건 그렇고, 큰일이 생겼어요. 이자나미 님께 빨리 보고해야 해요."

"무슨 일이에요?" 내가 묻자 히에다노 아레는 놀랄 소리를 했습니다.

"뱃사람들이 잔뜩 모여서 요모쓰히라 언덕의 바위를 밀어내고 있어요. 곧 사람이 통과할 만한 공간이 생길 테니 누가 들어올지도 몰라요."

이자나키 님이 이승과 저승을 구분해놓은 바위를 인간들이 움직이고 있다는 겁니다. 천 명이 힘을 써도 움직이지 않는다는 큰 바위를 어떻게? 나는 놀라서 말했습니다.

"인간에게 지하 신전은 거대한 무덤으로만 보인다고 하던데요."

"그래도 들어오는 자가 있을 거예요. 인간은 호기심이 많으니까. 과연 누굴까요?"

아레가 기쁜 듯이 말했습니다. 지금까지 황천국을 찾아온 이는 이자나키 님뿐입니다. 그러나 이자나키 님은 남신. 인간은 거대한 지하 무덤을 두려워하고, 바위로 막힌 것을 다행이라 여기며 결코 접근하지 않았습니다.


2


아득한 저편에서 조그마한 빛이 흔들리면서 다가오는 것이 보였습니다. 산 자가 드디어 들어와서는 안 될 곳까지 들어온 모양입니다. 산 자에게 나와 이자나미 님의 모습은 반딧불보다 작은 빛으로 보이고, 다른 혼들은 어둠에 녹아들어 전혀 보이지 않는다고 합니다. 그러나 지하 묘지에 내려온 용기 있는 인간이라면 이런 짙은 어둠 속에 빼곡히 들어찬 혼들을 느끼고 숨막혀할지도 모르겠습니다.

거처에 침입한 뻔뻔한 산 자에게 이자나미 님이 얼마나 역정을 내실지 불안하기 이를 데 없었습니다. 어쩌면 천장을 무너뜨려 가둬버릴지도 모릅니다. 이 용기 있는 침입자는 어떤 인간일까요.

멀리서 남자의 목소리가 울려퍼졌습니다.

"이자나미, 거기 있으면 대답을 해주겠소? 나는 이자나키요."

이럴 수가. 인간이 아니라 이자나키 님이 다시 오시다니요. 이자나미 님이 튕기듯 벌떡 몸을 일으키셨습니다.

"이자나미, 어디 있소?"

"여기 있습니다."

이자나미 님의 목소리가 가늘게 떨렸습니다. 무리도 아닙니다. 천 년도 전에 요모쓰히라 언덕에서 절연하고 원한이 사무친 말을 주고받은 상대가 다시 찾아왔으니까요. 두 분이 재회하기 직전입니다.

신전 안이 불현듯 따뜻한 빛으로 가득찼습니다. 커다란 횃불 빛이었습니다. 평소 지하 신전을 은은하게 비추는 사람의 인燐은 파르스름합니다. 횃불을 들고 선 이는 생각보다 젊은 사내였습니다. 근육이 아직 자리잡지 않은 매끈한 몸에, 미즈라 대신 긴 머리를 한데 모아 가죽 끈으로 묶었습니다. 짧은 흰옷을 입고 오른팔에 조개 팔찌, 허리에 대검을 찼지만, 우리 섬의 어부처럼 바다 넘새도 났습니다.

"이자나미, 나는 이자나키다."

"모습이 다르군요." 이자나미 님이 떨리는 목소리로 말했습니다. "내가 아는 이자나키 님은 훨씬 나이가 많고 늠름한 분이셨습니다. 그러나 '정말 멋진 분이시군요'라고 말해드리죠."

이자나키 님을 자칭한 사내는 조금 웃는 것 같았습니다. 문득 나는 그분에게 왼손이 없음을 알아챘습니다.

"이자나미는 모습을 보여주지 않느냐?"

사내가 서운한 듯 말했습니다.

"어머나, 보이지 않습니까?"

이자나미 님은 놀란 기색이었습니다.

"보이지 않는다."

"정말 이자나키 님이 맞으신가요?"

의심하는 말투에 사내는 이렇게 대답했습니다.

"그렇다. 나는 유한한 생명을 가진 인간으로 다시 태어났다. 앞으로 몇십 년이 지나면 죽어서 이 황천국에 올지도 모르지. 스스로 신의 몸을 버린 것이다."

"어째서지요?"

"아내들이 죽어가는 걸 더이상 참을 수 없었다. 그래

서 사과하러 왔노라."

이자나미 님은 생각지 못한 말에 커다란 숨을 토해냈습니다. 젊은 사내 모습을 한 이자나키 님은 지하 신전의 차가운 돌바닥에 무릎을 꿇고 고개를 숙였습니다.

"이자나미, 내가 잘못했소. 당신이 출산으로 생명을 잃었는데도 배려심 없이 내 슬픔만 생각했구려. 참으로 어리석고 이기적이었소. 그래서 신이기를 포기했지. 나는 이제 신이 아니니 더이상 아내를 죽이지 마시오. 아니, 아내뿐 아니라 천 명의 목숨을 빼앗는 일도 접어주시오."

"그럼 당신은 산실 짓기를 그만둘 건가요?"

"잇따라 새로운 여인을 아내로 들이는 일 말이오? 두 번 다시 그러지 않겠소. 나는 열아홉 살 남자로 다시 태어나 젊은 아내를 얻었소. 그 여자와 살아가기 위해 당신에게 사과하려 하오."

"어디서 얻었습니까?"

이자나미 님의 음성은 조용했습니다. 이자나키 님이 인간 남자로 다시 태어난 것을 알고 냉정을 찾으신 건지도 모릅니다.

"바다뱀 섬이오. 어둠의 무녀 야요이를 아내로 얻었소."

세상에. 야요이는 살아남아 이자나키 님의 아내가 된 것입니다. 나도 모르게 기쁨이 끓어올랐지만 이내 이자나미 님이 걱정되어 조심스레 얼굴빛을 살폈습니다. 내 주제넘은 질문에 이자나미 님이 '여신이라는 사실'에 괴로워한다고 대답하신 뒤로 나는 한층 이자나미 님을 존경하고 안타깝게 여겨왔습니다.

그런데 이자나미 님은 이렇게 말씀하셨습니다.

"어머나, 그런 우연이. 그 아이의 어미가 황천국에서 내 시중을 들고 있습니다. 그 아이의 목숨을 빼앗기란 내게도 고통스럽겠군요."

내가 야요이를 살려달라고 간청하기 전에 이자나키 님이 먼저 말씀하셨습니다.

"이자나미, 부탁이니 야요이는 살려주지 않겠소? 나 역시 더이상 신이 아닌 필멸자가 되었으니 부디 용서해주시오."

"그럼 야요이의 목숨 대신 무엇을 내놓으시겠어요?"

나는 조마조마한 마음으로 두 분의 대화를 들었습니다.

"내 유한한 목숨으로는 부족한가보구려. 그런데 이자나미, 당신의 모습을 보고 싶은데 나타날 수 없겠소?"

"다시 남신이 되어서 오십시오."

이자나미 님이 차가운 목소리로 말씀하셨습니다.

이자나키 님은 실로 젊은이다운 민첩한 몸놀림으로 여기저기 둘러보다가 외쳤습니다.

"불이 꺼져가고 있소. 슬슬 돌아가야겠구려. 캄캄해지면 여기서 나갈 방도가 없을 것 같으니. 이자나미, 두 번 다시 만날 일은 없을 거요. 다시 만난다면 내가 죽은 뒤일 테지. 그때는 어떤 모습일지 모르니 지금 작별인사를 해두겠소."

그때였습니다. 이자나미 님이 이자나키 님에게 다가가 입김을 훅 불었습니다. 여신님의 입김에 커다란 횃불이 힘없는 촛불처럼 금세 꺼져버렸습니다. 따뜻하고 강한 빛이 순식간에 사라지고 어둠이 한층 짙어졌습니다.

"이게 무슨 짓이오?"

당황하는 이자나키 님의 목소리가 들렸습니다. 품에서 부싯돌을 꺼내 불을 댕기려 했지만 왼손이 없어서 쉽지 않은 모양입니다.

한참 후, 이자나키 님이 스러져가는 목소리로 말했습니다.

"이자나미, 부탁이니 횃불을 켜주시오. 아무것도 보이지 않는구려."

"먼 옛날 내 썩은 주검을 보았을 때처럼, 미즈라에 꽂은 빗살이라도 부러뜨려 불을 지펴보시지요."

이자나미 님이 심술궂은 말투로 놀렸습니다.

"이자나미, 이젠 그러지 못하오. 미즈라도 없고, 보다시피 빗도 꽂지 않았소. 무엇보다 불씨가 없지 않소."

이자나키 님이 초조한 듯 말씀하셨습니다.

"어머나, 그 정도도 못하십니까? 정말로 인간이 되어버렸군요."

이자나미 님이 차가운 목소리로 탄식을 섞어 외치셨습니다.

"그렇소. 부탁이오, 이자나미. 불을 붙여주지 않으면 밖으로 나갈 수가 없소."

이자나키 님의 목소리가 아까보다 약하게 들렸습니다. 시커먼 어둠이 당장이라도 칼에 베일 듯 날카로운 질감을 자아냈습니다. 우리 눈에는 이자나키 님이 신전 기둥에 부딪히고 허둥거리며 바닥을 기는 모습이 보이지만 이자나키 님은 우리를 전혀 볼 수 없습니다. 이자나미 님이 이자나키 님에게 어떻게 나오실지 나는 마음을 졸였습니다.

"이자나미, 이건 당신의 복수인가?"

이자나키 님이 노하여 소리쳤습니다.

"아니요, 복수가 아닙니다. 황천국은 산 자가 절대 들어와서는 안 되는 곳이지요. 당신은 인간의 몸이 되어 그 금기를 깼고요. 옛날과 다름이 없군요. 여전히 제멋대로예요. 항상 자기만 생각해서 다른 세계의 질서를 깨뜨리지요. 나는 신으로서, 인간인 당신에게 벌을 준 것입니다."

이자나미 님은 이렇게 말씀하셨습니다. 복수가 아니라 벌. 나는 간절한 심정으로 이자나미 님께 말씀드렸습니다.

"이자나미 님, 이자나키 님은 이미 목숨이 유한한 인간의 몸을 선택하셨습니다. 게다가 이제는 제 딸의 남편이기도 합니다. 부디 용서해주십시오."

이자나미 님이 낮게 웃었습니다.

"목숨이 유한한 몸이 무엇인지 저 남자는 아직 모른다. 이번 기회에 제대로 알라지."

그렇지만, 하고 말하려는 찰나 이자나미 님이 나를 힘껏 내쳤습니다.

"정 그렇다면 이참에 네가 도우면 되겠구나. 너는 여신 흉내를 내려 하지 않았더냐. 자, 거들거라."

"저는 할 수 없습니다." 고개를 젓자 이자나미 님은 "어째서?"라며 온몸을 무섭도록 파랗게 물들이시고 나를 몰아세웠습니다. "어째서 못하느냐?"

나는 겁에 질려 떨면서 대답했습니다.

"저는 한낱 혼일 뿐입니다."

"두 번 다시 신의 흉내를 내지 마라."

사람과 신은 다르다. 신의 분노가 얼마나 무서운지 온몸으로 깨달은 나는 그저 엎드려 빌 수밖에 없었습니다.

"이자나키, 야요이를 살리는 대신 지금 당신의 목숨을 가져가겠어요."

이자나미 님이 엄숙한 목소리로 말했습니다. 나는 야요이가 목숨을 부지했음에 안도하면서도 이자나키 님의 잔혹한 운명이 가여워 아무 말도 못하고 고개를 숙였습니다. 이 얼마나 가혹한 여신인지요. 그러나 이자나미 님의 거센 분노와 슬픔의 깊이를 나는 아직 모르는지도 모릅니다. 이자나키 님은 어둠의 공포에 울부짖으면서 계속 안으로 들어갔습니다. 이자나미 님은 도우려 하지 않고 태연히 뒤따르면서 그 모습을 지켜보았습니다. 수많은 혼들이 이자나키 님을 따라 웅성웅성 이동했습니다. 한참 뒤, 이자나키 님은 포기한 듯이 어둠 속에 주저

앉았습니다.

며칠 후 이자나키 님은 막다른 현실*에서 결국 앓아누우셨습니다. 어둠 속에서 눈을 번쩍 뜨고 허공을 움켜쥐려 하셨지만 힘이 빠진 손은 땅으로 떨어졌습니다. 먹지도 마시지도 못해 슬슬 명이 다해가는 듯했습니다. 나는 단말마의 고통이라도 덜어드리려는 생각에 이자나키 님의 몸을 뒤에서 껴안으려 했습니다. 그런데 놀랍게도 내 몸을 뒤에서 받쳐주는 이가 있었습니다. 마히토였습니다. 지금은 혼만 남아 육체의 무게를 느낄 수 없고 서로 닿을 수도 없는 존재지만, 지난날 배 위에서 행복했던 기억이 떠올랐습니다. 어린 야요이를 안은 나를 마히토가 뒤에서 안아주었지요. 지금도 나와 마히토는 야요이를 사랑해준 남자를 마치 자식처럼 포근히 안아주고 있습니다. 내 뺨에 또 눈물처럼 차가운 것이 흘렀습니다.

"마히토, 배가 기억나지 않아? 나는 나미마야."

나도 모르게 돌아보며 말했습니다.

"나미마." 마히토가 짧게 내뱉었습니다.

"우린 배 위에서 이렇게 며칠 밤을 보냈어. 갓 태어난

---

* 玄室. 무덤 속 시체를 안치한 방.

야요이를 안은 나를 당신이 뒤에서 안고서."

"아아, 이제 좀 생각이 나네. 당신은 불안에 떨면서 죽어갔지. 아득히 먼 옛날, 내가 태어나기도 전의 일처럼 느껴져. 꿈이었나 싶을 때도 있어."

"당신이 죽었잖아. 왜 그랬어?"

"아니야." 마히토가 낮은 목소리로 부정했습니다.

아아, 진실이 뭔지 모르겠습니다. 그러나 그저 혼에 지나지 않는 내 등에 마히토의 체온이 닿자 몸속에 가득 찼던 차가운 돌덩이가 녹아내리는 느낌이 들었습니다. 나는 이자나미 님에 비하면 지극히 인간다운 존재였습니다.

이자나키 님을 부축하는 것은 우리만이 아니었습니다. 생전의 모습을 갖춘 혼과 그냥 혼들이 가득 모여 이자나키 님을 지켜보고 있었습니다.

이자나미 님이 거처에서 나와 빈사 상태의 이자나키 님 앞으로 오셨습니다.

"이자나키 님, 슬슬 목숨이 다해가는 모양이군요. 황천국에서 기다리겠습니다. 성불하지 못한 자, 미련이 남은 자들은 모두 이 땅 밑 죽은 자의 나라로 오니, 드디어 우리가 함께할 수 있겠군요."

그러자 이자나키 님이 어둠 속에서 희미하게 웃었습니다. 그리고 괴롭게 숨쉬며 말했습니다.

"사랑하는 이자나미, 미련은 없소. 나는 모든 것을 받아들이며 충분히 살았다오. 멋진 여자들도 많이 만났고, 사랑하고 또 사랑받았소. 이자나미, 당신도 사랑했소. 이제 죽음을 경험할 수 있는 것이 기쁘오. 드디어 당신과 같은 경험을 할 수 있으니. 이자나미, 내가 사랑한 여자들 중 누가 여기 있소? 아마 아무도 없을 거요. 미련을 남기고 성불하지 못한 여자는 아무도 없소."

"그럼 여기 있는 나는 뭐가 됩니까? 나는 모든 걸 거부했다는 말입니까? 나도 모든 것을 받아들였는데 여기 있습니다. 나는 여전히 부정한 존재인가요?"

이자나미 님은 분노하신 것 같았습니다. 그러자 이자나키 님은 보이지 않는 눈으로 목소리가 들리는 쪽을 보셨습니다.

"당신은 여신이오. 부정하다니 당치도 않소. 거부해왔다면 지금부터 성불하지 못한 혼들을 하나하나 구해주면 되오. 그럼 뭔가가 태어날 거요."

"이자나키 님, 당신은 너무 무르군요." 이자나미 님이 큰 소리로 웃었습니다. "눈속임 따위는 그만둬요. 나는 부정한 몸이어도 좋으니 아무도 구원하지 않겠습니다. 여기서는 누구나 영원히 성불하지 못하고 떠돌 뿐입니다. 죽은 자의 푸념에서 뭔가 태어난다니, 그런 아이 같은 소리는 그만하세요. 그래도 부정을 떠맡을 자는 필요하니, 부정 속을 끝없이 나아가다보면 뭔가 다른 것이 보일지도 모르겠군요. 그러나 그건 당신과는 관계없는 일입니다."

"사랑하는 이자나미, 당신은 강하구려."

이자나키 님이 미소지었습니다. 그리고 크게 한 번 숨을 토한 뒤 돌아가셨습니다.

송장은 한동안 어둠 속에 머무르다가 이윽고 눈 녹듯 사라져갔습니다. 만족스럽게 죽은 자들이 사는 곳으로 옮겨갔겠지요. 우리 혼들은 흐를 리 없는 눈물을 마음속으로 흘리며 슬퍼했습니다. 끝내 사라져버린 용감한 신 이자나키 님을 위해. 그리고 이자나키 님을 깊이 사랑하고 여신의 권위를 보여주신 이자나미 님을 위해. 두 분은 드디어 진정한 이별을 맞았습니다.

이자나미 님은 이자나키 님이 사라진 허공 언저리를 한동안 바라보시다가 이윽고 중얼거렸습니다.

"나미마, 오늘 할 일을 하자."

"이자나미 님, 이자나키 님이 돌아가셨는데도 천 명의 사자를 정하셔야 합니까?"

이제 그럴 필요 없다고 생각한 내가 묻자, 이자나미 님은 의아해하는 표정을 지으셨습니다.

"나는 이자나키를 이겼다. 이자나키는 사람을 잃는 고통에 진 거야. 그러나 나의 규율에는 변함이 없다. 나는 인간에게 죽음을 내리는 여신이니 그 일을 계속하겠다."

그렇게 말씀하시고 작업실로 향했습니다. 나는 어안이 벙벙했습니다. 이자나미 님이 뒤로 돌아 갈등하는 내게 물으셨습니다.

"나미마, 너의 원한은 사라졌느냐?"

"모르겠습니다. 이자나미 님의 원한은요?"

"사라질 리가 있느냐. 삶의 즐거움을 구가하던 자가 황천국으로 쫓겨난 자의 심정을 알 리 없지. 앞으로도 원망하고 증오하며 죽여갈 것이야."

이자나미 님의 온몸에서 시퍼런 분노의 불길이 뿜어져나왔습니다. 이자나미 님은 이자나키 님이 인간이 된 것에 노한 것입니다. 그 사실을 깨닫고 나는 무서워서 견딜 수 없었습니다. 이자나미 님은 오랜 세월 죽은 자를 정하시는 동안 진정한 여신이 되셨겠지요. 요컨대 진정한 파괴자로 거듭나신 것입니다. 이자나키 님이 돌아가신 지금 파괴 뒤에 무엇을 재생할지도 이자나미 님의 몫이 될지 모릅니다. 신은 우리의 욕망과 부정을 모두 떠맡고 과거까지 짊어지는, 영원히 변하지 않는 존재인 것입니다. 나는 진심으로 이자나미 님을 경외하며 말씀을 올렸습니다.

"이자나미 님, 앞으로도 곁에서 정성을 다해 모시겠습니다."

이것이 이자나미 님의 이야기입니다. 이자나미 님은 지금도 황천국의 여신으로 계십니다. 이자나미 님 주위에는 성불하지 못한 죽은 자들의 끝없는 중얼거림이 쌓이고 쌓여가겠지요. 그러나 그것은 아름답고 맑고 덧없는 티끌 같아서, 이자나키 님이 마지막에 말씀하셨듯이 뭔가를 새로 만들어내지는 못합니다. 그리고 이자나미 님은 여전히 천 명의 사자를 정하고 계십니다.

어둠의 무녀였던 나 역시 산 자의 세계에서 못다 이룬 뜻을 이렇게 이자나미 님을 섬기면서 이루는 게 아닐까 싶습니다. 앞서 말했듯이 이자나미 님은 여자 중의 여자, 이자나미 님이 받은 시련은 곧 여자들의 시련입니다.

여신을 경배하라, 나는 오늘도 어두운 지하 신전에서
나지막이 이렇게 외칩니다.

"오노고로 섬에 세운 신전을 야히로도노라고 하는데, 그곳에서 이자나키가 나에게 이런 말을 했다. '이자나미, 그대의 몸은 어떻게 되어 있소?' 여자 몸을 한 신은 처음이라 이자나키도 잘 몰랐겠지. 나는 대답했다. '제몸은 완성되었지만, 막히지 않은 데가 딱 한 곳 있습니다.' 그러자 이자나키가 말했다. '내 몸도 완성되었지만, 남는 데가 딱 한 곳 있소.' 그리고 이렇게 말했다. '내 몸의 남는 곳으로 그대 몸의 막히지 않은 곳을 막아 함께 나라를 낳았으면 하는데, 어떠시오?' 나는 '재미있겠군요' 하고 찬성했지."(본문 119쪽)

이 소설은 일본에서 가장 오래된 역사서 『고지키』에 나오는 신화를 바탕으로 한 연애소설이다. 이런 이야기도 연애소설이라고 할 수 있으려나 싶지만, 남자와 여자가 나와서 서로 사랑하고 질투하고 원망하고 그리워하는 이야기니 연애소설이라 해도 무방할 것 같다. 우리가 일반적으로 생각하는 달콤씁쓸끈적한 연애소설에 대한 개념을 좀더 넓게 생각한다면 말이다.

일본 신화에는 많은 신들이 등장하지만, 그중 가장 유명하고 인기 많은 신은 각종 이야기에 자주 등장하는 남녀 구애의 신 이자나키와 이자나미일 듯하다. 그 이자나키와 이자나미가 만나서 섬과 신들을 낳는 이야기가 이 소설에 아주 쉽고 흥미롭게 녹아 있다. 길고 생소하고 외우기 힘든 일본 지명과 신들의 이름 때문에 다소 머리 아픈 부분도 있겠지만, 일일이 한자나 역주를 달면 독자들이 더 두통을 느낄 것 같아서 최대한 배제했다. 공부하려고 소설을 읽는 건 아니니 가볍게 읽어주셨으면 한다.

이 소설의 화자는 열여섯 살에 아이를 낳고 죽은 나미마라는 귀신(?)이다. 원래 다도해의 한 작은 섬에서 태어나 어둠의 무녀 자리를 이어받은 아가씨였으나, 사랑하는 남자의 배신으로 죽음을 맞아 황천국에 가게 된다. 그곳에서 만난 이가 바로 황천국 여신 이자나미. 이자나미 역시 남편 이자나키 때문에 원한을 가지고 지하 신전에서 하루 천 명의 사자를 만들면서 지내던 터라, 둘은 신과 인간이라는 처지를 떠나 똑같이 버림받은 여성으로서 동병상련을 느낀다.

기리노 나쓰오의 작품에 등장하는 여성들은 모두 강하다. 남자에게 버림받았다고 질질 짜는 연약함 같은 것은 찾아볼 수 없다. 슬픔도 고통도 증오도 모두 받아들이고 꿋꿋이 대항하는 인물이 대부분이다. 이 소설을 읽다보니, 그녀의 작품에 나오는 그런 강인한 여성의 원조는 이자나미가 아닌가 하는 생각이 든다. 이자나키를 뜨겁게 사랑하였으나 버림받은 뒤의 차가운 태도는 매섭기 그지없다. 참으로 여려 보이던 어린 나미마도 배신당한 슬픔에 마냥 좌절해 있는 게 아니라 모종의 복수를 실현한다. 이렇게 여성이 강하게 그려지는 만큼 남자는 상대적으로 약하게, 혹은 속된 말로 찌질하게 그려지는데, 끊임없이 전국 각지의 미인을 찾아다니며 아이를 만드는 남신 이자나키는 거의 플레이보이의 원조가 아닌가 싶다. 스스로는 사랑을 찾아다니는 로맨티스트라고 생각하겠지만 말이다.

이 책은 영국의 한 편집자가 세계 신화를 각 나라의 대표 작가들을 통해 현대 시점으로 재탄생시켜보자는 취지로 시작한 프로젝트 '세계신화총서' 중의 한 권이다. 그중 일본을 대표하는 작가로 기리노 나쓰오가 뽑힌 것이다. 다른 작가가 맡았어도 좋은 작품이 나왔겠지만, 일본 신화와 오키나와 어느 섬의 풍습을 절묘하게 뒤섞어 완성해낸 이 소설은 "기리노 나쓰오 최고!"라는 찬사가 절로 나오게 한다.

남과 여, 음과 양, 생과 사, 명과 암, 해와 달…… 세상 모든 새로운 것은 상극끼리 만나서 탄생한다. 이것은 어느 나라의 신화에서건 공통된 주제인 듯하다.

권남희

지은이 **기리노 나쓰오**
1951년 가나자와 출생. 『얼굴에 흩날리는 비』로 에도가와 란포 상을 수상했다. 『OUT』으로 일본추리작가협회상, 『부드러운 볼』로 나오키 상, 『그로테스크』로 이즈미 교카 문학상, 『잔학기』로 시바타 렌자부로 상, 『도쿄 섬』으로 다니자키 준이치로 상, 『여신기』로 무라사키 시키부 문학상을 수상했다.

옮긴이 **권남희**
일본문학 번역가. 무라카미 하루키의 『반딧불이』『회전목마의 데드히트』『빵가게 재습격』, 미우라 시온의 『배를 엮다』, 텐도 아라타의 『애도하는 사람』, 가쿠타 미쓰요의 『종이달』, 아사다 지로의 『산다화』, 요시다 슈이치의 『퍼레이드』, 마스다 미리 에세이 등을 우리말로 옮겼다.

세계신화총서 11
여신기

초판인쇄 2016년 1월 15일 | 초판발행 2016년 1월 29일

지은이 기리노 나쓰오 | 옮긴이 권남희 | 펴낸이 염현숙
책임편집 양수현 | 독자모니터 이지수
디자인 고은이 이원경 | 저작권 한문숙 박혜연 김지영
마케팅 정민호 이미진 정진아 전효선 | 홍보 김희숙 김상만 한수진 이천희
제작 강신은 김동욱 임현식 | 제작처 한영문화사(인쇄) 경일제책(제본)

펴낸곳 (주)문학동네
출판등록 1993년 10월 22일 제406-2003-000045호
주소 10881 경기도 파주시 회동길 210
전자우편 editor@munhak.com | 대표전화 031) 955-8888 | 팩스 031) 955-8855
문의전화 031) 955-1927(마케팅) 031) 955-2684(편집)
문학동네카페 http://cafe.naver.com/mhdn | 트위터 @munhakdongne

ISBN 978-89-546-3935-4 04830
     978-89-546-0048-4 (세트)

**www.munhak.com**